A STUDY ON THE THEORY OF LITERATURE AND
ART IN CONTEMPORARY SENSE

当代意义的文艺学研究

李启军 ◎ 著

中国社会科学出版社

图书在版编目(CIP)数据

当代意义的文艺学研究/李启军著. —北京：中国社会科学出版社，2014.11
ISBN 978-7-5161-4305-6

Ⅰ.①当⋯　Ⅱ.①李⋯　Ⅲ.①文艺学—文集　Ⅳ.①I0-53

中国版本图书馆 CIP 数据核字(2014)第 103289 号

出 版 人	赵剑英
责任编辑	郭晓鸿
特约编辑	王冬梅
责任校对	董晓月
责任印制	戴　宽

出　　版	中国社会科学出版社
社　　址	北京鼓楼西大街甲 158 号（邮编 100720）
网　　址	http://www.csspw.cn
	中文域名：中国社科网　010-64070619
发 行 部	010-84083685
门 市 部	010-84029450
经　　销	新华书店及其他书店
印　　刷	北京君升印刷有限公司
装　　订	廊坊市广阳区广增装订厂
版　　次	2014 年 11 月第 1 版
印　　次	2014 年 11 月第 1 次印刷
开　　本	710×1000　1/16
印　　张	15.25
插　　页	2
字　　数	235 千字
定　　价	48.00 元

凡购买中国社会科学出版社图书，如有质量问题请与本社联系调换
电话：010-64009791
版权所有　侵权必究

目　录

何为当代意义的文艺学？……………………………（1）
"暴力美学"：暴力的美学升华………………………（15）
广西电影产业化发展路径探析
　　——以广西电影集团为例………………………（29）
为"影视明星"正名……………………………………（50）
明星文化…………………………………………………（68）
书籍设计的审美透视……………………………………（83）
鲍德里亚：消费与消费物变成了符号…………………（140）
文学活动观的嬗变与辨正………………………………（150）
论文学语言的特性………………………………………（161）
文学的意蕴系统…………………………………………（172）
人民文艺怎样为人民……………………………………（188）
生态式教学与生态式教材
　　——以文学理论教材编写为例…………………（197）
系统整体创新的生态美学………………………………（204）
试论山水美的生成及其层次
　　——以桂林山水审美为例………………………（210）
从风雨桥看侗民族的和谐审美意识……………………（217）
参考文献…………………………………………………（234）

何为当代意义的文艺学?

文艺学之思一直在流淌,文艺学学科一直在发展。不存在一成不变的、固定的、静止的、封闭的、普遍的文艺学,只有发展的、历史的、开放的、具体的文艺学。文艺学发展到今天,应该具有一种"当代性"。在我看来,文艺学的"当代性"起码应该从下面几个方面来理解。

一 从文学学到文艺学

"文艺学"这个词是个舶来品。"文艺学"作为一门学科和学术术语,是从苏联引进的,而苏联又是从德国引进的。苏联高等学校 1983 年俄文版 Г. Н. 波斯彼洛夫主编的教材《文艺学引论》"绪论"开篇就对"文艺学"这个词加了个注释,说"这个名称由相应的德语名称 Literatur – Wissenschaft 而来"。这个注释,可以被看作"文艺学"是从德国等国传入苏联的可靠证据。德文的"Literatur – Wissenschaft"在俄文中是"литературоведение",直译成中文是"文学科学"或"文学学",但当年的翻译者将它译成了"文艺学"。

"文艺学"从苏联传入我国有两个关键事件:一是上海平明出版社 1953 年出版了季莫菲耶夫的《文学原理》,二是 1954 年春至 1955 年夏,苏联专家依·萨·毕达可夫在北京大学中文系为文艺理论研究生讲授文艺学引论课。

季莫菲耶夫《文学原理》"引言"说:

> 第一个问题——研究文学的本质,它的形式的特征,它的社会的任务——是文学原理(Теория литературы)(或文艺学引论)的任务。

第二个问题——研究文学在任何国家和整个人类社会的历史发展的统一过程中是怎样发展着的——是文学史的任务。

第三个问题——怎样评价此一或彼一文学作品，并确定它对于我们现在有何种意义，它怎样帮助我们解决时代向我们提出的任务——是文学批评的任务。

总括以上三门科学——文学原理、文学史、文学批评——就是文学科学的内容，也就是它的基本的部门。要作一个文艺学家，就意味着他必须完满地，尽量切实地解答这三个部门的问题。①

依·萨·毕达可夫在北京大学中文系为文艺理论研究生讲授的文艺学引论课，被北京大学中文系文艺理论教研室根据讲课内容口译记录整理成书，仍然以"文艺学引论"之名于1958年在高等教育出版社出版。毕达可夫的《文艺学引论》一开篇就对"文艺学是什么"的问题作了自问自答，他明确说：

研究文学的科学，叫作文艺学。②
文艺学包括文学研究各领域的三门独立的科学，即文学理论、文学史和文学批评③。

从这里所引两书的文字，我们可以明确两个问题：一是在苏联，文学原理也就是文学理论，也可叫文艺学引论；二是文艺学，也即文学科学，或说文学学，包括文学原理（文学理论）、文学史、文学批评。

当然，在文艺学究竟涵盖哪些学科等问题上，苏联的文艺学家们的意见也并非那么一致。如，季莫菲耶夫的《文学原理》、毕达可夫的《文艺学引论》都明确说文艺学包括文学原理（文学理论）、文学史和文学批评，但Г.Н.波斯彼洛夫主编的《文艺学引论》则有所保留，说："在文

---

① [苏]季莫菲耶夫：《文学原理》，查良铮译，上海平明出版社1953年版，第3—4页。
② [苏]依·萨·毕达可夫：《文艺学引论》，北京大学中文系文艺理论教研室译，高等教育出版社1958年版，第1页。
③ 同上书，第3页。

艺学的组成部分中除了它的主要部分——各国和各时期的文学史外,还有另外的、同样重要的部分——与它具有紧密联系和相互影响的文学理论"。① 也就是说,他认为文艺学包括文学史和文学理论,却并没有明确地将文学批评也纳入文艺学的范畴,而是说"文艺学与文学批评彼此应是紧密相关的"②。

值得注意的是,苏联文艺学家非常重视和强调文学史和文艺学研究的历史主义。毕达可夫的《文艺学引论》说"马克思主义的文学科学的首要条件,是要用历史的态度去对待文学","历史主义的要求是完全必要的"③。波斯彼洛夫主编的《文艺学引论》也说"文艺学本身是一门历史学科,它属于从不同方面研究世界各族人民的社会生活发展的诸历史学科之列"④,"文艺学家应经常求助于各种历史学科",应该具备"文艺学思维的历史主义"⑤视野。强调文艺学研究的历史视角,也许对某些学者提出将"历史化与地方化"作为"文艺学知识的重建思路"⑥具有重要的启发意义。

我国文艺学家在理解和阐述文艺学的学科结构时,是很强调文学理论、文学史和文学批评作为文艺学的构成成分的,很能够见出苏联传统在我国文艺学学科建构与学术发展中的范例作用。虽然不能简单说我国文艺学体系是苏联文艺学体系的照搬,但的确无法否定我国文艺学体系对苏联文艺学体系的依循。

譬如,童庆炳主编的《文学理论教程》是"面向21世纪课程教材",被许多高校选用,是一本颇具代表性的教材。该教材也是开篇就说:"文艺学,一门以文学为对象,以揭示文学基本规律,介绍相关知识为目的的学科,包括三个分支,即文学理论、文学批评和文学史。"又说:"文

---

① [苏] Г. Н. 波斯彼洛夫主编:《文艺学引论》,邱榆若、陈宝维、王先进译,湖南文艺出版社1987年版,第24页。
② 同上书,第31页。
③ [苏] 依·萨·毕达可夫:《文艺学引论》,北京大学中文系文艺理论教研室译,第4页。
④ [苏] Г. Н. 波斯彼洛夫主编:《文艺学引论》,邱榆若、陈宝维、王先进译,湖南文艺出版社1987年版,第10页。
⑤ 同上书,第11页。
⑥ 陶东风:《大学文艺学的学科反思》,《文学评论》2001年第5期。

艺学这个名称是1949年新中国成立以后从俄文翻译过来的。实际上正确的名称应是文学学，大概是'文学学'不太符合汉语的构词习惯，人们也就普遍地接受文艺学这个名称了。"[①] 这就可见在文艺学学科构成上，我国文艺学界基本接过了苏联导师的衣钵。

但是，在苏联文艺学理论中国化的过程中，我国文艺学家似乎不约而同地淡化了文艺学思考的历史维度，不注重从我国文化和文学活动的历史实践中阐述我国文学理论的形成以及民族特色，让人感受不到我国文学理论历史的形成和发展的具体内容。虽然在理论上我国文艺学家也说文艺学是文学理论、文学史、文学批评共同构成的，但实际上，我国文艺学学科被压缩到了文学理论/文学原理一个方面。在我国，文艺学、文学学、文学理论经常被混用，这种混用局面恰好说明文艺学/文学学被压缩成了本来属于文艺学一支的文学理论。而且，在我国的学科设置中，文学史与文艺学也是分属不同学科的。文艺学学科下面没有文学史，只有文学理论、文学批评和批评史之类，文学史则包括在各类文学研究中。文艺学成了单纯的一般文学原理研究。"20世纪90年代以来，大学文学理论已不再作为文艺学的分支存在，而是作为文艺学本身存在——大学文艺学学科即等于文学理论学科的专业设置清楚地表明了这一点，文学史不包含在文艺学学科之内并且成为与文艺学并列的一个学科设置也证明了这一点。"[②] 因此，文艺学学科的反思与重建问题，自20世纪90年代以来不断被人提起。

笔者以为首先需要做的文艺学反思与重建工作，就是将文艺学从文学学甚至文学理论/文学原理的传统观念中解放出来，使文艺学成为真正意义上的文艺学。在文艺学原理/文艺理论/文艺原理的层面上，因为各种艺术形式在发生发展过程中面临的许多基本问题是一致的，就没有必要硬性地将它们分割开来，就应该面向所有的文学艺术形式进行思想沉思。在笔者的理解中，并不是所有理论家都将文艺学限定在文学学甚至文学理论层面的，一些理论家是具有将文艺学推向所有文学艺术存在的

[①] 童庆炳主编：《文学理论教程》，高等教育出版社2004年版，第3页。
[②] 石凤珍：《重塑文艺学观念的思考——兼谈文学理论教材的历史化与地方化重建思路》，《洛阳师范学院学报》2008年第3期。

自觉的，是敢于面向所有文艺形式发言的。吴中杰编著的《文艺学导论》就是把整个文学艺术纳入文艺学研究对象的，他说："文艺学以人类的文学艺术活动为自己的研究对象。它可以分为三个部分：文艺理论、文艺史和文艺批评。"① 王向峰主编的《文艺学新编——现代文艺科学原理》也是如此。他在"编者说明"中说其教材"可用为大学中文系和艺术院校的概论课的教材"②。

我国文艺学界认识到文艺学有广义与狭义之分，狭义的文艺学就是文学学，其对象就限于文学，广义的文艺学的研究对象就不仅仅是文学，"还包括其他艺术，如绘画、雕刻、戏剧、电影、音乐、舞蹈、建筑、工艺美术等"③。可惜的是，普遍的观念是将狭义的文艺学看作正宗，而广义的文艺学被认为是文艺学的泛化，很少人深刻意识到文学作为艺术与其他各种艺术"在一般原理上是相通的"④。

如果将文艺学的一般原理限定于文学理论，艺术学理论在形态上很难与其区别开来。在理论架构上，文学理论基本是本质论、本体论、作品论、创作论、接受论、发展论等板块，艺术理论也离不开这些板块，结果我们看到文学理论与艺术理论著作的区别仅仅是所举例证的不同，理论阐述并没有什么实质性的差别。对此无须多论，只要随便拿几本艺术理论著作和文学理论著作稍作比较就可得出结论。在理论体系架构上，每个时代的艺术学概论/艺术概论之类教材与相应时代的文学原理/文学理论/文学概论之类教材并无二致，不妨拿高等艺术院校《艺术概论》编著组的《艺术概论》（文化艺术出版社1983年版）与蔡仪主编的《文学概论》（人民文学出版社1981年版）、李胜利主编的《艺术概论》（北京广播学院出版社2001年版）与童庆炳主编的《文学理论教程》（高等教育出版社1992年版）作一番对比研究，基本的思想观念和理论内容大体是"你有我有全都有"。

既然文学理论与其他艺术理论需要回答的基本问题是一致的，又有

---

① 吴中杰：《文艺学研究的对象、任务和方法》，《汕头大学学报》1987年第4期。
② 王向峰主编：《文艺学新编——现代文艺科学原理》，辽宁大学出版社1987年版。
③ 李卫东：《什么是文艺学》，《江海纵横》2005年第2期。
④ 同上。

什么必要将文学理论与艺术理论分开来呢？为什么不将它们合而为一呢？而且，我们发现，一本艺术学概论／艺术概论之类教材如果介绍"艺术种类"，那一般不会忘了"语言艺术"或"文学"。这也说明，文学与其他艺术无法分割开来。

　　因此，我们认为当代意义的文艺学，首先应该明确在文艺学原理／文艺理论这个分支面对所有文艺进行思想沉思，其次要有对各国各民族的各门类文艺形式的发展历史进行研究的各种具体的文艺史，还要有对各种文艺作品、文艺现象等进行分析判断的文艺批评。这就需要将文艺学提升为涵盖所有文学艺术门类研究的一级学科，而不是将文艺学局限于仅仅研究文学一般原理的二级学科的层面上。即使是在现有的学科设置体系上将文学和艺术学并列为一级学科，那也应该在这两大学科之下设置一个共同的二级学科——文艺学原理，但是我国目前的学科设置却缺乏这样明晰的逻辑，以至于生硬地分割出了大同小异的文学学原理与艺术学原理。

　　现在都在讲文艺学反思与重建，我们认为经过深刻反思而重建的当代文艺学起码应该具有这样的自觉意识：在文艺学原理层面将各类文艺充分综合起来思考，而在文艺史和文艺批评层面又将各国各民族各时代的各类文艺现象充分分化开来，作出分门别类、具体而微的分析判断。

二　从西方回到中国

　　长期从事文艺学教学与科研的同人们应该很清楚，建构中国特色的当代文艺学必须整合几大学术资源：中国古典文艺理论、马克思主义文艺理论、西方古典文艺理论和西方现代文艺理论，但是非常具有反讽意味的是，我们很多人很多时候遗忘了我们的老祖宗。自王国维等人开始的中国现代文艺学，要么是搬用德国的理论，要么是搬用苏联的理论，要么是搬用西方古代的理论，要么是搬用西方现当代的理论，不一而足。大多数中国现当代文艺学者基本是一个搬运工的角色，搬来搬去都是别人的东西，就是没有自己的东西，就是忘记了老祖宗留下的丰富遗产，所以，有人大呼我们患了"失语症"。现在，中国文艺学到了认祖归宗的时候了。

我们为什么要将苏联、德国人所谓的"文学学"翻译成"文艺学"？我们的理论家在解释这个问题时，说"大概是'文学学'不太符合汉语的构词习惯"。这样解释并不能令人信服，如果说"'文学学'不符合汉语的表达习惯，而当下关于'文艺学'内涵的界定也同样不符合汉语的表意习惯。众所周知，中国古代是用单音词表意的，这种表意的方法一直沿用到今天"①。在我看来，在构词法上"文学学"与"文艺学"并无区别，都是偏正结构。即便因为两个"学"连在一起念起来不是很顺口，在使用一段时间之后，不习惯终究会变得习惯起来的。现在一些主张文艺学就是文学学的学者，并不觉得"文学学"有什么别扭，认为既然文艺学的本来含义是文学学就应该直接叫作"文学学"。笔者的意见恰恰相反，我们的学科名称既然是"文艺学"就应该赋予其名实相符的新含义，就应该把文艺学从狭隘的文学学范畴中解放出来，使之成为名副其实的文艺学。笔者认为当初的翻译者之所以选用"文艺学"这个词来对译俄语中的"文学学"一词，是因为他们具有深厚的中国传统文学艺术修养，这使得他们形成了各种文学和艺术不可截然分离的无意识。他们对"文学学"名称的不习惯，笔者以为更深层的原因是无意识层面的。也就是说当时的翻译者们深谙我国传统文学艺术相互交融在一起的情形，并且认同这种状态，所以心灵深处存在着各种文学艺术不可分离的无意识，不认为存在某种与其他艺术无关的文学原理或某种与文学无关的艺术原理。

所以，我们今天建构当代意义的文艺学，必须回到我们自己的文艺理论传统，唤醒它们，激活它们，使它们在当代焕发出新的生命光彩。我们注意到，着眼于我国传统文艺理论现代转换工作的学者也大有人在，如胡经之、王向峰、杜书瀛等。

熟悉我国古典文艺形式和古典文艺理论的人们应该清楚，为文艺学正名恰恰不是要回到文学学，而是要回到中国古代的"艺文"之学，用今天的话说就是文艺之学，即文艺学。

早在汉代班固的《汉书》中就有了"艺文志"。"艺文"之"艺"、"文"颠倒过来就是"文"、"艺"，合成一个词就是"文艺"。"文艺学"

---

① 李健：《中国古典文艺学研究的学理沉思》，《文艺报》2008年7月10日。

作为"文艺之学",其研究对象理应包括"文"和"艺"。然而,我们现有的文艺学却背离了我们的传统。因为"脱离了艺术各门类的联系,只进行单向度的文学研究,从而,肢解了文学与艺术共同的审美本质。而这一偏差,恰恰在中国古代是不存在的。从文艺学研究的这一现象,我们就可以看出中国现代文艺学与传统的背离"①。正如李健所指出的:"中国古典文艺学不是狭义的古代文学理论,而是涵盖文学、音乐、书法、绘画、戏曲等理论在内的一种总体的理论。简而言之,就是中国古代的文学艺术理论。我们之所以主张将古代的文学理论与音乐、书法、绘画、戏曲等艺术理论放在一起研究,是因为古人原本就是这么做的。他们从来就没有将这些文学、艺术形式真正地分开过,而自始至终将文学、艺术看作一个整体。只要翻开中国古代的文化历史典籍,随处都能够发现文学、艺术同根同源的证据。"② 比如,我国小说发展成熟于诗、词、曲、赋之后,因此后起的小说中往往融合着这些文学形式。又比如,在我国古代,诗乐是一家,诗、词最初与音乐曲调结合在一起。《诗三百》、《楚辞》是配乐的,汉乐府诗和曲子词也是配乐的。在我国传统戏曲中,说白属于散文,唱词属于诗,诸宫调属于音乐,化妆、布景属于绘画,一出戏就是文、诗、乐、画等的综合,完全不同于西方舶来的话剧。中国画也是我国独特的传统艺术形式,而一幅中国画也往往是诗、书、画的融合,中国画多是题诗画,所题之诗又以书法呈现。

我国古代因为诗、词、曲、赋、文、书、画、戏等文学艺术形式往往相互关联、相互影响、相互交叉、相互渗透,作为一个整体而存在,因此,我国古代形成的诗论、词论、曲论、书论、画论等也不是各自为政的,而常常是互相参照和借鉴的。举例来说,"以形写神"出自东晋顾恺之论人物画之语"以形写神而空其实对"(《历代名画记》卷五),"气韵生动"出自谢赫《古画品录》,都属于画论,但后来都被引入文论。我国古代文艺理论还往往在一篇文献中通论不同类型的文学艺术。因为在古人看来,各种"文"、"艺"作为精神创造产品,具有相似、相通、相

---

① 李健:《中国古典文艺学研究的学理沉思》,《文艺报》2008 年 7 月 10 日。
② 同上。

续的文化价值,所以《尚书·尧典》说:"诗言志,歌永言,声依永,律和声。"《论语·泰伯》说:"兴于诗,立于礼,成于乐。"这也启示我们今人不应该将文学与其他艺术分离开来。"古人在对文学、艺术进行理论言说时,自觉地将之视为一个整体,进行理论的概括。即便专门就诗、词、曲、赋、小说、书法、绘画、戏曲等进行讨论的诗论、词论、曲论、书论、画论,也能够相互借鉴。我们认为,这恰恰真正表现了文艺学的精神。"① 所以,我国当代意义的文艺学原理不应该再停留于对西方文艺理论的挪移和阐释上,应该主动回归我国文艺学理论传统。

三 从经典文艺到大众文艺

"郁达夫说过,没有经典的文明是没有灵魂的文明,没有经典的民族是没有希望的民族。经典,是一个民族的心灵通道,是一个民族走向精神高度的灯塔与火把,产生经典越多的民族,是精神向度越高的民族。经典传承越好的民族,是越会永生不朽的民族。"② 文学艺术经典的意义是毋庸置疑的,如《唐诗三百首》传扬着唐诗的伟大成就和魅力,四大古典名著筑就了中国古典小说的艺术高峰。

我们的文艺学研究不能以虚无主义态度否定经典、歪曲经典、解构经典,而应该以尊重历史的实事求是态度尊重经典、肯定经典、维护经典。一个民族、一个时代的文艺经典代表这个民族和这个时代的文艺创作所达到的思想和艺术高度及其接受者的审美欣赏趣味取向,将一个民族不同历史时期的经典文艺作品连接成线,就能够形成对这个民族的文艺发展历史的一种描述和揭示。文艺史家有一个说法"唐诗宋词元曲明清小说",这就意味着唐代诗歌成就最高,宋代词成就最高,元代戏曲成就最高,明清则是小说成就最高。按照这条线索,我们就可以分别从唐代抽出几首代表性的诗歌,从宋代抽出几首代表性的词作,从元代抽出几出代表性的戏曲,从明清抽出几篇代表性的小说,来书写自唐至清这段历史的文艺发展简史,就能获得这段历史中文艺发展的大体印象,就能

---

① 李健:《中国古典文艺学研究的学理沉思》,《文艺报》2008 年 7 月 10 日。
② 引自彭学明《当今文坛病相报告》,《文学报》2009 年 2 月 19 日。

从中概括、生发这段历史中文艺审美的基本标准。所以，文艺学把学术研究的重心放在经典上，是完全可以理解的，而且应当如此。事实上，文艺学的基本原理主要就是从对文艺经典的分析研究中抽绎出来的。

但是，一个民族在一个时代的文艺经典只能在一定意义上代表它在这个时代的文艺成就，而不能完全等于这个时代的文艺成就。就比如人大代表只能在"人民代表大会制度"这种政治制度上代表人民，而不可能在任何意义上都代表人民。

而且，值得注意的是，经典不是自然呈现的，而是凭借某种权力关系被制造出来的。"'经典'的价值不仅不是自动呈现的，而且更是需要不断地被发现，被赋予，被创造，被命名的。一个时代的作品，如果没有被同时代人阅读、研究、评论、选择，那么，这个时代的'经典'是不会自动'现身'的。"[1] 我们认定经典是文学艺术发展史上杰出的、伟大的文艺作品，但是我们却找不到一个恒定不变的检测、评价、判断标准。其实，一个文艺作品被认定为经典，总是被某些所谓"权威"命名的。而某些所谓权威的判断尺度总是与他们自身持有的政治立场、占有的社会地位、拥有的社会身份、接受的文艺教育、偏爱的艺术趣味等主观条件紧密联系在一起。他们的判断既有客观性也有主观性，既有代表性也有强迫性。在特定历史条件下，命名"经典"的原因或标准可能仅仅是政治、思想、文化、历史、艺术、美学等中的某一个因素。因此，经典并非十全十美、无可挑剔的完美作品。虽然经典被制造出来可能并非因为刻意的炒作，但是又确实需要凭借资本、教育、媒介等方面的运作。所以说，"经典背后体现的是一种权力话语，表达的只是某一特殊群体的文艺观念。而在任何历史时期，文艺活动和文艺样式都是复杂多样的，仅仅建立在某一经典文本基础上的文艺观念必然遮蔽文艺生态的多样性。而仅靠经典文本串联起来的文艺发展史实质是作品编排史，无法真实反映当时的文艺活动状态"[2]。建立在研究经典文艺作品基础上的文艺学原理，严格说只是"经典文艺学理论"。它们从经典文艺活动中来，

---

[1] 吴义勤：《我们为什么对同代人如此苛刻？——关于中国当代文学评价问题的一点思考》，《文艺争鸣》2009年第9期。

[2] 卢永和：《拓展文艺学研究的非经典视野》，《求索》2007年第6期。

也可以回到经典文艺活动中去，用以解释经典文艺活动，而不能够用以解释广泛意义上的大众文艺活动，诸如民间文艺、实用文艺、手机文艺、网络文艺。就说现代书籍设计艺术吧，它是一种实用艺术，很多人不愿意去关注和研究，但在我看来，现代书籍设计艺术在我们的日常生活中，尤其是读书人的日常生活中，具有绝不容小视的意义。

所以，当代意义的文艺学研究要关注、重视经典，也要善于发现大众文艺中的真、善、美价值，使我们的文艺学研究近大众、接地气、具活力。"我们的文艺学研究应该突破过去在经典思维范式上形成的非经典文艺观，而真正从各种具体的非经典文艺活动的内部出发去形成一套描述解释它的观念和方法，只有这样，文艺学学科研究才能获得新的理论活力。"①

四　从文艺审美到大众审美文化

传统的文艺学研究以传统的文艺现象、文艺作品为对象，不敢越雷池一步。当代意义的文艺学研究虽然也应该首先聚焦于已经得到普遍认定的文艺作品、文艺现象，但是也不能忽视今天尚未被认定、明天却可能被认定为文艺作品、文艺现象的大众审美文化。人民大众是最具有创造力的群体，他们在日常生活中无时无刻不在进行着审美的创造，从而丰富和美化着自己的生活。他们的这些创造品可能暂时还没有得到"文学作品"和"艺术品"之类命名，但是，已经实实在在具有某种"文学性"或"艺术性"，我们的文艺学研究者怎么能够轻率地把它们排除在自己的研究视野之外呢？

我们认为，既不能像美国学者希利斯·米勒那样过早地武断地提出"文学终结"论②，不能简单地用文化研究/文化批评来取代文艺学研究，并且将传统文艺学研究统统打成本质主义思维的产物③，也不能像一些学者那样固守住文学和艺术的边界不放，不能以开放、包容的心态接纳崭

---

① 卢永和：《拓展文艺学研究的非经典视野》，《求索》2007年第6期。
② [美] 希利斯·米勒：《全球化时代的文学研究还会存在吗？》，《文学评论》2001年第1期。
③ 陶东风：《日常生活的审美化与文化研究的兴起——兼论文艺学的学科反思》，《浙江社会科学》2002年第1期。

新的文艺作品或文艺性作品。①

希利斯·米勒认为电信时代正在把文学引向终结:"'文学'只是最近的事情,开始于17世纪末、18世纪初的西欧。它可能会走向终结,但这绝对不会是文明的终结。……新的电信时代正在通过改变文学存在的前提和共生因素(concomitants)而把它引向终结。"② 而且,"艺术,包括文学这种艺术形式在内,也总是未来的事情,这一点黑格尔可能没有意识到。艺术和文学从来就是生不逢时的。就文学和文学研究而言,我们永远都耽在中间,不是太早就是太晚,没有合乎时宜的时候"③。我们认为历史上不断涌现的新技术手段的确推动着文学艺术的变革,使文学艺术从口头形态走向印刷形态,再走向电子形态、音像形态、超文本形态等。在文学艺术的不断演变历程中,也确实存在文艺形式与理论研究超前与滞后的不适宜,但是不能因此就断定文学艺术会终结,文艺与文艺研究总是不适宜。终结的只能是传统的文艺形式,不适宜也往往是发生在文艺新形式萌芽的时候。

陶东风等学者一方面过分夸大了当代大众传播媒介等新技术带来的文学艺术的蜕变,过分夸大了文学性、艺术性在非文学和非艺术世界的扩张和弥散,过分夸大了传统文学艺术在新媒体时代的失势和衰微的速度和程度;另一方面也过分夸大了文化研究/文化批评的威力,同时也过分贬低了传统的文艺学研究与时俱进的发展和在各个历史阶段上取得的成就。他说:"无可否定的是,日常生活的审美化以及审美活动日常生活化深刻地导致了文学艺术以及整个文化领域的生产、传播、消费方式的变化,乃至改变了有关'文学'、'艺术'的定义。"④ 我们虽然同意他的这个论断,却不能同意他将我们过去的文艺学研究都归结为形而上学的"本质主义的思维方式"⑤,因为人进行思维的目的之一就是把握事物的本质,只有从现象到本

---

① 童庆炳:《文艺学边界三题》,《文学评论》2004年第6期;钱中文《文学理论中的几个问题:文学的终结与消亡、理论的边界与扩容——2004年5月26日在首都师范大学文学院演讲》,《文学理论:求索与反思》,中国社会科学出版社2013年版。
② [美] 希利斯·米勒:《全球化时代的文学研究还会存在吗?》,《文学评论》2001年第1期。
③ 同上。
④ 陶东风:《日常生活的审美化与文化研究的兴起——兼论文艺学的学科反思》,《浙江社会科学》2002年第1期。
⑤ 同上。

质全面把握对象，才能算是对对象的深刻认识。文艺学研究应该做到对文艺从现象到本质的全面把握，面对新出现的文艺现象应该也是如此。所以，一般地反对本质性建构是不现实的，也是不可取的，因为"在'主义即理论'的前提下，'本质'作为观念性把握世界的方式，有时候与'本质主义'是相通的"，我们要反对的是"绝对化、普遍化的本质建构"①。

童庆炳认为"文学既然有自己独特的审美场域，那么就永远会有文学人口。文学不论如何边沿化，文学永远不会终结"②。这个见解我们是赞同的；但是，他坚持认为文艺学的研究对象是"文学事实、文学经验和文学问题"，对此我们就难以苟同了。钱中文也固守文艺学就是文学学的观念，不赞成文艺学还研究其他艺术门类，也不赞成将广告、装饰等纳入艺术的范畴。他们都反对文艺学去研究城市规划、购物中心、街心花园、主题公园、度假胜地、超级市场、流行歌曲、广告、时装、环境设计、居室装修、健身房、咖啡厅、时装展览、香车美女之类东西。③ 童庆炳说"试图用文化批评取代文学批评，一味喊文学批评的'文化转向'是不可取的"，这个看法我们也完全同意。但问题是，我们并没有看到有谁要用文化批评来取代文学批评。文化批评的介绍者和倡导者陶东风也只是认为文化研究／文化批评可以应对日常生活审美化／艺术化与审美／艺术日常生活化的挑战，"它已经极大地超出了体制化、学院化的文艺学研究藩篱，大大地拓展了文艺学的研究范围与方法"④，并没有把文化研究等同于文学研究，并没有用文化批评代替文学批评。

当代意义的文艺学研究要求从文艺审美扩界到大众审美文化。当然，扩界不是越界，不是要抛开得到公认的文艺作品和文艺现象不顾，而只去研究专门作用于人的感官刺激和欲望享乐的城市规划、购物中心、街心花园、超级市场、流行歌曲、广告、时装、美容美发、环境设计、居室装修、健身房、咖啡厅、明星生活、美人图片等⑤，只是要将文艺学研

---

① 吴炫：《当前文艺学论争中的若干理论问题》，《文学评论》2008 年第 4 期。
② 童庆炳：《文艺学边界三题》，《文学评论》2004 年第 6 期。
③ 同上。
④ 陶东风：《日常生活的审美化与文化研究的兴起——兼论文艺学的学科反思》，《浙江社会科学》2002 年第 1 期。
⑤ 童庆炳：《文艺学边界三题》，《文学评论》2004 年第 6 期。

究"扩界"到这些因日常生活审美化或艺术化带来的大众审美文化方面。童庆炳、钱中文等学者都反对这样的"扩界",他们只能容许扩入摄影文学、影视文学、大众文学、网络文学等"正在产生中的新的文学体裁",不容许把服装时尚、度假村、城市规划等"物质性的东西"扩入文艺学研究的对象。① 之所以抱有这样的"有限扩界"的观念,那是因为没有看到或者根本不看"日常生活的审美化正在消灭艺术和生活的距离,在'把生活转换成艺术'的同时也'把艺术转换成生活'"② 的现实事实。我们认为对文艺学研究进行这样的"扩界"不但是可能的,而且是必需的,这是展现文艺学研究的当代性的又一个维度。

总之,从研究对象上说,我们主张当代意义的文艺学研究从文艺审美扩界到大众审美文化;从方法上说,我们主张文化研究与美学研究相结合。文化研究方法帮助我们扩大视野,打破学科藩篱,开拓新领域,美学研究方法帮助我们对崭新的研究对象的审美性及其价值作出具有深度的分析和评价,并且防止将文艺批评变成完全失落了人文关怀的文化批评。

---

① 钱中文:《文学理论中的几个问题:文学的终结与消亡、理论的边界与扩容——2004年5月26日在首都师范大学文学院演讲》,《文学理论:求索与反思》,中国社会科学出版社2013年版,第15页。

② 陶东风:《日常生活的审美化与文化研究的兴起——兼论文艺学的学科反思》,《浙江社会科学》2002年第1期。

"暴力美学"：暴力的美学升华

"暴力美学"在中国内地是20世纪90年代末才出现的一个新词。《电影评介》1997年第6期上一篇题为《吴宇森谈暴力美学》的记者访谈文章要算是这个词首次公开见诸内地媒体了。该文是一名台湾地区记者采访吴宇森导演的"谈话摘要"，所以放在"港台之窗"栏目。这也说明"暴力美学"这个词是从港台传进来的，最早是作为某类电影的批评术语出现的。此后，这个词就逐渐开始在内地尤其是影视批评界流行起来。笔者曾借助中国知网、万方数据资源平台做了一个不完全统计：从1997年至2011年，标题、关键词、摘要任意一项中含有"暴力美学"字眼的中文学术类文章共169篇，其中1997年1篇，1998、1999年两年空缺，2000年1篇，2001年1篇，2002年4篇，2003年3篇，2004年6篇，2005年6篇，2006年12篇，2007年22篇，2008年29篇，2009年25篇，2010年38篇，2011年21篇。数字显示2006年以来此类文章尤为密集。由此可见，暴力美学在最近几年有了相当的"热度"。不仅如此，对相关文章进行一个粗略的分析，就会发现人们对暴力美学的理解、认识、态度存在很大差异。有人主张从狭义上来理解，强调其"有约定俗成的特定含义"，有人主张从广义上来理解，强调其存在的普遍性；欣赏者有之，批评者也有之，莫衷一是。鉴于此，笔者觉得有必要对暴力美学好好辨析一番，以求得一种较为辩证的立场和看法。

一 "暴力美学"的纷纭众说

其实，我们今天看到的在中国内地最早出现"暴力美学"一词的《吴宇森谈暴力美学》这篇记者访谈摘要，已经透出对暴力美学的某种学术思考的意味了。记者问吴宇森为什么大家都把他的动作片叫"暴力美学片",吴宇森回答说"大概是因为我常常将动作艺术化,用唯美的角度拍动作戏"。这个回答不是简单的应付,而是吴宇森对自己的暴力美学的实事求是的概括。笔者以为,正是在前面有了可以称为"暴力美学片"宗师的吴宇森的这个解释,才会在后面出现北京电影学院郝建的两篇关于"暴力美学"的正儿八经的理论探讨文章。

郝建在2002年发表了《美学的暴力与暴力美学——杂耍蒙太奇新论》一文,在笔者看来,其实他是在为吴宇森对暴力美学的解释寻找一种深远的历史根据。该文既从三个方面批评杂耍蒙太奇是一种"可怕"的"美学的暴力",又指出杂耍蒙太奇提示了两个发展方向,其中之一就是"发掘纯形式的效果,探索新的、更有力的视听语言",在他看来这就成了"暴力美学"的渊源,所以他说:"暴力美学是从杂耍蒙太奇发展出来的一种形式技巧和美学观念。它提供的是一种纯粹审美判断。它把选择的责任还给每一个观众。"[①] 后来他又在《"暴力美学"的形式感营造及其心理机制和社会认识》一文强调"暴力美学""有约定俗成的特定含义,主要指电影中的对暴力的形式主义趣味。与'暴力美学'相关的一类作品有共同特征,那就是把暴力或血腥的东西变成纯粹的形式感。它主要发掘枪战、武打动作或其他一些暴力场面的形式感,并将这种形式美感发扬到炫目的程度"。而且,他认为"电子游戏中的暴力体验有很大一部分是从电影中发展起来的"[②]。显然,从本质上说郝建的观点与吴宇森的观点并无二致,但是长于理论言说的郝建对吴宇森的观点做了纵向和横向的深入挖掘和扩展,从而使得吴宇森属于实话实说性质的解释获得了理论的深度和厚度,以至于很容易被视作真理了。

郝建是"约定俗成的特定含义"论者,他强调暴力美学主要就是电影中的暴力美学以及从电影中发展起来的电子游戏中的暴力美学;而且,暴力美学是把暴力或血腥的东西变成纯粹的形式快感。首先,他把暴力美学限定在了电影以及从电影发展起来的电子游戏中,其次,他把暴力美学看作一种无关善恶价值、无关道德评判的纯形式的东西,即暴力动

---

① 郝建:《美学的暴力与暴力美学——杂耍蒙太奇新论》,《当代电影》2002年第5期。
② 郝建:《"暴力美学"的形式感营造及其心理机制和社会认识》,《北京电影学院学报》2005年第4期。

作完全失去了暴力的内涵,变成了供观赏的纯粹好看的动作。郝建所谓的"暴力美学"似乎仅仅是暴力动作场面的浪漫化、诗意化、舞蹈化之类的形式主义表现。

即使是将"暴力美学"限定在电影中,也有人在追随郝建的同时试图对他的观点进行修正。如张冰筱《"暴力美学"的电影技巧和思想深度——分析比较吴宇森和朴赞郁电影》一文,开篇一段文字可以说是郝建观点的照搬和复述,但是,接下来张冰筱却在纠正郝建了:"'暴力美学'发展到今天,已经成为一种普遍的电影表现形式。但是,'暴力美学',仅仅是形式主义的花哨表现,或是导演们为了达到刺激观众的目的而玩的视觉花样吗?"郝建将暴力美学仅仅看作电影中属于形式主义表现的浪漫化、诗意化、舞蹈化之类的暴力动作场面,张冰筱这里却认为暴力美学并不是这么简单、单纯和表面化的东西,他通过比较吴宇森和朴赞郁的电影,证明"他们电影中'暴力美学'所涵盖的电影技巧和思想深度,都不仅仅是所谓的形式主义的卖弄花哨,也并非纯粹为了追求视觉刺激和挑战观众心理承受能力而故意为之。无论是吴宇森心目中理想化的正义战胜邪恶的大团圆,还是朴赞郁眼中每个人的心灵得到净化的乌托邦,都是实施暴力所要达到的最终目标"[①]。

与郝建的形式主义"暴力美学"观唱反调的电影理论名家要算是尹鸿了。在吴娟组织的《"暴力美学"真的那么美?》的学术"谈话"中,尹鸿不赞成郝建的"形式主义趣味"说,认为"'暴力美学'是个广义的、泛审美的概念,并非严格的美学概念,相关作品的主要特点是展示攻击性力量,展示夸张的、非常规的暴力行为。文艺作品中,暴力的呈现可划分为两种不同形态:一是暴力在经过形式化、社会化的改造后,其攻击性得以软化,暴力变得容易被接受,比如,子弹、血腥的场景经过特技等手段处理后,其侵害性倾向被隐匿了一部分。又如,在美国的一些电影中,施暴者代表正义却蒙受冤屈,这种人物关系的设置也软化了暴力行为的侵略性。另一种情况是比较直接地展现暴力过程以及血腥

---

① 张冰筱:《"暴力美学"的电影技巧和思想深度——分析比较吴宇森和朴赞郁电影》,《东方艺术》2009 年第 S2 期。

效果,渲染暴力的感官刺激性,这种倾向在多种文化行为中都可以看到。以上所述的两种暴力呈现方式审美价值不同,社会效果也不一样"①。

毋庸置疑,大多数学者关注的是某一部或某一类影视作品的暴力美学特征;但是,也有学者将思考的视野扩展到了文学等其他艺术中的暴力美学。在笔者的不完全统计中,标题或关键词中含"暴力美学"的131篇中文学术类文章,其中影视类文章104篇,约占总数的79.39%;摘要中含有"暴力美学"字眼的中文学术类文章45篇,其中影视类文章29篇,占总数的64.44%;标题、关键词、摘要任意一项中含有"暴力美学"字眼的169篇中文学术类文章中,影视类文章126篇,占总数的74.56%。这组数字告诉我们,人们特别关注影视剧中的暴力美学。但是,诸如下列这些论文却将思考的触角伸向了影视之外的暴力美学:朱大可的《后寻根:乡村叙事中的暴力美学》(2002)、赵洪义的《新革命历史小说的身体凸显及暴力美学》(2006)、焦欣波的《暴力叙事与诗学批评——〈平家物语〉的暴力美学》(2007)、陈冠男的《从〈红鞋〉浅谈安徒生童话中的暴力美学》(2009)、颜翔林的《第二批判:〈水浒传〉的美学批判》(2009)、封云如的《暴力美学小说在80年代的衍变——解读余华的〈十八岁出门远行〉》(2009)、陈晓明的《"动刀":当代小说叙事的暴力美学》(2010)、丰慧的《浅析叶芝诗作〈丽达与天鹅〉中的暴力美学因素》(2010)、薛晓妍的《浅谈余华〈兄弟〉中的暴力美学》(2011),等等。这起码可以说明一点:在思考"暴力美学"问题时,并不是所有论者都只是将眼睛盯住电影以及作为其延伸品的游戏和电视不放,而是既有从影视艺术向其他艺术的"发散",也有从当代影视艺术向文学、戏剧、绘画等具有悠久历史的艺术的"回溯"。尤为令人欣喜的是最近读到广西师范大学出版社2009年出版的台湾学者蒋勋的《孤独六讲》,其中讲到"暴力孤独"。在他那里,"暴力孤独"就是阐述他对暴力问题的独特认识和看法的。而他正是从"暴力美学"谈起的——"暴力美学用在绘画上、在电影上及戏剧上,指的是什么?我想以此作为暴力孤独的切入点"。②

---

① 吴娟:《"暴力美学"真的那么美?——审视近期影视及大众文化中的一个热门现象》,文汇报2004年版。

② 蒋勋:《孤独六讲》,广西师范大学出版社2009年版,第147页。

也就是说，虽然"暴力美学"这个词在中国内地的使用只有二十来年的历史，但是对这个词的解说、阐释已经发生了很多历史变化，不能简单在吴宇森的"实话实说"意义上去理解了，也不能在它的最初阐释者郝建的立场上去理解了，需要我们以一种实事求是的精神辩证地对待它。

二 "暴力美学"的辨正

单说"暴力"或者单说"美学"，也许不会有什么疑惑，但是一把"暴力"和"美学"联系起来，组成一个词组，人们的疑惑就立即产生了：这到底指什么呢？

在吴宇森那里，他并不想对一般意义上的暴力美学作出解释或下个定义，他只是"实话实说"了他的影片中作为具体存在的暴力美学。他说出了他的暴力美学的"实际"，但并不意味着他认为或希望所有人的暴力美学都如此。他只是说出了他自己影片处理暴力的情况，除此之外别无他意。但是，到了理论言说者郝建那里，却将吴宇森的实话作了理论提升，从而从特殊上升到了一般，将吴宇森的个别具体的暴力美学转换成了一般意义上的暴力美学，定型为"电影中的对暴力的形式主义趣味"。打个比方说，吴宇森并不想回答"什么是美"的大问题，只是想说他有一只美的汤罐，但是郝建却将"什么是美的汤罐"的回答发挥成了"什么是美"的回答。

谬误的根源不能说在吴宇森，而在于郝建的貌似严肃认真的任意发挥，因为吴宇森说自己影片唯美地拍动作戏是一种暴力美学，一点都没有错，但是郝建却把暴力美学限定为就是暴力动作的浪漫化、诗意化、舞蹈化，或说就是形式主义化，再或者说就是吴宇森说的用唯美的角度拍动作戏，那就大错特错了。因为"暴力美学片"可以像吴宇森那样拍，也可以像朴赞郁那样拍，可以拍得很玩味形式，也可以拍得很引人深思，可以拍得很唯美，也可以拍得很血腥。而且，不仅电影可以表现暴力，将暴力转化为一种形式，其他艺术也可以表现暴力，将暴力转化为别样的形式。就是电影中的暴力美学也是形式多样的。不同风格导演的暴力美学是很不相同的。如吴宇森的暴力美学更多"为艺术"的特征，北野武的暴力美学更多"为人生"的特征，昆汀·塔伦蒂诺的暴力美学更多

"为娱乐"的特征。我们也强调暴力美学是暴力的形式化表现,但这里的"形式化"是指获得某种艺术表现形式,而不是仅仅追求淡化内容凸显形式的形式主义的艺术表现。郝建们虽然在理论上极力强调暴力美学的形式主义趣味,但事实上他们所举的暴力美学代表作品在表现暴力时并非同等地具有形式主义趣味,如《天生杀人狂》就被认为是血腥暴力的客观展示。

其实,郝建之后的学者们已经在努力"去郝建化"了,如前所说,张冰筱们试图将暴力美学从郝建设置的形式主义趣味中解救出来,尹鸿、蒋勋们更是要将暴力美学从单一的电影艺术中解放出来。尹鸿在与郝建等人对话暴力美学时,不是仅仅把暴力美学限定在电影中,而是从相当宽广的"文艺作品"来谈的。这就是说,在尹鸿看来,可以讨论电影中的暴力美学问题,但暴力美学问题不只存在于电影中,其他艺术中都存在同样的问题。蒋勋更是直截了当指出绘画、电影及戏剧等都有"暴力美学"。这样一条理论发展线索让我们找到了思考暴力美学的前提和基础:暴力美学与电影、戏剧、绘画等所有艺术表现形式的关联。而美学的一个要义恰恰在于"艺术表现"。这样一来,解释"暴力美学"这个命题的关键在于解释其中涉及的"美学"的含义。

对美学的理解大体可以分为两派,一派是美论美学,一派是审美论美学。由于美论美学要集中探讨的美、美的感觉、美的创造、美的教育聚焦于艺术美、艺术美感、艺术美创造和艺术美教育上,审美论美学要集中讨论的审美欣赏和审美创造活动也集中在艺术欣赏和艺术创造上,所以,两派美学都非常关注艺术问题,区别只是切入角度不同,前者更重视艺术的美的本质的探讨,后者更重视艺术欣赏和艺术创造活动的审美感觉——感性性质。所以,鲍姆加登和莱辛之后的美学家们几乎都会在他们的美学著作中重点讨论到艺术问题。沃尔夫冈·韦尔施把审美看作"一个以家族相似性为其特征的语词"[①],具有一个与"感性"紧密相关的语义群,诸如主观感觉、完美和谐的形式感、装饰设计、形式创造、

---

① [德]沃尔夫冈·韦尔施:《重构美学》,陆扬、张岩冰译,上海译文出版社 2002 年版,第 17 页。

情感表现、虚构想象。这样一些与"感性"紧密联系的特征集中体现在纯粹的艺术活动中,也体现在各种实用艺术、家庭装修和工业设计等泛艺术活动中。

因为美学与艺术关系太紧密了,美和审美的性质、特点集中体现为艺术和艺术活动的本质、特点,在许多美学家那里,美学不是别的,就是艺术哲学。这是美学的一个层面,理论层面。换句话说,作为一种理论形态的美学就是艺术哲学。当然,这里要特别强调的是,现实生活中广泛存在的宽泛意义上的艺术和艺术活动是远远超出狭义的艺术和艺术活动的。狭义的艺术是指具体的诗歌、散文、小说、剧本等文学作品以及舞蹈、绘画、雕塑、建筑、戏剧、影视作品等艺术作品,狭义的艺术活动是指具体的文学艺术作品的欣赏和创作活动;但是,在现实生活中,人们实际进行的带有艺术活动性质和特点的感性审美活动是远远超出狭义艺术活动的范围的,实际创造出来的带有艺术作品性质和特点的作品也是远远超出狭义艺术作品的范围的。因此,所谓美学就是艺术哲学,并非狭义的艺术和艺术活动的哲学,而是广义的艺术和广义的艺术活动的哲学。把艺术和艺术活动或艺术性作品和艺术性活动的哲学思考系统化、体系化为理论著作,这是理论形态的美学。

还存在一种实践形态的美学,就是理论形态的美学在实践中的实现。理论形态的美学,即广义的艺术哲学,实现为具体的艺术形式和具体的艺术欣赏和创造活动的过程以及类似于艺术形式的形式和类似于艺术活动的过程,就是实践形态的美学。台湾学者蒋勋所说的"表现在绘画上、电影上、戏剧上"的美学,更多的是指这种实践意义上的美学。很多时候我们说"美学的"或"美学上"其实就是说"艺术表现的"或"艺术表现上",着眼的都是我们进行的审美判断活动的性质和特点以及进行审美判断的对象的艺术表现形式或类似于艺术表现形式的性质和特点。很多学者因为没有弄清楚"美学的"与"艺术性的虚构和想象"的关系而没有能真正理解一些著作中提到的"美学的"之类用语的含义。

其实,美学还有一种观念形态,即存在于人的意识中的美学,而且这才是本源意义上的美学。当我们说"人人都有自己的美学"的时候,我们绝对不是指每个人都发表或出版有自己的美学著作,也绝对不是指每个人都发表或出版有自己的艺术性作品,都进行过或进行着实际的艺术性欣赏和创造活动,而是指每个人心里都有自己的美丑概念、评判美丑的标准等美学观念。观念形态的美学存在于人们的意识中,一方面是因生理遗传和文化—心理积淀而先天带来的,一方面是因为理论形态和实践形态的美学的学习、教育、训练等而后天获得的。理论形态的美学、实践形态的美学与观念形态的美学之间存在着一种相互作用、相互转化的循环关系。当然,这种相互作用和相互转化并不是对等的。外在的理论形态的、实践形态的美学必然部分地内化为观念形态的美学,观念形态的美学未必能外化为理论形态的美学和典型的实践形态的艺术和艺术活动,但是必然外化为审美活动或说宽泛意义上的艺术活动。由于每个人都有自己的美学——观念意义上的美学,而且因为每个人观念意义上的美学都会转化为宽泛意义上的艺术活动,所以,克罗齐说"我们每个人实在都有一点诗人、雕刻家、音乐家、画家、散文家的本领"①,说"'诗人是天生的'一句成语应该改为'人是天生的诗人'"②。

与美学的存在形态一样,暴力美学也必然在三个形态或说三个意义上存在,一是观念意义上的暴力美学,蒋勋说我们在看《泰坦尼克号》时"的确是在宣泄潜意识里的暴力美学"③,这里的暴力美学是存在于意识和潜意识里的,就是观念意义上的。二是理论意义上的暴力美学,美学家们从理论上对暴力美学加以分析、研究、评价等形成的概括和结论性的原则、观点就是这个意义上的美学。蒋勋的随笔"暴力孤独"就是其中一例。三是实践意义上的暴力美学,说"将暴力转化为美学"④ 就是指将实际的暴力行为转化为具有表现性的艺术形式化的暴力,也即暴力的艺术形式化。如在小说、影视剧里描写、表现的暴力就是这个意义上的暴力美学。值得注意的是,暴力美学一般限定于暴力的艺术表现形式中,但是,当我们抛开道德的、法律的视角,从美学的视角来"围观"

---

① [意]克罗齐:《美学原理 美学纲要》,朱光潜等译,外国文学出版社1983年第1版,1987年第2次印刷,第18页。
② 同上书,第22页。
③ 蒋勋:《孤独六讲》,广西师范大学出版社2009年版,第154页。
④ 同上。

社会生活中的暴力事件时,暴力事件也可能获得美学的意义。发端于英国伯明翰学派的"文化研究",就为现实的暴力事件向艺术形式化的暴力美学转化提供了思路。"文化研究"启示我们,现实生活中的种种事实、事件,都可以被符号化,即都可以被当作符号来解读。当你像观看艺术作品中的暴力一样来观看生活中的暴力事件时,暴力事件就转化成了暴力美学。如果现实中的暴力事件被接受者普遍暴力美学化了,那就需要引起我们高度警惕了。

这里,问题的关键在于:美学不仅仅是一种抽象的死的理论体系,而且更是一种心理观念和一种具体的活的泛艺术实践。美学的实践或说实践着的美学就是泛艺术活动,在这样的艺术活动中人们象征性地实现着并升华着自己的各种生命欲望。生命欲望在艺术活动乃至泛艺术活动中的满足不是直接的、实在的、现实的,而是间接的、虚幻的、象征的,所以被称为是美学的方式。如此说来,当我们说各种艺术中的暴力美学的时候,不是指别的,而是指暴力的艺术化的表现。暴力美学存在于各种艺术形式中,尤其是影视和作为其延伸体的游戏中。因为艺术(包括各种泛艺术)不是实际的生活经验本身,而是生活经验的形式化,所以艺术中的暴力也不是暴力行为,而是暴力的艺术表现或艺术形式,约定俗成的说法就是"暴力美学"。暴力的艺术表现越富有艺术性就越富有美学性。虽然所有艺术中的暴力的表现都可以称之为"暴力美学",但是它们所具有的艺术性、美学性却存在高低优劣之别,不可同日而语。

三 "暴力美学"的必然

暴力美学虽然不是暴力欲望,也不是现实和历史中的真实暴力,但是,生命体中的暴力欲望以及现实和历史中的暴力行为是艺术中的暴力美学的基础。虽然人们身上的暴力欲望以及对强大生命力的渴望,也可以通过参与赛车、摔跤、拳击等体育竞赛活动得到合理的释放,但是,按照弗洛伊德本能升华说和杜威日常经验主义艺术论,暴力还应该且必然在艺术中得到升华式的表现,转化为暴力美学。

弗洛伊德的三重人格理论认为人格是本我、自我、超我的矛盾统一。本我即人的原始本能冲动,它奉行"快乐原则",我行我素,是人的各种行为的最后决定因素。超我即理想化的自我，遵守社会习俗和道德原则，用中国古人的话说，就像是"克己复礼"的"圣人"。自我介于本我与超我之间，按照现实原则行事，防止本我贸然出头公开与社会道德发生冲突。可见，在现实社会中大多数人的大多数本能冲动是被压抑着的。但是，本能冲动犹如地下的暗流，压抑不可能使本能冲动自然消失，而只是使本能冲动暂时退缩在潜意识中不流露出来，相反，这种被压抑着的本能冲动还可能随着压抑强度的增大和压抑时间的延长而聚集起更大的能量、造成巨大的心理"地震"。所以，弗洛伊德特别重视给本能冲动寻找到宣泄的合适通道，他认为这条最合适的通道可能就是艺术。于是他提出了艺术是"本能的升华"的著名论断。本我即本能，而本能有两类：生本能与死本能。生本能又即性本能，包括食欲和性欲之类，所谓"食色性也"，是维持个体和种族生存繁衍的本能；死本能又即"攻击性的本能"，使人把自己变成对死亡的旁观者以至参与者。弗洛伊德说："假如远在往古，生命以一种不可思议的方式起源于无机物，那么根据我们的假设，那时已有一种本能要以毁灭生命而重返于无机状态为目的。又假定我们所称的自我破坏的冲动源于这种本能，那么这个冲动便可视作任何生命历程所不能缺少的一种死亡本能的表现。"[①] 死本能是一种将生命体拉回到最终的无机物质态的冲动，但它又非直接表现为一种求死的欲望，而是派生出种种破坏力和攻击力，正是在这个意义上，我们说暴力攻击是人的本能欲望。换句话说，每个人都是具有暴力倾向的。在现实社会中，只有少部分所谓无法无天的人将暴力欲望释放了出来，大多数人的暴力欲望却被痛苦地压抑着。然而欲望犹如洪水，大禹治水的故事告诉我们，欲望释放的途径不是堵而是疏。按照弗洛伊德的观点，暴力美学正是这种被压抑着的暴力欲望的宣泄通道。这就是为什么一方面道学家口口声声在反对"暴力美学"，一方面从古到今各种类型的文艺作品都充斥着暴力美学的原因。

再从杜威的"艺术即经验"的观念看，暴力美学在各个历史时代艺术中的出现也是必然的。美国实用主义哲学家约翰·杜威在1934年出版

[①] ［奥］弗洛伊德：《精神分析引论》，商务印书馆1984年版，第45页。

了《艺术即经验》一书，提出的基本命题就是"艺术即经验"或"作为经验的艺术"，就是强调艺术经验并非独立于日常生活经验之外的"别材别趣"，而就是日常生活经验的一部分，就是日常生活经验的集中、概括和实现。杜威特别重视"恢复作为艺术品的经验的精致与强烈的形式，普遍承认的构成经验的日常事件、活动，以及苦难之间的连续性"①。这种连续性主要就是艺术品的经验与日常生活经验之间的连续性。这种连续性是艺术经验与日常经验的双向互动关系，而非从日常经验到艺术经验的单向作用关系，但是，单从艺术创作角度而言，首先需要重视的恰恰是日常经验向艺术经验的生成。事实上，因为杜威思想的影响，自20世纪40年代以来，从日常经验角度探索艺术经验问题，已经成为艺术理论研究的一个重要学术范式。翻开人类历史，几乎每前进一步都离不开暴力。一个个重大历史事件都是一个个暴力事件，只是因为"成王败寇"的缘故，暴力性的历史事件被隐去了其暴力性甚至被转换成了某种伟大的品质。因为各个民族的各个历史时期普遍存在着暴力事件，所以各个民族的各个历史时期的艺术中普遍存在着"暴力美学"。而且，从某种意义上说，反对暴力也是崇尚暴力的一种形式。人类的历史表面上看是反对暴力的历史。可是，是谁在反对暴力？统治阶级。统治阶级为什么反对暴力？不是反对自己实行暴力，实际是反对被统治者实行暴力，是只许州官放火、不许百姓点灯的心态。统治阶级反对被统治阶级的暴力本身就是统治阶级对被统治阶级的暴力——意识暴力或思想暴力。反对暴力很多时候——甚至总是借反对之名行言说暴力——提起暴力之实，人们在反对暴力的表面下掩藏的是对暴力的崇尚。在人类历史上，人们往往是以反对暴力的形式言说暴力的，这真是人类的聪明之处。

  当今中国正在进行和谐社会建设的伟大实践，暴力美学在这场伟大实践中又究竟可能扮演怎样的角色呢？暴力美学与建构和谐社会之间主要是一种正向关联还是反向关联？或者既有正向关联也有反向关联呢？这需要审慎分析和论证，而不能简单地一概而论。但是很多以道德家自居的人宁愿想当然地、不加分析地认定暴力美学与建构和谐社会目标不

---

① ［美］约翰·杜威：《艺术即经验》，高建平译，商务印书馆2010年版，第3页。

相容。然而，我们清楚地知道，社会的和谐不是空中楼阁，它必然建筑在个体与个体、群体与群体、个体与群体的和谐发展基础之上。那么，什么因素会成为个体与个体、群体与群体、个体与群体的和谐发展的破坏性因子呢？政治学家更多地着眼于政治的层面，认为特别需要警觉的是政治权力分配的不平衡；经济学家更多地着眼于经济的层面，认为特别需要警觉的是贫富差距的无法遏制的迅速扩大；文化学家更多地着眼于文化的层面，认为特别需要警觉的是文化的冲突；精神分析学家更多地着眼于心理的层面，认为特别需要警觉的是从个体到群体的心理的不平衡。虚构的想象性的暴力美学以一种艺术的方式表现人内心的暴力欲望，也就意味着减轻了人们的暴力欲望在现实中长期被压抑的心理压力，必然有助于实现人们内在心理的平衡。可见，暴力美学在建设和谐社会的伟大实践中也可以发挥其积极的作用，同样具有其存在的合理性。

四 "暴力美学"的适度

暴力美学一方面可以假想地释放人们身上的暴力欲望、浇灭熊熊燃烧着的暴力欲望，但另一方面是不是也可以实际地唤醒人们身上沉睡着的暴力欲望、点燃已经蠢蠢欲动的暴力欲望呢？据报道，2012年7月20日美国科罗拉多州丹佛市《蝙蝠侠前传3：黑暗骑士崛起》首映式上发生了骇人听闻的枪击案。尽管正在攻读神经科学博士学位的詹姆斯·霍姆斯枪杀无辜观众的动机尚未调查清楚，但是他把头发染成红色，自称"小丑"，难免会让人想起2008年上映的高票房电影《蝙蝠侠前传：黑暗骑士》中的"小丑"。"小丑"作为片中的主要反派角色，是蝙蝠侠的敌人，残暴到了丧心病狂的程度，多次布下陷阱或机关，给所在的城市制造灾难和恐慌。所以有人推测说他可能是对《蝙蝠侠》中的"暴力美学""入戏太深"。

辩证地看，暴力美学应该正是这样一把双刃剑。对于人身上的暴力欲望，它既可能"释放"、"浇灭"，又可能"唤醒"、"点燃"。而人身上的暴力欲望必须维持一定的度，"过犹不及"。或者说人一半是天使一半是魔鬼，或者说人一半是狼一半是羊，这里面的"魔鬼"和"狼"就是暴力欲望和冲动。人身上必须要有一定的魔鬼性和狼性，否则人将不人；但是，人终究又不能是魔鬼，不能是狼，否则同样人将不人。人身上的暴力欲望和冲动需要适度，艺术中的暴力美学也应该适度。如何实现暴力美学的适度呢？起码需要从下面三方面进行考量：

一是暴力美学的量度。这是说要控制暴力美学的量，防止暴力美学泛滥。艺术经验连接着生活经验，艺术的本质连接着人性的本质，过度的暴力欲望和暴力世界生发过度的暴力美学，过度的暴力美学指向并再生过度的暴力世界和暴力欲望。一方面，世界是如此暴力，所以艺术中有如此多的暴力美学；另一方面，艺术中暴力美学如此之多，所以世界变得如此暴力。如此循环往复，那是十分可怕的景象。人是懂得自调节的动物，体育竞技活动以及艺术中的暴力美学就是人自调节暴力欲望和冲动的工具和手段。既然是工具就应该为我所正确使用，而不能因滥用反被工具所伤。

二是暴力美学的软度。这是说暴力美学应该通过美学的方式弱化暴力的血腥味、残暴性、恐怖性。郝建们所说的暴力美学就是这种软性的暴力美学。我们反对将广泛的艺术世界的多样的暴力美学限定在这样狭小的范围之内，但是，我们又要清醒地意识到这种形式主义趣味的浪漫化、诗意化、舞蹈化、游戏化、娱乐化、风格化的暴力美学更多地作用于人的视听感官、满足人的视听感官享受需要，弱化了暴力的攻击性、杀伤性、破坏性、毁灭性等实质，这应该说是最具美感享受性的暴力美学，这样的暴力美学几乎丧失了暴力的具体道德内涵，而只剩下暴力的唯美艺术形式，具有相对抽象、独立、单纯的"形式美"的意味。这样的暴力美学因为远离现实、富于想象、新颖别致而对欣赏者具有难以抗拒的审美吸引力。

三是暴力美学的向度。这是说暴力美学应该体现正确的道德观、价值观，给人正面的教育和引导。暴力美学如果将暴力设置为分别代表正义与邪恶的好人与坏人之间的较量与争斗，并且最终结局是好人战胜坏人、正义战胜邪恶、真善美战胜假恶丑，那么再怎么具有攻击性，都因为其价值立场的设定而不可能导向"暴力盲动"，而是使人懂得使用暴力必须有节制、有理性、有原则。如《水浒传》"鲁提辖拳打镇关西"一段，因为两人特定身份的设定：一者是欺压百姓的恶霸，一者是见义勇为的好汉，使得鲁提辖三拳打死镇关西的残酷暴力获得了"正义战胜邪恶"的价值评判。很是风格化的吴宇森的暴力美学也往往贯穿着以暴制暴、实现"天下无暴力"的理想。

（曾以《"暴力美学"之辩证观》载于《哲学动态》2012年第11期）

广西电影产业化发展路径探析

——以广西电影集团为例

广西电影集团有限公司（以下简称广影集团）的前身广西电影制片厂（以下简称"广影厂"）在计划经济时代作为中国电影第五代导演的摇篮以及主旋律影片的主要生产厂家，不仅辉煌一时，而且诞生了《一个和八个》、《黄土地》、《血战台儿庄》、《周恩来》等能够在百年中国电影"青史留名"的优秀影片。如今，转企改制后的广影集团又将以怎样的姿态在市场经济大潮中搏击风浪，走出一片产业化发展的崭新天地，重铸另一种辉煌呢？

一 从这里出发：转企改制，建立现代企业制度

广西电影人是很善于抓住机遇谋求发展的。20世纪80年代初的广影厂领导瞄准了思想开始解放的大好时机，到北京电影学院要到了张军钊、张艺谋、肖风、何群四名毕业生。经过半年的跟班学习，四名年轻人联名立下要求独立拍片的"军令状"。厂里领导反复研究讨论，最后决定打破常规，批准成立以他们四人为主体的"青年摄制组"。这是全国第一个"青年摄制组"，他们的年龄当时平均是27岁。血气方刚的四个年轻人，抱着"不成功便成仁"的决心，"剃发明志"，全身心投入到了《一个和八个》的拍摄中，影片执着而鲜明地表现"人性"，从而打响了第五代导演"探索影片"的第一枪。正如评论界所言，"影片把战争的描写推到后景中去，而着重表现战争环境中的人，表现'一个'和'八个'在特定情况下心灵性格的撞击以及他们之间关系的演变，从而揭示出共产党员

的气节和中国人的民族精神。"① 在当时,广影厂的这群年轻人之所以能够"义无反顾"地背离"学院派",大胆"张扬""个性",走出一条"野路子"来,是与告别禁锢思想的十年"文革",开始改革开放新时期的思想政治大环境分不开的。

在今天看来,《一个和八个》作为中国第五代导演探索影片的开山之作,永远成了一块艺术探索的纪念碑;但是,如果从商业的角度来考量一番,影片投资44.26万元,没有收回成本,却不能算是成功之作。当时的电影创作允许不计商业回报的艺术探索,才有了广影厂的《一个和八个》和中国的探索片。应该说一方面是1978年十一届三中全会确立了实事求是、解放思想的基本路线,一方面是当时中国电影生产属于计划经济下的国有电影制片厂体制,正是这两个方面的奇妙结合,成就了《一个和八个》,成就了探索片。正如倪震所指出的,当时"电影厂对于自己生产的影片没有销售经营权,在这种生产关系和经济体制下,电影厂不必过于关心自己生产的电影被卖的拷贝数,更不用去关心影院放映的实际票房。这种经济关系显然不利于常规的商业娱乐型电影的发展成熟……尤其在当时'思想解放'、人们关注历史反思和文化哲理探索的社会思潮背景下,它无形中为探索片和'第五代'的出现提供了一个难得的经济基础。……从这个意义上说,'第五代'是旧电影经济体制的受益者,是社会意识形态已经嬗变而旧电影经济体制依然基本保留这一特定时期、特定气候土壤中的一枝奇葩"②。

事实上,当时中国电影的整体情况"就是对艺术的追求和创新要远远大于对市场的欲望"③,所以,从电影产业发展的立场说,包括广影厂《一个和八个》、《黄土地》在内的中国探索片的成功只是追求思想深度的艺术探索的单方面成功,而这种成功是以商业上的失败为代价的。这是一种片面的成功,而非全面的成功。

今天,广影厂对电影产业化发展道路的先知先觉,再次让我们惊喜。虽然早在1999年就成立了中国电影集团公司,到2003年已有长春电影集

---

① 舒晓鸣:《中国电影艺术史教程 1949—1999》,中国电影出版社 2000 年版,第 230 页。
② 倪震主编:《改革与中国电影》,中国电影出版社 1994 年版,第 198 页。
③ 何群:《电影是集体的艺术》,《大众电影》2008 年第 2 期。

团公司、上海电影集团公司、潇湘电影集团有限公司等国营电影集团公司,但是作为全国 16 家故事片生产老厂之一的广影厂也不甘落后,而较早地在 2006 年完成了转企改制,在 2011 年 9 月正式挂牌成立电影集团有限公司。要知道,到 2008 年年底,38 家国有电影制片单位只有 18 家转企改制,还有 20 家尚在等待观望之中;一直到 2009 年年底,除中国农业影视中心、八一电影制片厂、天山电影制片厂三家国有制片单位因特殊情况经中央特批保留事业体制外,其余国有电影制片厂才在广电总局"最后通牒"下完成转企改制。

广影集团公司成立之前,我国只有 17 家国有电影集团公司,2011 年至今是国有电影制片单位纷纷组建集团公司的高潮期或说跃进期。所以说广影厂的转企改制和组建集团公司在全国国有电影制片单位中还是处于比较领先的位置的。

广影厂转企改制以来,也即 2007 年以来,已经生产《碧罗雪山》、《阿佤山》等电影 19 部,电视剧《绝密 1950》、《绝战桂林》等 10 部 278 集,具体列表如下:

生产年份	电影数量及名称	电视剧部集数及名称
2007	3 部:《我们需要你》、《希望》、《海谣》	3 部 62 集:《浪漫的西街》(19 集)、《给我一个爱的理由》(23 集)、《青春坐标》(20 集)
2008	3 部:《清水的故事》、《承诺》、《冰雪同行》	1 部 20 集:《孔雀蓝》
2009	5 部:《海的故事》、《喊过岭的故事》、《山那边的女人》、《寻找刘三姐》、《壮乡木棉红》	2 部 55 集:《绝密 1950》(30 集)、《红七军》(25 集)
2010	3 部:《碧罗雪山》、《大劫难》、《夜惊魂》	1 部 32 集:《毒刺》
2011	2 部:《阿佤山》、《天琴》	1 部 34 集:《瑶山大剿匪》
2012	3 部:《蝴蝶谷》、《心中的天堂》、《宝贝别哭》	2 部 75 集:《狐仙》(40 集)、《绝战桂林》(35 集)

且让我们作一下历史的回溯。1995—2006 年十二年间广影厂出品电影 20 部,17 部基本没有投资,只是出卖厂标的挂名作品,2002 年甚至交了白卷,连挂名作品都没有。如果说 1995—2006 年是广影厂实实在在的

低迷沉寂期，那么从已经完成转企改制后的 2007 年，广影厂又重新呈现出了蓬勃向上的新气象，真可谓是转制"'转'出了一片新天地"①，我们不能不欣喜地说广影厂又重新出发了。

广影厂的"重新出发"不仅表现在影片生产数量的稳步增长上，而且更是表现在对影片质量（品质）的自觉追求上。这里最典型的例子就是《碧罗雪山》。2010 年广影厂出品的《碧罗雪山》（存文学、刘杰编剧，刘杰导演）在第十三届上海国际电影节上获评委会特别嘉奖、最佳音乐、最佳导演、评委会大奖，成为该届电影节的最大赢家；2011 年又在悉尼国际电影节获得"金考拉最佳导演"（刘杰）、"金考拉最佳女主角"奖，还获得了第 14 届华表奖最佳影片提名奖。一座座金光闪闪的奖杯成就了广西电影乃至中国电影在新世纪的传奇。小小的广影厂已经有 20 部优秀影片在国内外获得 88 项大奖。

广影厂的重新出发更是以与原广西电影公司合并重组的广影集团为新平台的。广影集团的成功组建，有效地整合了广西电影制片、发行、放映资源，有计划有步骤地实施制作、发行、放映一体化发展模式。意味着广西电影发展拥有了一个更高、更大、更好的平台。广影集团获批成立后就成立了电影制片公司、电视剧制作公司，分别负责电影、电视剧的生产，同时成立了广西广影城镇影院投资有限公司和广西八桂同映农村数字院线有限公司，通过投资参与改造广西现有城乡电影院以及参与建设新影院，逐渐形成广西电影制片、发行、放映的完整产业链。制片、发行、放映产业链的形成，不仅能有效节约发行、放映成本，保障发行、放映渠道的畅通，扩大盈利空间，而且有利于积累生产资本以扩大再生产能力和水平。

在政府大力支持下，广影集团旗下还拥有广西科教频道。广西科教频道 2010 年开播，2011 年广告收入突破一千万元，2012 年广告收入又突破了两千万元。根据其良好发展势头，可以想见不用几年工夫广影集团就可以把广西科教频道打造成为品牌媒体，发挥影视互补的资源优势，

---

① 庞革平、谢建伟：《"转"出一片新天地——广西电影集团转企改制纪事》，《人民日报》2012 年 9 月 7 日第 19 版。

支持集团公司影视创作发展。

广影集团成立之初就制定了近期、中期、长期发展目标，让人看到了小集团公司的伟大理想和高远追求以及准备艰苦奋斗的坚定决心。集团"近期目标"的主要指标是从集团成立到 2012 年生产电影 3 部以上，电视剧 60 集以上，实现创收 6000 万元；其中期目标的主要指标是 2013—2015 年每年投产电影 5 部以上，电视剧 100 集以上，力争每年有一部影视作品产生较大影响，形成一个由集团公司主导、基本覆盖广西县级以上城镇的电影院线公司，力争到 2015 年实现电影票房收入 2 亿元、集团公司总产值 5 亿元；其长期目标的主要指标是 2016—2020 年每年创作生产电影 8 部以上，电视剧 150 集以上，力争到 2020 年实现电影票房收入 5 亿元，集团公司年产值 10 亿元。在这 2013 年的春天里回望广影集团的过去一年，实际生产电影 3 部、电视剧 75 集，创造产值 1 亿多元，统计数据雄辩地告诉我们，广影集团已经基本实现了近期目标。有了这个良好的开端，广影集团按时实现中、远期目标也是完全可以期待的。

这一切都说明广影集团为走出一条自己的产业化发展道路首先明确了自己的市场主体地位，并且积极着手产业化发展的基础性建设。

二 行进中的阻力和困难

广影集团作为中国电影生存、发展、活跃在南国边陲的一支特殊重要的力量，与整个中国的政治、经济、文化紧密关联在一起，具有与整个中国电影产业发展相同相似的命运与际遇；但是，广西作为少数民族自治地区，属于相对落后的西部，所以小规模的广影集团同时又与广西特殊的政治、经济、文化状态紧密关联在一起，而在不偏离中国电影产业化发展大方向的前提下，又必然有着自己独特的"行进步伐和姿势"。与发达地区的中影、上影等起点高、基础好、规模大的国有电影集团公司相比较，其产业化之路可能要曲折艰难得多。根据笔者的思考和观察，广影集团要实现自主产业化发展，目前起码还存在下面几个方面的阻力和困难：

一是认识和观念尚有待彻底转变。认识和观念转变是改革实践的前提，不能期望固守"电影事业"观念的个体和组织成为"电影产业"的坚定推动者和实践者。出于能够为广西电影产业化发展尽一份心、出一份力的初衷，笔者发起成立了广西民族大学影视文化产业发展研究所，并于 2012 年 3 月以研究所的名义举办了一次"广西电影产业发展座谈会"，有意识地邀请了广西文化和广电部门的一些领导、广西国有和民营制片公司的一些老总、广西影视编剧队伍中的代表以及高校中的影视教学和研究人员参加。令笔者甚感意外的是，从文化和广电部门的一些领导到制片公司的老总，再到正活跃在广西影视编创第一线的编剧们，还并没有彻底转变电影观念的普遍自觉。座谈会上比较集中的一种声音恰恰是反对电影产业化，表现出对电影作为事业的传统的怀念情绪，只是民营公司的老总们坚定而明确主张电影产业化。反对电影产业化的理由概括起来主要是三个：一是认为电影是内容产品，其使命是生产思想和观念，承担教育功能，而不应该是牟利工具，为了完成对大众的思想启蒙，国家应该不计回报地投资电影生产。二是认为美国好莱坞商业电影路线不是世界电影的主流，恰恰相反，是世界电影中的个案，没有普遍性，不可效法。三是认为进口大片搞坏了中国电影观众的观影胃口，使得中国观众丧失了应有的观影品位，把追求高雅的艺术审美快感降低为了满足低级浅薄的视听感官享受，所以中国电影必须回归艺术创作的正途。为什么从行业主管部门领导到电影生产部门，再到电影剧本创作者，还较为普遍地存在着反对电影产业化的倾向呢？笔者的判断是，领导者之所以反对电影的产业化，是因为电影作为意识形态产品的电影本质观在他们头脑里已经根深蒂固，一时还不能完全从电影是意识形态宣传工具的固有观念中解放出来。电影生产部门之所以反对电影的产业化，是因为他们还不熟悉产业化运作的规律、模式、方法，从过去财政供养的事业单位一下变成自负盈亏的市场主体，顿生出无依无靠的失落感，害怕无力承担投资失败的巨大风险。编剧人员之所以也反对电影的产业化，是因为他们写惯了适合意识形态宣传口味的宣教类剧本，一时还没有摸到如何让故事既有正价值的感召力又有娱乐观众的吸引力的门径。说穿了大家都还没有尝到成功产业化运作的甜头，所以患得患失、畏首畏尾。虽然反对电影产业化或认为在中国这样的环境电影不可能产业化的声音是在笔者组织召开的座谈会上听到的，并非直接来自广影集团，但是广影集团的产业化发展又不能说不需要倚仗这些人。一些广西电影人甚至领导层也有人不以《人再囧途之泰囧》的商业成功为成功，而以《碧罗雪山》的艺术成功为成功，认为只要两三年能出一部《碧罗雪山》这样的精品电影也就满足了。从产业化发展的角度来看，《碧罗雪山》虽然也不可否定，但是能够取得《人再囧途之泰囧》式的商业成功更为重要。由此笔者觉得在广西电影人中"得奖情结"还比较重，还存在一种重"得奖"不重"得众"的心态。这无疑对广影集团的产业化发展形成了一种不小的阻力。

二是人才匮乏。北京电影学院的倪震教授曾对一些中小型电影企业做过一些研究，发现那不是职业化电影生产者的队伍，而是干部队伍。他说："我觉得，行政干部和职业制片人这是两件事，电影企业股份制、产业化了，体制改造深入下去就牵涉到这个问题。大量制片人讨论的问题，是从行政角度谈的，不是从专业角度谈的，这也造成电影与市场脱节的一个弊端。"① 倪震发现的其实就是中小电影企业缺乏专业人才的问题。广影集团也明显存在这个问题。对广影集团来说，其主营业务应该是影视产品的生产、发行和放映，单从影视产品的生产这一端而言，又主要是策划、制作、营销三个环节。策划环节，要在市场调研的基础上确定市场需求，根据市场需求选择剧本或组织合适人员创作剧本，确定拟生产影视剧的风格类型，建议承担制作任务的主创人员及演员阵容与类型，制定相应的融资和营销策略，预测影片的市场前景和利润指标，显然，策划部门需要抓好剧本选择和创作这一至关重要的工作，但又不仅仅是组织创作剧本这样单纯的工作，而是要对一部影视剧从题材、风格选择到生产出成品投放到市场的全过程进行全方位的构想和设计，也就是对产品生产描画完整的蓝图。这中间最关键的工作是进行市场调研、确定产品的市场定位和营销策略。制作环节，就是要对影视剧的制作流程进行标准化的组织和管理，这里尤其重要的是实行制片人中心制，而制片人必须是复合型人才，要求既懂艺术又懂经济还熟悉制片管理。制片人是投资方的代表，全程监控一部影视剧的运作过程，将投资方的策

---

① 吴颖：《电影产业化还缺乏产业根基》，《北京商报》2008年4月28日。

划意图准确传达给导演，确保在影片制作过程中得到完整实现，防止影片成品与策划意图之间出现难以缝合的裂隙甚至背道而驰。营销环节，就是采取强有力的营销措施保证营销效果，实现利润指标，甚至尽可能在利润上"把蛋糕做大"。营销活动并不是在一部影视剧制作完成后才开始的，而实际是在策划方案通过后就开始了。营销的方式、手段丰富多样，要与时俱进，营销的对象也不限于影视剧本身，还包括音乐、形象、商标、海报、服装、玩具、主题公园等，如美国大片《侏罗纪公园》的营销。影视剧的策划、制作、营销环节都很重要，可以说，一部成功的影视剧首先是策划出来的，其次是制片人监制出来的，再次是强有力的营销手段宣传出来的。广影集团的目标是实现影视生产、发行、放映的一体化发展，这也是其"集团化"的核心含义。放下发行、放映一端不说，单说影视剧生产一端，广影集团成立了电影制片公司和电视剧制作公司，有关电影、电视剧的策划、制作、营销工作也分别由这两个公司承担。这应该说具有一定的基础，但是公司下面尚未设置策划部、制作部、营销部等部门并配备相应的专业人员。不是广影集团领导不想设置相关部门、配备相关人员，而是暂时找不到合适的策划和营销人才，所以电影制片公司和电视剧制作公司基本上还相当于电影制作部和电视剧制作部，策划、营销工作很难做到位。

先说其策划工作。广影集团决定是否拍摄一部影视剧，并不是那种不负责任的由领导一拍脑袋决定的，而往往经过一定的"策划"程序。集团2011年和2012年几部影视剧的选题确定有这样三种情况：一是剧作家和导演拿着剧本来商谈，经组织人员审阅剧本，多数审阅者看好才决定投拍，如电影《代乡长主政》和电视剧《聊斋之狐仙》（40集）；一是领导层看好某个题材，经内部讨论，意见比较一致才决定投拍，如电影《天琴》和电视剧《绝战桂林》（35集，播出时改为《绝战》）；三是影视圈外其他人推荐，经组织人员论证，多数同意才决定拍摄，如《阿佤山》。确定选题的这三种情况实际就属于策划工作的范畴。三种情况各不相同，但是其中有一道程序是相同的，那就是都有一个集体审阅、讨论、论证的环节，这个环节通不过就不可能投拍。笔者曾被聘请为广影集团审阅一个剧作家投给他们的一个剧本，叫《盖帽》，作者还是广西文学圈里一个颇有些名气的作家,但是就剧本本身而言,除了主题属于主旋律一类外,并无多少投拍的商业价值,所以送给专家们审阅的时间已经过去半年,还没有得到准备投拍的消息,这说明广影集团在策划一个选题时是比较谨慎的。但是,据笔者所知,限于人力和财力,广影集团还不可能进行广泛深入的市场调研,他们确定选题基本就是在集团内外找几个所谓"专家"进行讨论、论证之类,这样的工作即使带有策划的性质,那也是很粗糙的,由于欠深入、欠细致、欠广泛、欠系统、欠专业,还是带有很大的随意性,不够严谨,不够科学。

再说其制作工作。在制作方面,广影集团也可以说已经实行"制片人中心制"了,一般由公司董事长做出品人、经理做制片人。制片人也注重与编导沟通,要求编导实现集团愿望和目标。但是因为不很熟悉监制的基本工作和方式方法,监制工作很难到位。如《天琴》的题材本来很不错,制片人代表制片方即广影集团要求编导一定要抓住壮族法器天琴的"神性",因为天琴不仅仅是一种民族乐器,在壮族人民那里更是一种带有神性的民族法器,必须表现出它的神圣性、神秘性、神奇性等"神性"的色彩,但是编剧也好导演也罢,就是抓不住这个要害,天琴在影片中仅仅就是一个表现两个年轻人爱情的普通道具,根本没有用合理的镜语触及其"神性",看起来寡然无味,根本无法达到制片方的要求。那为什么就是拿编导没办法呢?因为早已与编导签了协议,比如编剧拿出提纲来支付百分之几十的编剧费,拿出初稿来又支付百分之几十,拿出第二稿又支付多少,根据协议即使最终达不到要求编剧费也已经支付得差不多了。导演费的支付协议也差不多,也是分阶段支付的。可是制作一部影片就像修建一座房子,一部没有达到要求的影片就像一座没有完成屋顶或者屋顶渗水的房子一样,是不应该交付使用的!问题是编导们拿到了大部分酬金后溜之大吉了,根本不管影片能不能交付使用,制片方拿着半生不熟的影片却无可奈何。可见,编剧、导演等的选择以及制片方与编剧、导演之间的合作方式必须改变。

还有其营销工作。一部影视剧出来之后,广影集团也不是没有做营销工作,比如他们在广西科教频道为《碧罗雪山》、《阿佤山》等影片做过专家访谈一类的节目,但是因为专业营销人才的缺乏,他们的营销活动多限于在纸媒体上发一些评论文章等简单的评介工作，甚至连这样简单的营销活动有时还不得不省略掉。因为营销人才的缺乏造成营销手段的简单无力，影片投放影院后因观众缺乏知晓度，更缺乏关注度和渴望度，几乎无人问津，即使有院线友情援助让影片进入影院放映也不得不很快就下线。就连《碧罗雪山》这样获得过多项国际大奖的优秀影片也因为营销力度不够而不得不龟缩在北京的某艺术影院断断续续放映着。广影集团近几年出品的一些影视作品，如《碧罗雪山》、《绝密1950》等，艺术质量都达到了中上水平，如果有一支称职的营销队伍精心策划和组织实施营销活动，那应该是可以创造不错的票房收入或收视率的，事实上却因为没有专门的营销队伍，致使它们的票房或收视率大打了折扣。

三是资金短缺。资金是一个企业的血液，资金短缺就是供血不足，就会断了企业的命脉。广影集团的前身广西厂与全国其他国有电影生产厂家一样，因"事业单位"的身份与市场环境的不相适应，20世纪90年代中期以后，一度停顿了电影生产主业，职工每月只能领到200多元生活费，以至于到2003年年底，全厂累计亏损1500多万元，负债4100多万元，濒临破产。在生死存亡的危急关头，广西厂选择了转企改制的改革之路，经过整合资源，盘活破旧厂房和土地，"在发霉的荒地里挖出金子来"。但在2010年准备组建广影集团时，总资产也只有区区5000万元，而一个电影集团对资金的需求犹如"韩信将兵"，是"多多益善"的。现在的广影集团虽然总资产已经滚雪球般增长到了超过亿元，但作为一个一边需要养活200多人一边需要自负盈亏投资生产影视作品的电影集团，仍然只能算是小小的电影集团。可以说，广影集团与中影集团、长影集团、上影集团那样的大集团根本不是站在同一条起跑线上。起点不同，处境不同，命运遭遇也就不同！国家制定了电影产业化发展的方针和政策，对于资金充足的大型电影集团公司来说，更多的是机遇，可谓如鱼得水。尤其是中影集团，因为从1994年开始拥有独家发行国外进口大片的特权，使其积聚了其他国有电影集团无法企及的雄厚资金。而让一个西部小电影集团和中影集团等大电影集团同在市场的大潮里去竞争，就像让蚂蚁和大象赛跑一样，就很难说是机遇而更多是挑战了。这虽然很不公平，但既然已经没有商量地被抛进了市场，就只能勇敢地面对挑战，并设法赢得挑战。因为在市场里没有人相信眼泪，市场的法则从来就是强者淘汰弱者，弱者若想不被淘汰，唯一的出路就是把自己变成强者。大的电影集团实力雄厚，财大气粗，可以大投入、大场面、大制作，走"高概念"电影的路线，小集团公司在某种意义上却还需要救命稻草。广西电影集团能够借助转企改制相关政策支持盘活了现有厂房、门面和土地等资源，也算抓到了救命稻草。但是，这还仅仅能够满足生存需要，广影集团的快速高效发展还缺乏必要的资本支撑。资金的短缺，成了广影集团目前遇到的很大一个瓶颈。俗话说，一分钱难倒英雄汉，广影集团的当务之急是设法尽快完成资本的原始积累，尽早突破资金短缺这个瓶颈。我们知道好莱坞是十分重视影片的营销的，一部影片的营销费往往占到了总成本的1/3左右。如果资金雄厚，广影集团也会懂得在营销上大做文章的。比如，广影集团本来打算在2012年将《阿佤山》推向市场前，展开一轮宣传攻势的，诸如在集团经营的广西科教频道做一两期专家访谈节目，在中国电影报、广西日报、广西广播电视报等纸质媒体上发表几组评介文章，等等，结果却因为版面费用等问题半途而废，这从一个侧面可以看出集团的资金甚是捉襟见肘，否则又怎会在乎版面费那几个小钱？全靠国家电影局的助推，其下属的华夏发行公司伸出援手，才使得《阿佤山》得以在北京、广西、云南、四川、贵州等地的一些院线影院露露脸，否则很难想象还能上院线。

四是尚未熟悉和掌握影视产业化运作的模式和技巧。"新中国的电影业一开始就被搭建在一个行政平台上，是担负着宣传教化功能的一项事业而非产业"①，广影集团作为具有半个多世纪历史的经营性文化事业单位在突然转制为文化企业之初，难免不受传统电影生产模式惯性的影响，虽然已经有了一种产业化运作的冲动，但一进行具体实践，就又惯性地回到了传统模式。2010年出品的《碧罗雪山》从艺术上说绝对是近几年少见的几部国产优秀影片之一，但是从产业化发展的角度说，电影重要的不是"得奖"而是"得众"。虽然《碧罗雪山》还没有上院线就赚回

---

① 张延纪：《中国电影产业化微观策略初探》，中国电影家协会编《中国电影：创作与市场》，中国电影出版社2002年版，第19页。

了近400万元，不能说不成功，但是毕竟它只是在北京的一家艺术影院每周放映一两场，没有打入商业院线，其盈利模式基本还是传统的"以奖杯换奖金"、"吃政府照顾饭"。当初拍摄《碧落雪山》，广西广电局投资200万元，国家电影局投资200万元，实际只花了380万元。在上海电影节获奖后，广西区广电局奖励80万元，区宣传部奖励40万元，获14届华表奖提名后，国家电影局奖励40万元，区广电局奖励40万元，区宣传部奖励40万元，加上卖给电影频道100万元，虽没有上院线发行放映，影片却已经累计盈利360万元。在中国特殊的电影环境里，这样的盈利模式不能简单加以否定，而且也不失为一种高明的商业运作模式，但是这里的商业诉求对象毕竟不是电影观众而是政府。这里以奖金形式兑现的政府埋单与过去计划经济时代的政府统购统销虽然不可同日而语——因为过去的统购统销是无条件的，无论产品质量一律购买，这里的政府买单是有条件的，必须用质量说话，质量低劣的次品政府是不会理会的——但总有点抱政府大腿的不光彩，而且如果仅此一个盈利办法也未免让人产生黔驴技穷之虞。

三 抓住机遇，开拓创新，实现突围

尽管像广影集团这类边缘小厂，一方面面临国内大型的国营和民营公司的挤压，一方面面临不断加码升级的国外大片的市场掠夺，似已几乎没有了什么生存发展空间，但是，就如小人物总有小人物的生存智慧一样，小企业也定有小企业的生存发展之道。国家确定的电影产业化发展道路，虽然没有给予小集团公司如同大集团公司一样的优越条件，但却一视同仁地赋予了小集团公司开拓创新的自主性和能动性。在计划经济时代，电影厂想要自主却不给你自主，想要给思想松绑却不给你松绑，现在投身在市场经济的大海里，你不想动也得动起来了，否则就只有沉入大海喂鱼的一个结果。人是不是这样一种怪物：没有自由的时候向往自由，有了自由的时候却又想逃避自由？我不知道。但是，我要说置身电影市场的大海中，广影集团除了开拓创新，实现突围外，真的已经无处可逃。

广影集团应该如何开拓创新实现突围？只能在掌握电影市场规律和

行情的前提下从自身实际出发，而不能不切实际地异想天开，所以，虽然可以借鉴其他电影集团的成功经验，却几乎没有现成的套路可走。应该说最能考验广影集团人的集体智慧和勇气的时候到了。同样属于西部小厂的宁夏电影制片厂虽然2009年才完成转企改制组建电影集团，但早在2008年就成功运作了商业电影《画皮》的拍摄，取得了2.5亿元票房的佳绩，转企改制后的宁影集团，又抓住《画皮》观众的期待心理，精心打造了故事上有承接关系、技术上有新变化、新追求的3D《画皮2》，结果创造了7亿多元的票房神话，仅次于《人再囧途之泰囧》，排在2012年国产影片票房收入的第二位。宁影集团能做到的难道广影集团就做不到吗？笔者以为宁影的成功取决于理念、信心和勇气。理念，就是坚守与实践电影产业化发展与商业化运作的理念；信心，就是对坚守与实践电影产业化发展与商业化运作必胜的信心；勇气，就是勇于战胜电影产业化发展与商业化运作实践过程中的艰难险阻。这里的核心是电影产业化发展与商业化运作的理念。笔者在此就从坚守与实践这一理念的立场出发，分析一下广影集团可以实现突围的开拓创新路径：

一是建立和完善"一业为主，多种经营"的产业结构，即以电影生产、发行、放映一体化发展为主业，开展多种经营。"一业为主，多种经营"的构想和思路从广影集团制定的"发展目标"中看得很清楚，应该说是广影集团的既定方针，现在重要的是付诸行动。广影集团在2011年9月挂牌成立的时候，已经在国家支持国有电影事业单位转企改制、组建集团公司的一系列优惠政策支持下，将原来广西厂的400多人和广西电影公司的200多人共600多人精减到了200多人，并妥善安置好裁剪掉的人员，而且在政策允许范围内盘活了闲置的厂房、土地等内部资源，正在逐渐有效使用拥有的140亩国拨土地。国拨土地虽然不能直接用于开发房地产，但是却可以建房招租。如广影集团原来在南宁市友爱路上墙壁斑驳的旧厂房变成了拔地而起的地标式建筑——胶片机形状的影视制作生产大楼。位于大楼一二层的广影万福影城已经于2013年年初开始营业。大楼的一些富余楼层正在面向社会招租。影视生产制作大楼的投建只是广影集团有效使用国拨土地的一个例子，还有大量的国拨土地可以依据政策合理开发利用，为广影集团增加资本积累。广西科教频道的开播，不仅为广影集团开辟了一条财源滚滚的财路,而且为其健康发展主业提供了有力的保障,它将成为广影集团自产影视剧进行现代媒介营销的一个主要阵地。广影集团虽然现在还只拥有实验电影院、中影国际影城南宁水晶城等不多的影院,但是正在加紧步伐主导建设广西城镇电影院线和广西八桂同映农村数字院线,同时积极参与改造和建设广西县级以上国有电影院,根据其发展目标,将在 2015 年参与建设 10—15 个电影院,新增银幕 50 块。集团还在积极寻找合作伙伴共建具有广西民族特色和边疆风情的影视城,一方面作为集团的影视拍摄基地,一方面可以作为旅游景点增加旅游服务收入。广影集团近几年也很钟情于具有广西地域特色和中国文化底蕴的电视剧的拍摄,如《绝密1950》、《红七军》、《毒刺》、《瑶山大剿匪》、《绝战桂林》、《聊斋之狐仙》等,除少数作品编导水平让人不敢恭维外,多数作品收获了很高的收视率,如《瑶山大剿匪》(34 集)2011 年下半年开始相继在广西、广东、上海、四川等地播出,取得了较好的收视率,其中在广东的电视剧收视率全年排名第一,在四川卫视电视剧收视率全年排名第二。上述都是广影集团实施"多种经营"战略的具体表现。但是,广影集团要集中人力、物力、财力打造的"主业中的主业"还是电影的生产、发行、放映等组成的产业链。前面说到的院线和影院建设就是为完善这条产业链准备条件和基础的。至于电影的生产则是广影集团自 20 世纪 80 年代以来的基本业务,已经积累了丰富的经验,当然也有教训。就广影集团现有的资源而言,不用发展主业也能维持员工们的基本生活,所以就有了一种声音:干脆利用好现有土地、楼面资源等让大家过一种虽清贫但平稳的生活算了!但是,笔者在交流中发现广影集团的领导层是有理想和追求的,也是有决心和干劲的,他们没有这种"小富即安"的心理。他们的目标是到 2020 年实现电影票房收入 5 亿元,力争产值达到 10 亿元,"多出精品、多出人才、多出效益",努力把集团"建设成为拥有核心影视产品、具有民族特色和边疆风情、富有发展活力和竞争实力的现代文化产业集团"。笔者认为广影集团要实现这个目标就必须建立和完善以电影的生产、发行、放映为主,同时发展多种经营的产业结构。这一点绝不能动摇。

二是主业经营必须不拘一格降人才,尤其是策划、制作、营销人才。

电影集团之间的竞争说到底是人才的竞争。我们在前面分析到广影集团人才匮乏问题。宁影从制片厂到集团能够一而再把《画皮》和《画皮2》的项目经营好，关键靠人才。宁夏电影制片厂之所以能够凭借《画皮》走出"单片制胜"的道路，借用先是宁夏电影制片厂党委书记兼总经理后成为宁影集团董事长的杨洪涛的话说，不是因为资金雄厚，而是因为他们"拥有一批懂市场、懂业务、善经营、懂管理的经营性人才和业务人才"。《画皮》和《画皮2》的成功，正如我们前面说的，首先是策划的成功，其次是制作的成功，再次是营销的成功。而这种种成功不能靠"歪打正着"的"撞大运"，而只能靠专业人才的聪明才智和认真负责。如前所说，广影集团的领导层也是重视策划、制作、营销这些环节的，但是因为缺乏专门的人才，不是很能够做到位，留下了不少的遗憾。在往后的发展中，广影集团必须拿出宁影集团那样的魄力来，广纳策划、制作、营销等方面的专业人才，力求拥有自己在经营方面的高精尖专门人才。专业营销人才加上充足的营销经费，就可以求得营销的成功。专业营销人才相当于巧妇，营销经费相当于米，票房成功的电影相当于好米饭，没有巧妇没有米都做不出好米饭，巧妇和米缺一样都不行。电影营销则专业营销人才和充足营销经费缺一不可。没有专业营销人才，有钱也不懂得花，花的不是地方，好钢没用在刀刃上，那是浪费；没有充足的经费，纵使是专业营销人才也"英雄无用武之地"，十八般武艺无处施展，或者虽然可以蜻蜓点水式地使用一些手段，但总有耍花枪的感觉，不扎实、缺气势、没威力。广影集团目前就正处于没有巧妇也没有米的艰难境地中，不解决这个问题，广影集团的产业化发展前途就很让人担忧。好在广影集团的领导层已充分意识到了这一点。专业营销人才和充足营销经费结合在一起，一部新片出笼前后，就可以既合纵又连横地展开报纸、杂志、电视、网络及其他新媒体紧密配合的全方位营销攻势。

当然，策划、营销也可以交给专门的影视策划、营销公司去做，也可以像聘请优秀的编剧、导演和演员或编剧团队、导演团队和演员团队那样聘请策划、营销专门人才，可以像宁影集团那样推行"不求拥有，但为所用"的灵活用人机制。在这个方面，笔者以为不仅要舍得花大力气聘请名策划、名营销、名编剧、名导演、名演员（明星），而且要懂得知人善任。"知人"就是要紧紧围绕自己的商业目的了解策划、营销、编剧、导演、演员，这需要下很大的工夫。有了充分的"知人"才能"善任"，即把人放到恰当的位置上。就广影集团目前影视剧的商业水准来看，还没有完全拿住如何挑选商业片策划、营销、编剧、导演、演员的脉搏，急需加紧做这方面的功课。有了真正能实干的专门人才，广影集团才可以期待重铸新的辉煌——超越了过去探索片那种艺术成功商业失败的片面性的辉煌。

三是必须多渠道筹措资金，共建战略联合体，风险共担，利益共享。如果说在2003年之前电影制作单位融资还受到很多限制，那么2003年以来融资政策变得越来越宽松，融资渠道变得越来越多样了。如果没有融资新政策的支持，宁影厂也不可能跑到香港和新加坡去融资，那也许它就没那么容易筹到8000万元，宁影厂实现直接与国际接轨的跨越式大发展恐怕就要推迟一两年。如今电影集团的筹资渠道更多了，除了吸纳国营、民营企业资金，除了吸纳外资，还可以直接向金融机构贷款。广影集团可以通过多种途径共建战略联合体，可以与其他电影集团联合，也可以与非电影集团之类的其他经济实体联合。广影集团在成立当年即2011年11月就加入了由西部电影集团、峨眉电影集团发起，潇影集团、珠影集团、河南影视集团、长春电影制片厂、江西电影制片厂等组成的电影集团联盟。各电影集团凭借这种联盟关系可以而且应该在电影生产、发行、放映等产业链长期进行实质性的深度合作，实现风险共担、利益共享。而且，中小电影集团形成联盟还有利于形成强大合力与国内外大的电影集团相抗衡。至于单片制作之类项目，则可以由广影集团主导建立战略联盟，即向行业外的企业、公司寻求合作，寻求从内容创作到制作技术等尤其是资金投放方面的合作。

四是将中华传统文化尤其是广西地域文化和少数民族文化转化为大众文化。广影集团及其前身广西厂是很重视中华传统文化尤其是广西地域文化和少数民族文化的影像化表现的，过去的许多影片都打上了鲜明的广西地域文化和少数民族文化的印记，如广西厂最早参与拍摄的影片《刘三姐》、1987年出品的《鼓楼情话》、1989年出品的《布洛陀河》、1990年出品的《血鼓》、1992年出品的《狐仙》、1993年获得第16届

"百花奖"最佳故事片奖的《杨贵妃》、1997年出品的《桂林荣记》,等等。但是,这中间真正具有商业价值的优秀影片不多,除了《刘三姐》、《杨贵妃》等之外,多半沉溺于地域与民族文化的自说自话中不能自拔,而更有甚者是既没有表现出地域文化或民族文化应有的深度和高度,也不具备商业价值,纯粹属于粗制滥造的低劣之作。如根据电影剧本《苗疆烽火》改编而成的《血鼓》,影片再现二百多年前乾嘉苗民大起义史实有余,而揣摩大众文化心理需要不足,不像《赛德克·巴莱》那样巧妙地在台湾日据时期雾社事件的史实与大众文化之间进行转化与融合,既满足了观众了解史实的需要,又满足了观众追求视听感官享受的需要。而广西厂参与拍摄的《刘三姐》风靡全国乃至东南亚,就与它成功地将壮族民族民间对歌文化改造为当代大众通俗娱乐的歌唱文化分不开。广影集团重视传统文化、地域文化、民族文化的表现,本来是其一大特色,无可非议。但是,如果这种表现只是猎奇,它们在影片中无论是纪录、象征还是点染、花瓶,而没有承载对个体生存状态的关注与建构,没有对民族文化心理的透视与建构,没有对原型意象深层的询唤与建构;相反,存在着文化坐标的迷失、文化阐释深度的欠缺以及艺术"美"和生活"真"之间不能很好结合的话,那么就还是一种肤浅的展览,无益于丰富和充实影片的文化内涵,也无益于提升影片的品质。① 如《寻找刘三姐》本来是一个很有意思的选题,但是却被做成了一个四不像的东西。笔者以为刘三姐文化的精髓在于人美歌也美、歌美人也美,是两者的完美融合。《寻找刘三姐》应该承接原来《刘三姐》的文化精髓,与时俱进地在新的时代高度展现壮族山歌对唱文化的魅力。从这个意义上说,《寻找刘三姐》根本不是"寻找刘三姐",名不副实,而是寻找广西所谓丰富多彩的民族文化表征符号了,把壮、侗、瑶、京等各民族的文化表征符号杂糅在一起,成了这些民族的民俗奇观的简单展览以满足"陌生者"的好奇心。在这方面,广影集团可以向《赛德克·巴莱》学习,可以向宁影集团学习,更可以向好莱坞学习。或者说,也许向谁学习和怎么学

---

① 参看谢妮妮《广西电影中非物质文化遗产影像化问题研究》,李启军指导,广西民族大学硕士论文,2013年。

习并不重要，因为成功的范本有很多，重要的是要在影视生产实践上作出真正认真的反思，然后切切实实地把传统文化、地域文化、民族文化的元素转化为或融合进大众文化元素也即商业文化元素。从电影产业化的角度说，电影中的传统文化、地域文化、民族文化等只具有展示自身的价值而不能转化为卖点的话，那就是不成功的。电影《人再囧途之泰囧》中也有大量的地域文化、民族文化元素，但是在当今全球化的背景下，在中国青年观众那里，它们不仅是地域文化和民族文化，同时也是外国文化，这样一融合也就自然而然地转化成了奇观性的大众文化元素，从而得到了青年观众广泛的认同，于是诞生了13亿多的国产片票房奇迹。

　　五是打造兼具文化、艺术与商业价值的影视精品，实现自我造血。广影集团的前身广影厂出品的《碧罗雪山》创造了在A级国际电影节上包揽四项大奖的奇迹固然可喜可贺，但是它的"叫好不叫座"，也实在值得广影人深刻反思。要说产业化发展的基础，广影集团绝不能说比宁影集团还差。宁影在2007年拍摄《画皮》之前只有30多位职工，负债却达500多万，综合指标在全国35家国有电影制作机构排名倒数第一，面临被吊销摄制许可证的重大危机。但是，穷则思变，正是在困境中宁影厂进行了认真的反思，并毅然作出不再小打小闹地在温饱线上挣扎，而要拍摄占有国内市场份额、具有国际竞争力大片的抉择。于是，宁影厂先是借了1000万，又从北京世纪佳映文化公司筹到1000万，共同组成甲方，先后找了鼎龙达北京（国际）公司及香港太吉影业、新加坡新传媒有限公司等六家合作伙伴，总共融资8000万，使制片、宣发、营销有了资金保障，这才正式开拍《画皮》。宁影厂在综合考量各方面因素后，决定用新"东方魔幻爱情剧"概念替换传统"鬼故事"概念，表达具有普世价值的回归家庭的"真爱永恒"主题，并且以英雄史诗般的壮观场面来体现正义与邪恶的残酷较量，以满足观众视听刺激需要，以一种现代的视角和一种简单明快且国际化的语言风格讲述中国的魔幻故事以给人耳目一新的感受。在"小三"满天飞的当今世界，"回归家庭"主题的普世价值得以凸显，所以《人再囧途之泰囧》也表现了"回归家庭"的主题。这一主题无论在东方还是西方，都能引起观众的广泛认同和共鸣，所以还可以不断地言说下去。当"小三"现象与"回归家庭"主题交汇在影像世界时就既有了看点也脱去了肤浅。宁影集团从《画皮》到《画皮2》的成功商业运作，广影集团至少可以从此"他山之石"中得到如下几方面的启示：

其一，必须高度重视观众心理研究，以准确定位影视剧的故事类型、表现主题、语言风格等。从影视产业化发展角度来看，观众就是上帝，生产的影视剧必须满足观众心理需求，顺之者昌逆之者亡，几乎没有商量。当然，随着教育程度的提高、影视知识的普及和观影经验的积累，观众的观影水平在今天已有了很大提升，观众的品位得到了培养。今天的影视剧不能还停留在六十年代的思想、艺术和技术水平上，影视剧本身需要不断实现自我超越，才能满足观众的观影需要。如果只是一味地追求搞笑的噱头，毫无思想的深度、艺术的高度、技术的精度可言，那就有可能将娱乐观众变成愚弄观众了，那同样是对观众心理缺乏研究的表现。《画皮》和《画皮2》，就都是具有思想深度、艺术高度和技术精度的商业大片。

其二，必须有一好剧本。好剧本的基本条件是两条：一个好的故事和一个好的主题。笔者担任广西广播电影电视局审片专家，审看过包括广影集团出品在内的不少影视剧，总体感觉是一些影视剧不仅没做到把故事讲得曲折生动、符合观众期待，而且连自然顺畅都没做到。用电影讲故事，香港和好莱坞比较擅长，值得好好学习。宁影在《画皮》剧本创作初期就积极与香港方面的编剧、导演进行碰撞、磨合、沟通，实际就是在向人家学艺。张艺谋当年拍摄中国电影史上第一部真正意义上的商业大片《英雄》时也曾请外国编剧从外国人角度提意见。

好剧本似乎可遇不可求，其实也可求。"求"好剧本的一条途径就是打破对名作家的迷信，完全可以另辟蹊径从无名小卒中"求"好剧本。像广影集团就可以联合广西民族大学影视文化产业发展研究所、广西科教频道等大众传媒不断组织青年影视剧本大赛活动，在市场调研基础上策划不同的故事题材和主题，向广大大、中学生征集参赛剧本，对优秀剧本分等级进行奖励，不仅可以从中选拔优秀剧本，而且可以发现剧作人才，搭建剧本创作团队。影视剧创作本来就带有很强的集体性，为什么不可以让这种集体性在剧本创作中得到淋漓尽致的体现呢？想当年王朔们的《编辑部的故事》之类电视剧不就是几个哥们坐在那里"侃"出来的吗？虽然组织开展类似活动也需要资金投入，但是相对于聘请单个名作家尤其是不适应商业影视剧本创作模式的所谓名作家创作剧本而言，既可以提高成功的保险系数，还可以降低剧作成本。一句话，剧本剧本，一剧之本，必须高度重视。电影被称为创意文化产业，这创意首先就表现在剧本上。一个缺乏创意的剧本很难期待能拍出新奇别样的优秀影视作品。

其三，必须严格执行制片人中心制。制片人是投资方——通俗地说就是"老板"的代表，制片人中心制也就是产业化商业电影生产体制的表现形式。它明白无误地告诉我们电影是老板投资生产的商品，是商品就要通过它的买卖来为老板赚钱。电影产业化就是将电影业作为产业来经营，相应地就要将电影作为商品来生产和对待，就应该尽量让生产的电影占有足够大的市场份额。未能进入市场被观众以购票观看形式进行消费的电影还不是真正意义上的商品。制片人监制影片的生产过程，就是要防止编导们在创作过程中偏离这一目标，致使影片的商业价值难以实现或者大打折扣。值得注意的是商业电影与主旋律电影并不是必然矛盾的关系，主旋律电影可以拍成商业电影也可以拍成非商业电影，如《红色恋人》、《建国大业》就既是主旋律影片也是商业电影。广影集团有着拍摄主旋律电影的传统，在电影产业化的今天仍然可以且应该坚持这一传统，关键是在坚持传统的同时还应该进行商业化方面的发展。但是，广影近年出品的《冰雪同行》、《承诺》等主旋律影片就还没有表现出明显的商业化发展的愿望，所以除了仍然依靠地方政府资助或企业赞助外，很难依靠市场收回成本甚或进一步盈利。

其四，必须重视明星制和类型片策略。明星制和类型片是商业电影确保票房成功的两大法宝，也是好莱坞商业电影发展历史经验的总结。我们知道从广影走出去的张艺谋发生过从艺术片导演到商业片导演的转型，这个转型一般被认为是从《英雄》开始的，其实早在《代号美洲豹》他已经尝试商业片的拍摄了。在艺术片创作中，除了被称为"首席谋女郎"的巩俐之外，张艺谋并不注重在影片中排出豪华的明星阵营，在《一个都不能少》中甚至有过全部启用非职业演员的尝试。但是在后来的

《英雄》、《十面埋伏》、《满城尽带黄金甲》、《三枪拍案惊奇》、《金陵十三钗》等影片中主要人物都由大牌明星饰演，而且他钟情的商业片类型是武打片。宁影集团的《画皮》是赵薇、陈坤、周迅、甄子丹、孙俪、戚玉武等明星组成的"三生三旦"阵容，《画皮2》的明星阵营中除了赵薇、陈坤、周迅外又增加了冯绍峰、杨幂、费翔、陈廷嘉等。两部影片一脉相承的是"东方魔幻爱情剧"类型。广影集团的几部影视剧也注重启用明星，如《毒刺》、《瑶山大剿匪》、《绝战桂林》都是由温峥嵘饰演女主角，而温峥嵘2004年因主演电视剧《错爱一生》（顾忆罗）而成名，后又在2009年主演电视剧《洪湖赤卫队》（韩英），在《毒刺》之前已经主演过二十多部电视剧，毋庸置疑已经是明星，而主演《毒刺》、《瑶山大剿匪》、《绝战桂林》后她的身价又翻了一番多，据说她在《瑶山大剿匪》中是4.5万—6万一集，片酬相当于刘亦菲、陈好等明星，到《绝战桂林》时涨到了15万一集，已经与报价最高的赵薇、周迅齐平了。在类型上《毒刺》、《绝战桂林》等属于战争加悬疑。明星们有花开花落，有追逐自己的特定群体，选择恰当可成"票房救星"，选择不当则成"票房毒药"；类型在此起彼伏，也对应有特殊的观影群体，选择正确能产生轰动效应，选择失误则可能遭遇"滑铁卢"。所以，启用什么样的明星和选择什么样的类型，都不能想当然，都应该建立在严肃、认真的市场调研基础之上。

（曾以《开拓创新　实现突围——对广西电影集团产业化发展的几点思考》为题载于《当代电影》2013年第8期）

为"影视明星"正名

孔子曰"名不正则言不顺"。表演艺术家、影视演员、影视名人等几个概念与影视明星既在内涵上存在着交叉重合关系，又体现着命名背后的不同文化权力，不能把它们简单地等同起来，需要我们细加辨析。

一 影视明星与表演艺术家

"影视明星"、"表演艺术家"两个概念的提出和使用各有其特定的政治经济文化语境，命名的角度和立场不同，获得的符号能指形式不同，其所指意义自然也存在微妙的差异。

尽管"明星"两个字在20世纪20—40年代是那样为人们所熟悉，但是从新中国成立到"文化大革命"结束，也即20世纪50—70年代，中国大陆地区媒体上是几乎看不到"明星"两个字的。"抽刀断水水更流"，明星意识之流虽然没有真正断流，但是从地表明流变成了地下潜流。笔者曾经根据《全国报刊电影文章目录索引》（1949—1979）[①] 作过统计，结果在有关"电影工作者"和"中国电影史"的656篇文章中，没有看到标题中出现有"星"、"新星"、"群星"、"巨星"、"童星"、"影星"等的文章，只发现有两篇文章的标题中出现过"明星"二字。这两篇文章是：《大众电影》1950年第13期上上官云珠的《从两封信里看两个世界（美苏明星各一信）》，《文汇报》1979年1月21日2版上的采访文章《明星璀璨，艺术回春——访几位著名电影演员》。我们知道，在1962年全国故事片创作会议上我国22位电影演员被评为"电

[①] 该书为北京图书馆社会科学参考组、中国电影家协会电影史研究部合编，由中国电影出版社1983年出版。

影明星",他们的照片曾在各地电影院张贴过,但是,很快就成了历史。由此可见在新中国成立后30年的媒体中,"明星"及其类似的词语是被弃绝的。

"明星"称号的被弃绝,"表演艺术家"的被启用,这一符号形式的转换,是随着整个电影观念的转换而发生的。新中国成立前的中国电影在整体上是立足于商业,按照商业逻辑运行的。电影生产作为商业活动,明星自然也就成了一种特殊商品。明星作为商品的特殊性就在于不仅自己成了进入市场进行交换的商品,而且电影产品作为商品也是通过自己的中介得以促销的。明星于电影业的功劳主要就是满足观众的娱乐需求,从而带动影片的票房,保障影片的高票房收入。"人民艺术家"、"表演艺术家"这样的称号则表征着新中国电影理念上的彻底翻转。它明确地告诉我们电影在新政府眼中绝不再是用来挣钱的"电影工业"了,而是用来团结人民、教育人民、打击敌人、消灭敌人的政治意识形态工具——阿尔都塞说的"意识形态国家机器"了。当然,这个政治意识形态是与审美意识形态结合在一起的政治意识形态,是深嵌在审美意识形态中的政治意识形态,是通过审美意识形态表现出来的政治意识形态。换言之,新中国电影不是作为商业存在的,而是作为艺术存在的,只是这种艺术——作为审美意识形态,是在政治意识形态的直接主导和控制下的艺术,是艺术的形式政治的内容,是政治意识形态的审美意识形态包装。

"艺术是一种思想武器"在当时成了最权威的话语,你只能站在这样的话语立场讨论电影以及为电影演员命名。站在政治意识形态立场命名"表演艺术家",是"具有命名者鲜明的动机性"的,它"是命名者不断生产和再生产出的符合自己动机的样本"①。那么其"动机性"是什么呢?那就是要把电影纳入到社会主义文化艺术轨道上来,把电影生产者转变为自觉为社会主义、为人民、为党的政治纲领服务的社会主义的、人民的和党的文化艺术工作者。一个电影演员能否冠以"表演艺术家"的称号,其表演艺术的水准固然重要,但更重要的是其政治立场、政治态度、政治观点。我们现在回过头来看1962年迫于大众呼声而产生的22

---

① 孟华:《符号表达原理》,青岛海洋大学出版社1999年版,第76页。

大"电影明星",实际就是根据"表演艺术家"的标准评选出来的。或者说,当时评出的22大"电影明星"就是为当时政治意识形态所认可的22大"表演艺术家"。而就是这样,也因为"明星"的称呼带有资产阶级趣味而很快就被禁用了。

这样一来,"表演艺术家"虽然看起来只是一个称呼,但是其意义却远远超出这一称呼之外。从这个称谓符号中,我们可以清晰地透视到新中国成立之初的电影业的两个根本性质。其一,电影是被当作艺术的一种形态/形式来看的。完整地理解,电影既是艺术也是商业,或者说既是商业也是艺术。艺术性是其"雅",商业性是其"俗"。艺术性与商业性的既矛盾又统一,使电影成为雅俗共赏的大众文化。① 只讲电影的艺术性不讲电影的商业性,或者只讲电影的商业性不讲电影的艺术性,都是片面的。然而,20世纪50—70年代,我国居于主流地位的电影理念就是重电影的艺术性轻电影的商业性。其二,电影是作为一种"思想武器"来使用的艺术。用布尔迪厄的话来说,新中国电影生产场就其与日常生活场的距离而言,它是具有独立性的,但是它又是受到政治场的直接控制的,是完全从属于政治场的,因而又表现为突出的他律性而非自律性。也就是说,电影如同其他文学艺术一样,在形式上是艺术,实质上却仍然是政治,是政治的内容电影的形式。一句话,电影不是电影,而是表现为电影形式的"思想武器"。这两个方面就是我们今天常说的新中国成立之初30年政治意识形态性电影的具体内涵。电影作为社会主义政治意识形态所控制的电影,自然就不同于作为资产阶级意识形态的反映的所谓为艺术而艺术的电影。它所要的艺术性,当然是为党和政府所需要的艺术性,它不可能是纯粹的艺术性,而是带有强烈倾向性的艺术性。艺术只是手段,目的是政治宣传。因此,作为电影创造主体部分的电影表演者,一方面要具有精湛的演技,一方面则要自觉担当宣传员。也就是说,"表演艺术家"的评价尺度与电影本身的评价尺度是一致的。一个演员要成为"表演艺术家",同样要谨守"政治第一艺术第二"的信条。

---

① 正如周宪《中国当代审美文化研究》所指出的,大众文化是一种各阶层文化群的共享文化。

从政治和艺术两个方面去要求、衡量电影及其"表演艺术家",实际上就是从体制文化、精英文化立场对电影及其"表演艺术家"行使命名权、解释权。政治尺度是从体制文化立场提出来的,艺术尺度是从精英文化立场提出来的。由于中国的知识分子从来就没形成过独立的阶层,从来就是统治集团的附庸,所以所谓的精英文化立场从来就很难与体制文化立场划清界限。他们在某种意义上说是二而一、一而二地纠缠在一起的。由于当时的话语权严重倾向于体制文化和精英文化一端,所以出现了"表演艺术家"(或"人民艺术家")的命名。那么,在20世纪80年代之后,"明星"及其相关称呼"复活"并盛行起来,则是因为与20世纪20—40年代遥相呼应的当今商业文化、大众文化的勃兴,是商业文化、大众文化重新获得命名权、解释权的表现。最初的电影放映就是一种商业行为。1895年12月28日,卢米埃尔兄弟为33位观众放映他们的电影,而他们的父亲坚持向每位观众收取了一法郎入场费,这一举动于不经意间给刚出生的电影这个婴儿留下了商品的胎记。也就是说,电影一开始就是作为商业行为出现的,而能不能够成为艺术反而是卢米埃尔兄弟未曾预见到的。同样,中国人第一次拍电影也不是闹着玩的,也是为了商业利润。任景丰的"丰泰"照相馆拍出《定军山》、《长坂坡》、《艳阳楼》、《收关胜》等拿到"大观楼"影戏院放映,为他赚取了不少银两。电影的发展也需要依托浓厚的商业文化、大众文化氛围。20世纪20—40年代尤其是30年代的上海,是中国人与资本主义商业文化、大众文化最亲密接触的地方,为什么当时是上海而不是别的地方成为中国电影发展的摇篮、成为中国的"好莱坞"?这与当时上海商业文化、大众文化远远超出中国其他地方商业文化、大众文化所达到的高度是分不开的。

明星制的发展更是与商业文化、大众文化紧密相关。在西方,理查德·戴尔《明星论》(1979)、本雅明·麦克阿瑟《演员和美国文化》(1984)、理查德·德科尔多瓦《电影名人——美国明星制的兴起》(1990)等都把明星制追溯到20世纪从"专业剧团"(stock)和"联合剧团"(combination)之类戏剧团体的商业演出模式(当时的一些著名演员到各地巡回演出,不断主演同一角色,而配角则由当地专业剧团演员担任），认为明星制就是从中发展起来的。中国戏曲演出组织中也存在明星制，那就是以名角为核心组织演出班子，名角被称为"老板"，如谭鑫培人称"谭老板"，梅兰芳人称"梅老板"。戏曲名角被称为老板，是因为他们决定着一出戏能否唱响、能否赚钱，戏班的生计系于他们身上。名角拥有大量戏迷，到哪里都会受到一帮戏迷的热情捧场。很多戏迷就像今天的影迷一样，他们跟着戏团跑，目的主要不是看戏而是看名角。我们甚至可以把追星现象追溯到北宋，因为冯梦龙《喻世明言》中的小说《众名姬春风吊柳七》描画了一群痴心的"追星族"——汴京城的烟花歌妓，她们对当时落拓不羁、风流倜傥的职业词曲作家柳永追慕不已，所谓"不愿穿绫罗，愿依柳七哥；不愿君王召，愿得柳七叫；不愿千黄金，愿中柳七心；不愿神仙见，愿识柳七面"。柳七就像现在一些维护"大众情人"形象的演艺明星一样，以终身未娶赢得众妓女的凭吊。

虽然我们可以把明星文化追溯到电影之前的戏剧，但是现代意义上的明星文化则是自电影诞生而出现的，而说到底电影明星制不过是电影产业运作的一种商业手段。制片商想方设法把一个名不见经传的演员捧成大明星，是要把明星作为摇钱树为自己赚到大把的钞票。既然商业性与艺术性一样，同属于电影的本性，那么我们就没有理由鄙弃其商业性，而应该一视同仁地看待其艺术性和商业性。从20世纪80年代开始，"明星"称号在中国影视界复活并再度盛行起来，就说明新中国电影走过30年非产业发展道路之后，又开始复归产业化发展轨道上来，电影以及后起的电视剧的商业性开始得到正视。影视的商业性得到正视之后，追求影视的商业价值也就成了顺理成章的事，于是，80年代末、90年代初影视界有人开始呼唤明星制。明星制下的明星制造实际是影视产业场实现自律发展的造血机制。影视产业必须要有自己的造血机制，才能丢掉政府的拐杖自己走路。商业文化、大众文化一旦争得话语权，就会积极主动行使其命名权和解释权。"明星"就是大众文化人对体制文化人、精英文化人对被命名者所作命名的消解并从商业文化、大众文化角度所作的重新命名，"明星"称号所凸显的是被命名者从个人形象到艺术表演等方面综合形成的为大众所追慕的个性魅力，以及这种个性魅力所具有的票房号召力。

"明星"称号不像"表演艺术家"那样专注于被命名者的思想倾向和艺术水平，而是着眼于被命名者现实个体和所扮演人物综合体整体形象的感人魅力。相比较而言，"表演艺术家"是对命名者的片面的命名，"明星"则是对被命名者的完整命名；"表演艺术家"是偏于理性的命名，"明星"是偏于感性的命名；"表演艺术家"是精英化的命名，"明星"是大众化的命名；"表演艺术家"是政治意识形态性的命名，"明星"是商业意识形态性的命名；"表演艺术家"总有某种超凡脱俗的味道，总感觉与普通大众存在着某种距离感，而明星身上总免不了凡俗气，不过是大众寄托梦想、超越平庸、表达喜怒哀乐的娱乐工具。过去面对一个"表演艺术家"，大众的崇拜中更多的是仰望、是爱戴、是敬重，今天面对一个"明星"，大众的崇拜中更多的是羡慕、是狂喜、是模仿。可以打个比方，一个被称为"表演艺术家"的演员坐在台上，就像一个领导一样让人敬而远之，而一个被称为"明星"的演员坐在台上，就像一个哥们一样让人亲而近之。当年毛泽东在天安门城楼接见红卫兵，令多少人热泪盈眶，但红卫兵们只会用高举《毛主席语录》、高呼"毛主席万岁"之类来表达心中的敬爱之情，恐怕很少有人会想到让毛泽东给自己签个名什么的，当然也根本不可能。今天，某个大明星在某个场所与影迷们见面，影迷们首先想到的就是与明星握手、拥抱、签名、合影之类，就是说大众在心理上是把明星当作自己人看的。

一句话，"表演艺术家"是经典化的著名演员，"明星"是大众化的著名演员。所谓"经典化"和"大众化"从符号学的角度来看，正如孟华所说的，"'经典化'就是能指主体的移心化、能指间距性的缩小，它造成了说者和听者之间的不平等，及所指主体的离心化，所指间距性的扩大。'经典化'的反面就是大众化。大众化缩小了这种所指间距性"[①]。

二 影视明星与影视演员

"影视明星"与"影视演员"也是两个既相关联又相区别的概念。有人简单地在它们之间画上等号，认为所谓"影视明星"不过就是"影视

---

① 孟华：《符号表达原理》，青岛海洋大学出版社1999年版，第88页。

演员"的溢美式的称号，对此笔者不敢苟同。

　　就如笔者在上面对"影视明星"与"表演艺术家"所作的辨析一样，首先在"影视明星"与"影视演员"之间同样也存在着命名的意识形态立场的差异。"影视明星"是从消费意识形态立场的一种命名，而"影视演员"则是从生产意识形态立场的一种命名。命名者使用"影视演员"的能指符号，也是有其动机性的，意欲把读者引向"影视角色的扮演者"的所指。这里一个明显的意图是强调演员与角色创造之间的关系，也即强调演员的工作性质，通过"影视演员"的能指符号确证演员在角色形象创造上的主体地位和积极作用。这是在生产主导型社会中立足于生产、创造意识形态的命名。生产、创造意识形态与社会物质财富的相对匮乏所给予人们的经验是分不开的。在匮乏经验基础上产生、形成的生产、创造意识形态，认为历史的进步和社会的发展以及人类的幸福是依靠人类的生产、创造活动来推动和争取的，因此应该不断提高生产力水平、不断开发人类的创造潜力。同样，判断一个人的价值也就不是看他对他人和社会索取多少，而是看他奉献多少，社会所树立的英雄模范人物也是以奉献和牺牲为特征的。在这种意识形态规范下，演员的职责就是全身心扑在角色形象的创造上，以自我的牺牲成就角色的形象。一些敬业的演员，如陈道明、李雪健，不喜欢别人称其为"明星"，而自称"演员"，就是因为他们对自己的职责具有清醒的概念，把遵守职业道德、认真负责塑造形象、创造角色当作自己的内在需要和追求。正如1981年5月1日张瑜写给陈冲的信中说的："你提到了得奖的事，记得那位我们都曾崇拜过的费雯丽的话吗：'我不是电影明星，我是一个演员，明星要违心地过日子，要靠虚伪的价值和宣传生存。演员的生命是持久的，有着那么多的美妙角色可以演，一辈子也演不完。'如果说从这一切中我得到了什么的话，那就是责任感，观众的信任和期待将鞭策我更努力地工作，塑造更真实、可亲的形象献给他们。至于我本人的形象嘛，讲良心话，我实在不愿意成为一颗'人造卫星'，被人为地放上天，我希望我自己在银幕上永远是一个和观众息息相通的朋友，为他们奉献自己的青春。"①

---

① 《张瑜和陈冲的一次通信》，《大众电影》1981年第6期。

陈冲和张瑜在信中基本都是谈表演"工作"的事、谈如何更进一步提高自己。由于"演员"这个能指符号标举的是生产、创造意识，突出的是演员的职业工作，所以我们在过去那些介绍演员的文本符号中，读到的大多是一个演员如何虚心学习、请教，如何揣摩角色，如何体验角色，如何理解角色，如何创造角色等艺术创造经验和艺术成长经历。总之其艺术创造活动是人们关注的焦点，至于其日常生活方面的内容要么轻描淡写，要么省而略之。相比较而言，"明星"这个能指符号并未能清晰地表达被命名者的职业性质，不是把人们的目光引向被命名者的工作，而是引向被命名者超凡的魅力，耀眼的光芒，令人艳羡的荣耀以及对生活的享受。虽然明星要成为明星就必须工作，因为在很大程度上是其所成功扮演的角色成就其明星地位的。但是，"明星"的称号却以一种比喻的方式表达出被命名者作为魅力无限的成功者的形象，而对其获得成功的艰辛——亦即其劳动、工作的性质、特点不予暴露，这就为读者留下了广阔的想象空间。无疑，相对于直指被命名者职业工作性质的"演员"，"明星"这个符号是很能够激发人的联想、想象的符号。可以说，命名者将自己对生活的全部欲求、心愿、向往都寄托在了这个比喻性的命名之中了，换句话说，这是一个表征着大众社会消费意识形态观念的符号。

一个影视演员被称为"明星"，并不意味着他如何成功创造了某个或某些角色，但却意味着他具有光彩照人的形象，意味着他在一种职业的竞争关系中所处的优越地位以及对他人形成的压力，意味着他拥有受人崇拜、充分享受生活等特殊的权力。可见，"明星"这个能指符号为人们树立起一个消费英雄的形象。

其次，"影视明星"与"影视演员"在外延上存在大小之别。"影视演员"的外延相对要大，"影视明星"的外延相对要小。按照路易斯·贾内梯的方法，我们可以把演员分为四类：群众演员、非专业演员、受过训练的专业演员、明星。群众演员就像风景或布景一样，是摄影机的素材，他们在影片中基本无所谓表演；非专业演员有时为了塑造某一特定角色的需要而被启用；受过训练的专业演员，即是以表演作为职业的演员；明星是深得大众认同和喜爱的著名演员，他们的吸引力构成影视剧的主要吸引力之一。① 可见，影视明星属于影视演员的范畴，但影视演员并非都是影视明星。有些演员可能一辈子都是跑龙套的角色，无法让人们记住他的名字，但是只要他参加过某部影视片的演出，他就是演员。一个人担任角色的轻重、表演戏份的多少并不影响他作为演员的身份，但是却很能影响他作为明星的身份。一个演员总是演配角，且不惹眼，那就定然与"明星"无缘；一个演员总是演主角，而且频繁出镜，那就很容易走红，顺顺当当成为明星。当然，也有些演员因为长相、气质等方面的原因，常常出演配角，但是其戏份并不少，每每扮演角色都叫人喜爱，那照样可能成为明星，像孙飞虎、傅彪就属此类。明星与观众之间存在着较稳定的正向情感联系，一个演员及其角色得到大众的认可和接受并深受大众喜爱，那就是明星。如果一个演员及其角色很难激起大众的积极的情感反应，即使因为出演角色较多而为大众所熟知，那也只是"著名"演员而已，而不是明星。"知之者不如好之者"，是明星就必然不仅为大众所熟知而且为大众所喜爱。我们说明星实际是大众创造的，主要是就这种情感维系而言的。一个演员从为大众所知到为大众所爱，是其明星地位确立的过程；反之，从为大众所爱到不再为大众所爱，是其明星地位丧失的过程。但是一个演员尚未确立其明星地位或已失落其明星地位，他仍旧是演员，甚至仍旧是出色的演员，只是他不像明星演员具有那么高的人气指数。由此可见，"影视明星"并非仅仅是"影视演员"的溢美之词。一个演员成就为明星，是需要特定的条件的。不仅其外在形象、内在气质要与所面对的观众群具有较强的亲和力、感召力，而且需要被纳入制造明星的"符号学工程"中，只有在各种文本符号中反复被符号化，演员的明星形象才能逐渐得以确立起来。

三 影视明星与影视名人

影视明星与影视名人也不可混淆。认识它们之间的区别，关键是先把"明星"与"名人"区分开来。

---

① 参阅［美］路易斯·贾内梯《认识电影》，胡尧之等译，中国电影出版社1997年版，第152—153页。

虽然明星现象可以追溯到电影之前的戏剧活动，但是，真正现代意义上的明星现象却是伴随着现代性文化工业——电影的发展而发展起来的，严格说起来，"明星"是一个现代性文化概念。"明星"这个词的首次使用是在 1896 年秋法国的梅里爱和路罗斯创立电影制片公司之时，其广泛流行则应该是世界上第一个电影明星——弗洛伦斯·劳伦斯（Florence Lawrence）在好莱坞出现之后。1910 年，独立影片公司（IMP）的领袖卡尔·莱默尔（Carl Laemmle）许诺给"比沃格拉夫女郎"劳伦斯更高的薪水和更高的个人公开度，诱使她从比沃格拉夫（Biograph）影片公司转到独立影片公司。他在《圣路易斯邮报》（St Louis post-dispatch）发了一则假消息，说劳伦斯已经因车祸身亡，紧接着又宣称这是"独立影片公司的对手"制造的一个"用心险恶的谎言"（"black lie"）同时在《圣路易斯邮报》刊发劳伦斯毫发未损出现在舞台上的图文报道。① 这被认为是"电影演员的名字第一次为公众所知"②。劳伦斯的这一行动是"代表电影明星的第一个公开表演"，被看作"明星制的起源"③ 的标志。同时，这件事也说明商业明星是被有意识地制造出来的，而不是自然而然地产生的。这里面需要有目的的策划。策划，正是现代社会不同于传统社会的文化生产/消费活动的基本手段。策划活动"秉有现代意义上的生命本体论内涵"，"甚至最终成为一种现代审美活动的象征"④。

但是明星的策划、制造，在当代的一些反对技术决定论的学者眼中犹如毒蛇猛兽一般可怕，因为它是以技术本体论为基础的。用刘士林的话来说，明星策划、制造是"人自身的再生产过程"，这种再生产过程有"两种生产关系或内在观念"，一种是"原始的自然本体论方式"，一种是"技术本体论"，明星制造中的生产方式当属于技术本体论。自然本体论方式"是一种人自身的审美建造方式，它实现的是人固有的自由本质"，技术本体论方式"实现的是文明时代赋予人类的、并非人自身固有的技

---

① Lee Grieveson, *Stars and Audiences in Early American*, http://www.latrobe.edu.au/screeningthepost/classica/cl092/lgcl14c.htm.
② Walker, *Stardom op. cit*, p. 37; Dyer, *Stars op. cit*, p. 10.
③ Terry Ramsaye, *A million and one nights*, London, 1926, p. 524 and p. 523.
④ 刘士林：《阐释与批判：当代文化消费中心异化与危机》，山东文艺出版社 1999 年版，第 11 页。

术目的",它"作为对象化活动方式,最后生成的则是一种与自身相分裂的、异己的存在物,它以人自身自由意志的丧失为前提,他的一切生命活动都是在知识、技术、观念主宰下进行的"。① 显然,如果站在刘士林们的精英立场来审视明星制造,那是有百害而无一利的。然而,这些貌似深刻的观点实际却很漂浮无根。只要请刘士林们想一想,当明星到底是影视制片商们在把人们"引入歧途",还是很多人实际也在做着"明星梦"呢?我想刘士林们不得不承认很多人也在做着犹如成仙登天般叫人羡慕的明星梦。能够"梦想成真"绝对是自我异化还是兼有自我实现,绝对是自由意志的丧失还是也能获得更充分的自由意志?《雍正大帝》里有一句歌词"千苦万苦人最苦",言下之意他雍正更是最最苦的人。可是,如果说当皇帝是最最苦的人,那兄弟之间有必要为争皇位而"相煎何太急"吗!可见这是唯恐天下人觊觎其皇位的大谎言!同样,如果有人说当明星很不自由,因为时时处处要留心被追星族认出,那也就像说皇帝是天下最苦之人一样,只能是撒谎。明星是被制造出来的,但是一个人从普通人变成明星并不仅仅意味着自我异化,更可以看作马斯洛特别强调的"自我实现",一方面是自由意志的丧失另一方面又是获得更充分的自由意志。明星很难自然而然产生,需要策划、制造,但是并非绝对意味着因为人为的策划、制造就大掉其价,尽管明星策划、制造需要遵循商业逻辑。物以稀为贵,正因为在芸芸众生中能够升腾为明星的少之又少,所以明星才在大众面前那般耀眼。因为明星是制造出来的就鄙视他们,那是自视精英者的假清高,能够认识到不是人人能当明星,要成为明星有赖于有意识的策划、制造,这正是立足于现代性的观念。正因为明星与策划、制造分不开,所以,我们说"明星"是一个现代性文化概念。

相反,"名人"则是一个前现代性文化概念。把"有声誉的人"称为"名人",那是早在春秋战国时代就开始了的,《吕氏春秋·劝学》说:"不疾学而能为魁士名人者,未之尝有也。"这里"名人"的含义与今天

---

① 刘士林:《阐释与批判:当代文化消费中心异化与危机》,山东文艺出版社 1999 年版,第 11 页。

所用的别无二致,今天说"名人"沿用的仍然是春秋战国时期的意思。就是说,"名人"这个指称符号的能指、所指在前现代已经定型,进入现代社会之后也完全是沿用原词原意,并无新变,所以说它是一个前现代性文化概念。"明星"作为指称符号虽然在前现代也已经出现,但开始是指启明星①,后引申指众星。如《诗经·郑风·女曰鸡鸣》"子兴视夜,明星有烂"句中的"明星"是指启明星;南朝宋鲍照《鲍氏集·六咏史诗》"明星晨未稀,轩盖已云至"句中的"明星"则是指天上众星。在前现代,"明星"的所指即此二义,并无对著名演员、运动员的喻指之义。对著名演员、运动员的喻指,那是进入现代社会后的新义。换句话说,喻指著名演员、运动员的"明星",相对于实指启明星或明亮的星的"明星",已经完全是一个新的指称符号,在汉语语境中看,这是虽同音但不同义的两个词。如果说实指启明星或明亮的星的"明星"是一个前现代性的指称符号,那么喻指著名演员和运动员之类的"明星"则实在是一个现代性的指称符号。我们这里涉及的"明星"当然是后者。

作为前现代性文化概念的"名人"与作为现代性文化概念的"明星"的一个重要区别,从审美的角度来看,前者是无视身体性的,后者是重视身体性的。而这与美学观念的现代转向紧密相关。

现代性是多种多样的,并非只存在一种现代性。正如迈克尔·赫茨菲尔德所言,"现代性并非像是迪基和罗沃萨姆的分析所着力强调的那样是一个普遍的趋势",而有着"让你眼花缭乱的多样性"②。如果说西方哲学现代性主要表现为理性主义,那么西方美学现代性则主要表现为感性主义。按照尼采的观点,感觉、感性的本体论基础是身体,"只有以身体为基础的真理才是真理,感觉之在不依赖于身体之在,不可设想"③。身体成了本体论和认识论的关注焦点。"审美思想逾越意识的意向性,进入到身体的领域,身体被提高为意识本身,是当代审美主义论述的基本主题。"④ "审

---

① 又叫太白星,即金星。
② [美]迈克尔·赫茨菲尔德:《人类学:付诸实践的理论》,中国社会科学杂志社编《人类学的趋势》,社会科学文献出版社 2000 年版,第 23 页。
③ 刘小枫:《现代性社会理论绪论》,上海三联书店 1998 年版,第 347 页。
④ 同上书,第 347 页。

现代性是人身上一切晦暗的、冲动性的本能的全面造反。审美的现代人反抗精神理念诸神的统辖，这场造反是身体之在及其感性冲动摆脱了精神情愫对生存品质的参与，表达了自然感性的生命诉求——反抗伦理性的生命法则，及反抗对身体之在的任何形式的归罪。"① 尼采、福柯都强调一切社会文化制度都应该以自然性的身体为基础，利奥塔的感觉生存论美学更是强调"审美的身体"的优先性。正是秉承这一审美现代性的思想脉络，理查德·舒斯特曼提出了"身体美学"（somaesthetics）②。"身体美学"就是以身体为中心的美学，就是强调身体在审美经验中的关键和复杂作用。审美活动是身体性的，而非纯知识性的活动。桂林山水给你的美感源自你在桂林山水间的亲身游历，你没有到过桂林，只是听人说起或只是看过介绍桂林山水美的书籍，那你只能分享到"桂林山水美"的知识，而不是桂林山水给你的真实美感。当然，我们今天提出"身体美学"，不是说前现代的人就没有基于身体感性上的审美，而是说现代人因为深受理性主义哲学的禁锢而特别需要从审美上得到身体感性的平衡。

　　强调身体感性的美学现代性精髓，在"明星"这个指称符号上得到了充分的体现。明星观念表征着美学现代性对身体的重新发现。就影视圈而言，一个普通演员上升为明星，绝不仅仅是因为其知名度和威望很高。如果仅仅是知名度和威望高，那只能称为"名人"、"名士"。像魏晋时期的"竹林七贤"之类人士，很有名声和威望，但是有几人能识？普通百姓几乎无人认识他们。中国自远古就有名人、名士，其他民族和国家也莫不如此。斯蒂芬·海勒曼指出："许多与明星有关的词——fama，ambitio，celibritas——都可以追溯到罗马时代。"③ 布劳迪认为甚至可以往后推得更远。④ 在他看来，在人类历史开始之初（from the beginning of

---

① 刘小枫：《现代性社会理论绪论》，上海三联书店1998年版，第348页。
② 参看［美］理查德·舒斯特曼《实用主义美学》第10章"身体美学：一个学科提议"，彭锋译，商务印书馆2002年版，第347—374页。
③ Stephen Hinerman. 'Star Culture', in James Lull ed. *Culture in the Communication Age* New York: Routledge, 2001, p. 198.
④ L. Braudy. *The Frenzy of Reenown: Fame and Its History*, New York: Oxford University Press, 1986, p. 57.

time）有些人就希望看到他们的名声在死后依然存在，历史地说，当这样的名声穿越时空到达更广大的受众那里的时候，便会有更多的传闻被相信。名声与传闻的关系是相辅相成的。一个人的名声越大其传闻就越多，反过来，一个人的传闻越多其名声也就越大。布劳迪相信追求名声是最基本的人性，人们非常希望把遗产遗留下来，主要也不是为后人造福，而是为了传扬他们自己的名声。一个人只有当其名声被广泛传扬开去，才能成为名人，而一旦成名就会获得超越他人的权力——得到诸如政治的、文化的、物质的影响力。因此，说到底是权力欲望驱使着那些渴望成名的人。在这一点上，现代意义上的明星与传统的名人并无区别。不管是历史上的名人亚历山大大帝还是现代的明星格丽塔·嘉宝都是一样。但是，光有名声和威望只能成就名人，却不能成就明星。明星的产生，除了广为人知的名声和威望外，还需要广为人知的个人形象。光是有名，却不能唤起人们对你的整体形象的记忆和联想，那就只能称为"名人"而不能称为"明星"。希腊的亚里士多德、中国的孔子等许许多多的文化名人，都有很高的知名度，就他们的名望来说可谓妇孺皆知，可是有多少人能够识得他们的尊容呢？现代人根本就无从认识他们的身材和长相。他们在人们的心目中只具有抽象的"名"，而无具体的"形"，并不像天上的明星那样具体可感，因而就不能称之为"明星"。电影诞生前的戏剧名角之所以可以权且称为"明星"了，那是因为戏剧名角是能够让有限范围内的人们认识他们的形貌的。名人的条件就是知名、有名，明星的条件则除了知名之外还要有为人熟知的光辉形象。而且，其星光主要从其光辉形象上放射出来。明星光辉形象的本体论基础是身体。无视明星的身体，就无从谈其个人形象。个人形象是身体的感性外观及其包装，它通过视觉化的传媒技术传播给大众，从而为大众所熟知。当代大众传媒，从纸质传媒到电子传媒，或是静态的图片或是动态的节目，都在广泛传播影视演员的个人形象，加上影视剧本身通过角色中介对演员个人形象的传播，使影视演员的个人形象广为人知——尤其是广为青少年受众所知，这才是一个演员被制造成一个明星的关键机制所在。

　　明星之成为明星是绝对不能抛开其个人形象魅力的，个人形象魅力是其星光所在。缺少个人形象魅力，就会黯然无光，就难成其为星。好莱坞是群星闪烁的地方，玛丽·璧克馥、查理·卓别林、克拉克·盖博、格丽泰·嘉宝、凯瑟琳·赫本、费雯·丽、玛丽莲·梦露、格蕾丝·凯利、马龙·白兰度、阿兰·德龙、乔治·斯科特、阿诺德·施瓦辛格、梅丽尔·斯特里普、汤姆·汉克斯、梅尔·吉布森、莎朗·斯通、麦当娜、汤姆·克鲁斯、黛米·摩尔、朱迪·福斯特、基努·里夫斯、朱丽娅·罗伯茨、安吉利娜·朱丽、莱昂纳多·迪卡普里奥……这个可以开列得很长的好莱坞明星榜中没有哪一个不是在其名声广为传播的时候其个人形象也在广为传播的。抛开美国本国观众不说，世界各地的许多观众闭着眼睛都能想起一个个名字对应着的光辉形象。虽然玛丽莲·梦露、莎朗·斯通、安吉利娜·朱丽同为"性感"明星，但是在大众心目中性感的玛丽莲·梦露、性感的莎朗·斯通、性感的安吉利娜·朱丽并不是一样的。玛丽莲·梦露有玛丽莲·梦露的性感，莎朗·斯通有莎朗·斯通的性感，安吉利娜·朱丽有安吉利娜·朱丽的性感，这里面存在着很微妙的差异。因为不存在抽象的性感，只存在具体的性感。任何人的性感特征都是与其身体感性联系在一起的。离开了身体性，玛丽莲·梦露、莎朗·斯通、安吉利娜·朱丽各自的性感都不复存在。

一个名人当他的个人形象也为人所熟悉时，他就成了明星。就影视生产领域来说，过去"明星"的桂冠只属于因成功扮演角色而从"名"到"形"都为人所知的演员，不属于有"名"无"形"的大牌导演及编剧、摄影、音响师等人员。自电视等视觉传媒出现之后，不仅影视演员频繁被曝光，一些大牌的编剧、导演、摄影、音响师等人员也常被曝光而变成明星了，即称之为明星编剧、明星导演、明星摄影、明星音响师。比如，王兴东被称为明星编剧，张艺谋被称为明星导演，杜可风被称为明星摄影师，谭盾被称为明星音响师，等等。其他行业的一些知名人士如果其个人形象在媒体上曝光频繁而为普通大众十分熟悉，那也就成了明星。如董建华是政治明星，姚明是体育明星，孙楠是音乐明星，杨丽萍是舞蹈明星，刘震云是写作明星，王岳川是学术明星，丁磊是企业明星，等等。现如今可以说真是"明星"满天飞的时代，我们可以在"超星图书馆"搜罗到成百上千冠有"明星"的数字图书，只有少部分是真正与影视明星有关的。

尽管在今天影视的编剧、导演、摄影、音响师等因其个人形象像影视演员一样可以频繁出现在大众传媒上而成为明星，但是，他们一般不会被直接叫"影视明星"。被直接叫"影视明星"的还是那些颇受欢迎的影视演员们。影视剧的编剧、导演、摄影、音响师们即使是明星级的，也往往在"明星"之后要冠以他们的具体职务，称为明星编剧、明星导演、明星摄影、明星音响师之类。而常见的是把著名的影视编剧、导演、摄影、音响师、服装师、道具师以及有影响的影视理论家、评论家等人叫"影视名人"。当然，著名的影视演员——影视明星也是影视名人。从这个角度说，"影视明星"是"影视名人"这个种概念下的一个属概念。"影视名人"的外延较之"影视明星"要宽广得多，"影视明星"只是"影视名人"中从事表演工作、从"名"到"形"都广为人知的那部分人。

判断一个影视工作者是不是影视名人，无须关注他通过传媒中介传播给人们的个人形象及其特点，只需关注他/她取得的实际成就以及在此成就基础上形成的名望，而判断一个影视演员是不是影视明星则必须增加一条即还要关注他/她的个人形象及其魅力。这其实不仅仅是笔者一个人的见解，笔者发现也有其他论者持有类似的观点：

> 人们时常询问的是，充当明星的基本条件是什么。我曾经发现，明星的形成不仅源于某一方面的成就，同时还因为明星形象与这种成就不可分割地镶嵌在一起。另一些成就显赫的专家——例如核导弹专家、史学专家或者金融专家——通常因为个人形象的缺席而无法赢得类似的崇拜。为什么明星时常诞生于演员、运动员、歌舞表演者之间？身体的魅力是造就明星的前提，他们均是身体表演者。从这个意义上可以说，明星崇拜的巨大冲动背后隐藏了强大的原始情绪。无论如何，身体影像是一个极富号召力的符号。正如劳伦斯·格罗斯伯格所发现的那样，明星的才能并不重要，重要的是他占据了明星的位置，才能不过是这个位置的必然附属品，因此，

明星仅仅是一个"活动的符号"。①

总之，相比较而言，影视名人在人们心目中是形象模糊的、抽象的、疏远的，影视明星的形象则是清晰的、具体的、亲切的。影视明星之为影视明星与其身体性的个人形象紧密不可分，其魅力不仅来自艺术表演，而且来自其个人形象，甚至主要来自个人形象。对于异性观众来说，青春偶像型明星尤其重要的是其形象，他们/她们的魅力主要就是他们/她们形象的魅力。一项调查报告表明："舒淇在男性观众中的支持率最高，竟高达近80%，其次是金海心、斯琴格日乐、徐熙媛等。舒淇具有如此高的人气令人惊讶，显然，她的性感外表吸引了异性的注意力。其他几位受到追捧的女明星大多在形象上具有优势，表演实力远在她们之上的斯琴高娃、韩红等，名次却远落在这些漂亮的小妹之后。"而"女性观众对女明星的关注度很小"，"女性对男明星的关注度则高得多，排名靠前的有苏有朋、林志颖、黄磊、古天乐、古巨基、陆毅等，支持率都超过了女明星。虽然其中有人偶像②与实力两者兼备，但不可否认，他们或阳光、或时尚、或英俊、或忧郁的外形受人瞩目，女性观众更看重男明星的青春偶像气质"③。当然，一个影视明星的形象魅力不单纯等于女性美要求的美丽或男性美要求的英俊，而关键在于其形象是否与其所处时代的大众审美心理需求相适应。一些丑星，如葛优、陈佩斯之类，他们为人崇拜既依靠他们自身的演技，又不可能是纯靠演技，也与他们自身的形象相关。但是，他们形象的魅力绝不在于英俊潇洒，而在于与大众非常具有亲和力的小市民味道。在人格审美风向从英雄转向俗民的时代，他们的形象自然就颇具魅力了。

上面的辨析使我们看到，虽然明星也属于名人的范畴，但是一般意义上的名人属于印刷文化时代，明星这种新型名人则属于视觉文化时代。

---

① 南帆：《身体的叙事》，载汪民安主编《身体的文化政治学》，河南大学出版社2004年版，第219页。

② 本文所说的"偶像"与其意思不同。本文认为有些影视明星主要凭借外在形象成为偶像，而一些明星主要是凭借演技成为偶像的，但作为偶像都离不开形象。

③ 《上海电视节调查：男观众捧舒淇#女观众追有朋》，http：//news3.xinhuanet.com/new-media/2004—06/09/content_ 1517611. html。

大体上可以说，名人是印刷文化时代的一个象征，明星则是视觉文化时代的一个象征。"明星"的头衔在读文为主的印刷文化时代即使也为某些戏剧舞台演员所拥有，但无论如何都难以流行起来，只有在以电影的诞生为起点的以读图为主的现代视觉文化时代，明星才可能迅速快捷地、大量地制造出来，"明星"概念才可能在全球范围里流行开来。

明星文化

在现代全球化语境中,一个西方中产阶级旅游者,或许会因为与他自己的家乡相似的异域风景而大为吃惊。尽管在跨越国界之后,语言、食物以及信仰等文化特征时常会改变,但是,几乎在每一处新的地方都有熟悉的东西等待着他。人们在家里珍藏着已在世界各国电影院里公映的影碟。旅店里的音乐频道播放的乐曲也可能是耳熟能详的。来自家乡的体育新闻在当地的屏幕上播放,来自家乡的流行文化明星的肖像经常被贴在各城市街角的报亭和郊区的墙上。

不仅如此,设想一下有两个人,一个是旅行者,一个是当地人,各自列举他们最敬仰的偶像。这些偶像包括电影明星、音乐明星、体育明星以及电视明星。如果两份名单中出现很多相同的名字,我们不会感到吃惊。或许这些名单里会有麦当娜、里奇·马丁、汤姆·汉克斯、让一克劳德·范丹姆。

这些名单的重合一定给我们造成困惑了吧?那些被传统视为英雄的人——即改变了世界的人,比如政治领袖、公仆、人权领袖和将军,他们在哪儿呢?难道我们都喜欢或不喜欢同样的公众人物吗?在一些大众文化的批评家看来,情况似乎就是这样的。他们悲叹道:整个世界已经被诱骗而形成了对全球媒体娱乐明星而非真正英雄的崇拜。这些批评家争论道:文化和传媒工业合作的力量变得如此强大,以至于那么一群商业化的肤浅明星如今却成为众所周知的。在灾难预言者看来,明星崇拜(cult of celebrity)已经统治世界,以至于干扰了正常的价值观和人们清醒的头脑。

这个问题已经成为 20 世纪关于文化、传媒以及全球化争论的一部分。从 20 世纪早期法兰克福学派真诚而复杂的批评关注,到激昂的演说和在新千年来临之际新保守派文化卫士的怒吼与痛斥，明星崇拜的浪潮已经被指责为颠覆了正确的价值观，并抹杀了个体及地域差异。

这是现代和后现代文化语境下对于明星作用的正确反映吗？法兰克福学派理论家马克斯·霍克海默和西奥多·阿多诺肯定是这么认为的。他们在第二次世界大战期间发表的文章，力图在某个层面上解释阿道夫·希特勒的发迹。他们认为希特勒是一个通过宣传以及当时新兴的电子媒介，像明星一样强加于脆弱的公众身上的形象。在一篇具有里程碑意义的论文《文化工业：作为大众欺骗的启蒙》中，霍克海默和阿多诺认为现代娱乐和传媒在共同利用明星和名人去诱惑大众。对于明星及其潜在危险的观点，为他们最初的分析对象——希特勒的上台和德国本土的法西斯主义——提供了一种合乎逻辑的解释。因此，观众具有足够的被动性和服从性，只需有效地操纵媒体即可，而希特勒当初的确是有这个能力的。

对于大众文化、传媒和明星的这种悲观看法自第二次世界大战末以来一直统治着批评理论。尽管不是所有的当代批评理论家都认为明星制造了一种社会不满或政治顺从，但有很多人是这样认为的。实际上，一些批评家把法兰克福学派的观点更推进了一步，认为尽管过去的社会能够把正面的、本质的价值观附着在真正的政治英雄身上，然而今天我们是生活在一个明星崇拜的世界里，形式已代替了内容。这样的只顾表面形式和追求轰动效应，其后果必然导致正确的道德标准被颠覆，从总体上讲，将导致全球性的权威与美德的崩溃。

这个观点曾被用到丹尼尔·布尔斯廷的重要研究成果《形象》一书中，在这本书里，他断言现代明星的行为构成了"人类的伪事件"。从这个角度来看，今天的明星仅仅因出名而出名，而不是像过去时代的英雄一样因实际的业绩或英雄行为而出名（布尔斯廷，1961，第57页）。当代批评理论家斯图尔特·尤恩同意这种观点，即个性已经因明星投射到现代社会生活中的形象而与之剥离。他认为，我们需要"形象与意义的调和"，以维持社会健康运转（1989，第271页）。这个观点也在鲍德里亚的全部著述中得到了响应。这位法国的社会学家指出，明星作为时尚的标志是一种幻象——是与价值观和任何确凿的事实均无关系的空洞符号（鲍德里亚，1998，第6页）。明星是空洞的形象——傻子的金子——迷惑了受众，但是几乎没有提供给受众什么真正有价值的东西。

当然，这样一些否定性的理论不是解释全球文化中明星出现的重要意义的唯一途径。是的，明星确实渗透了全球化经济。有名的人在各个国家都能被认出来。他们的形象在传媒、文化产业以及信息技术所驱动的文化经济领域如同通用的货币，但是这并不意味着明星及其崇拜者之间的关系不具有深层的含义，也并不意味着明星欺骗了他们的公众，或者也并不意味着传媒时代的明星文化的意义不像先前以"真正英雄"为导向的文化那么重大。

此前有关明星的评论缺少对以下问题的讨论，即现代受众怎样从文化意义上与明星形象相互作用。正如 P. 戴维·马歇尔在一篇将明星作为一种积极的文化泉的文章（这样的文章为数不多）中的评论，对于许多理论家来说，"明星的意义很大程度上是一种精英主义策略"，因为看起来它颠倒了社会等级（明星与传媒公司），忽略了受众（马歇尔，1997，第27页）。虽然，明星是在帮助传媒公司把产品卖给全世界，但他也的确帮助川门在后现代的语境下形成了积极的身份认同。他们满足了受众的愉悦。因此，认为现代明星制度没有早期英雄崇拜的形式重要或者有价值，是不公平地贬低了当代的身份认同，而且忽视了传媒在后现代社会所起的重要作用。寻找一种略少说教意味的研究现代社会中明星制度的方法，是有必要的。笔者要论述的是，明星作为想象中的全球化黏合剂，它不是一个"问题"，而是现代生活混乱状态下的福佑。

全球传媒明星的限定因素

为了更好地理解一种关于全球传媒明星的理论，必须考虑到两个现象。第一，必须认识到明星是怎样通过传媒公司被制造出来的，又是怎样通过媒体被受众消费的。第二，必须立足于影响了现代性的时空关系来理解明星的出现这一现象。如果能够从这两个限定因素来理解全球性的媒体明星的话，那么也许能够把它从批评声中解救出来，这些批评总是把它看作现代生活中的危险因素之一。

让我们先讨论第一种现象——媒体形象的制造与消费。很显然，在现代和后现代媒体工业中，传媒形式已经有了很大变化。全球性的公司如雨后春笋般涌现出来，经常以兼并和收购的方式重组，这就减少了小型的、本土化的传媒公司的数量。这些跨国的大型娱乐公司制作 VCD、CD、电影、电视节目、网络广播以及无数其他文化产品，经常在各种媒体中使用相同的道具和人物，并主办摇滚音乐会、主题公园、滑冰表演以及其他的体育赛事。在这些活动中，明星是最重要的，他们在消费公众中培养熟悉、信赖、信任的情感，并帮助出售"产品"。

就时空而言，明星们经常以惊人的速度出现在不同国度。电影可以在同一周之内在世界各地放映。一位演员可以在同一时间在世界各地一举成名。世界杯和超级联赛会迅速地创造体育明星。相同的电视节目可以在几分钟内分别在欧洲、亚洲、南北美洲被收看。看到时间和空间在制造现代娱乐和明星的时候如何展示其功效，我们就会感觉到一种新的世界秩序，在这种新秩序中时间和空间不仅改变了，而且在以新的加速方式融合为一体。麦克格鲁阐述了这一过程：

> [我们]认为全球化有两个相关维度，一是"广度"一是"强度"或"深度"。一方面，全球化的概念定义了一个普遍的过程或一系列过程，这种过程制造了国家与社会之间的多重关联，这些关联又形成了现代世界的体系；因此全球化概念便有了空间的含义。社会、政治和经济活动在全球"延展"，以至于世界某一个地区、事件、决策和活动，都能对全球化体系中十分边远地区的个体和组织产生立即呈现的重要意义。另一方面，全球化也预示着国家与社会之间的互动，在相互联系、相互依赖的层面上形成了一定的强度。这样就构成了现代世界性共同体。相应地，与"延展"并行的是"深化"……因此，全球化也包含了空间和个体的特殊化与全球人类状态的日趋深入的互相渗透。（麦格鲁，1992，第68—第9页）

名声对于当代世界来说绝不是什么独特的东西：英雄经常与我们在一起。改变的只是象征形式的制造方式及其消费语境。这些变化与现代性和后现代性紧密相关，从而构成了当今文化生活的重要组成部分。只要审视名声的发展历史、时空的现代概念,以及在这个传媒世界中生产与消费模式的变化,就能解释明星对现代生活的影响。很多年前理查德·戴尔就意识到这样一个理论观念的必要性:

> 尽管明星构成了我们日常有关电影话题的相当一部分,尽管出版的电影书籍大部分是为影迷提供某种材料,但是,有关这一领域所做的研究是远远不够的。目前还没有开展对这一现象的理论研究,也没有用这些理论去指导经验性的调查研究。(戴尔,1979,第1页)

虽然一些理论家,包括戴尔本人(1986),当时已试图对明星加以阐述,但是还没有人充分解释在明星作用于现代文化的方式中身份、时间和空间的重要影响。这便是本文的重要内容。笔者将作一个简短的介绍来概括这些概念,这些概念是以现代化的方式认知时空的基础。然后,笔者将说明名声怎样随着时空的改变而在现代社会中改变。最后,我笔者在一定深度上审视明星是怎样在文化生产与消费方面与现代媒体技术相互作用的。另外,笔者还要阐述这些明星怎样适应现代社会所带来的时间与空间的改变。

历史中的名望与声誉

公认性和声望普遍出现于历史中。许多与明星有关的词——fama,ambitio,celebritas——都可以追根溯源到罗马时代。这些名词所描述的概念可以追溯得更远(布劳迪,1986,第57页)。在上古时代,就有人希望自己的名声在死后依然流传。从历史的角度讲,当这类名声穿越空间更广泛地为受众所知的时候,便获得了更高的声誉。关于名声的调查研究,如布劳迪的《声誉的狂热》,深入地阐述了名声是怎样存在于不同的时空中的,他令人信服地指出明星绝不是晚近的现象。

对于布劳迪来说,名声意味着个体因企图"比任何特殊行为都延续得更久远"而作出努力(1986,第15页)。他相信这种延续企图是最基本的人性,正如人们总是千方百计要把遗产保留下来,其实这种遗产并不能再生产,只是传承其行为而已。正如布劳迪所说,"在很大程度上名声的历史就是个人通过改变行为方式来寻求引起注意，并得到控制别人的权力的历史，这不是偶然的"（1986，第3页）。

布劳迪相信名人（即"有声望的人"）经常仿效从前的名人。尽管传媒技术已经改变了名声的传播方式，媒体技术的发展已经增加了能够得到公认和值得尊敬的名人的数量，但是名人的产生却是十分相似的，无论这位名人是亚历山大大帝还是葛丽泰·嘉宝（布劳迪，1986，第4页）。很明显，权力的欲望驱动着那些渴望成名的人。他们知道一旦成名，就将会具有政治的、物质的或文化的影响力。

尽管"权力的欲望"亘古不变，但是名声得以传播的手段和受众接受的条件已经大大改变了。而这一改变过程也改变了追求名声的行为性质。

布劳迪认为现代文化的精神已经被现代传媒技术和文化产业所改变。他写道：通过声音、视频和印刷这些媒介，个人能够追求一种让名声不受时空限制并无所不在的梦想：永远在场，永远被认可，因此永远存在。（1986，第553页）然而，对于布劳迪来说，这种改变的后果完全是负面的，特别是对那些名人而言；而他们正是他所研究的真正主体。现代名人在传媒技术的作用下远离了他或她自己的本性，而且，变成了一个与真实意义上的自我毫无关联的形象。布劳迪哀叹这种"真实性"的缺失，他相信这种真实性塑造了早期英雄的个性，赋予其行动以道德的力量。布劳迪认为当今的明星，是"表演者"，"表演者的任务（是）尽量去吸引别人的注意力，并出演受众所希望你能成为的角色"，这角色通常是和蔼可亲、不具威胁性、自我封闭的——被［媒体］转变成对于真实自我具有讽刺意味的形象（布劳迪，1986，第583页）。

这种对于现代声誉的谴责性观点能够接受这样一个事实，即时间和空间通常已被包含在名声之中，并且是受众而不是名人自己，成了愿意或不愿意赢得名声的最后仲裁者。因为明星地位的确定依赖于当下时空和受众的参与，所以，公众经历时间和空间的方式的任何变化都将引起名声性质的改变。比如，一个人在时间相对较长、空间相对封闭的文化中看到一位名人，那么其经验将不同于即时性"全球社会"中的偶像崇拜。明星与消费者之间关系的影响力在深度、广度以及塑造受众或"影迷"自我形象的方式上将是不同的。没有在更广阔的语境中充分理解这种变化，而企图对其作出价值判断，容易导致错误的结论。

最后，在现代社会，名声不是靠媒体对著名人物的名声或情绪的宣传，而是靠观众对媒体的反应来体现其重要性的。一些学者，特别是致力于研究现代明星现象的人，他们忘记了是由观众来决定明星的。这些批评家有时更容易被明星的光环所误导，且忽视了他们所担心的大众。

时空对于受众与名人之间关系的影响，对于理解怎样获得声誉是非常关键的。我们能够找到遥远的古希腊时期的许多例子，当亚里士多德在《修辞学》中描述具有理想，并能发挥榜样作用的人的品质时，他正是在向我们讲述何为名声：

> 他们具有勇气、智慧、社会公职；在职的男人能够向大多数人提供服务，将军们、演讲者以及所有拥有权力和影响的人也会这么做。那些拥有很多模仿者的人，那些人们渴望结识或交往的人，那些有许多人仰慕，或者我们自己也仰慕的人，都能激起旁人的效仿。那些被诗人或唱颂歌的人所赞美的人也能够做到这一点（亚里士多德，1962，第130页）。

亚里士多德并不把名声的建立放在个体身上而是放在全体受众身上，是公众决定了名声。因此，理解名声的唯一途径就是去理解那些效法名人的人以及他们的效法方式。

在亚里士多德时代，名声深深地根植于受众时间有限的期待中，当时的名人所寻求的是穿越时间的局限。名声是一系列的历史价值，是行动的积累，是公众的赞美所确立的不朽。因此，古代名声来源于经历了一段时间之后再去看具有历史意义的线性行为的累积，最终以在市场或战场上被公众赞美或谴责作为评判，并形成定论。公众对名声的看重是古典文化的一个方面，是涉及名人怎样被榜样化、被个性化、被视为理想行为和价值的典型问题。亚里士多德也表示，古典的名声不仅依靠时间的积累，也依靠地理的空间变化。

传播名声的"技术"（通过诗人和演讲者）确保名声最终是地域性

的。名声在前现代、前中世纪社会，显然扎根于直接影响受众经验的时空观念中，在以后的几百年里，时空观念已经经历了巨大的转变。现在个人以许多不同的方式体验这个世界以及自我。对于个体来讲，名声的含义也已经发生了转变。

现代性和后现代性中的时间、空间与名声

安东尼·吉登斯、戴维·哈维和约翰·B.汤普森等人，在解释时空对于声名性质嬗变的作用方面作出很大贡献。他们一致认为全球化和后现代性已经转变了对于自我和时空经验的基本概念。现在众所周知的吉登斯观点就是全球化制造了"时空距离感"（1990，第14页）。当代传媒技术和经济信息已经取消了地域语境中的长期的关系模式，并且创造了新的全球化模式，这个新的模式将会带来一个新的理念。人际关系的建立不再受地域的局限，这并不意味着人们不再同自己周围的人交谈，也并不意味着人们所处地区的问题就无关紧要。但是，正如大多数理论家所声明的那样，当今社会的互动关系不再仅仅依靠地理距离。比如，正如网络在线关系的快速发展所表明的那样，亲密的感情能在分处两地的两个人之间产生。对于吉登斯而言，全球化关系到在场与不在场的交叉，也关系到社会事件和"近期"社会关系与当地政策之间的交叉（1991，第21页）。

哈维认为现代经济转变和技术发展已经"压缩了"时间和空间（1989，第240页）。时间加快，空间压缩。现在人们可以立即感受到激动人心的事件，无需考虑地域空间的限制。对于哈维来说，这些变化来自资本主义的周期性变革。当资本主义经历任何一次周期性危机时，通常都会导致经济和社会发展的加速，这一般能在文化生活中产生重大影响。哈维谈道："从20世纪60年代以来我们一直在经历这样一个时空压缩的过程，它对政治、经济的发展造成了混乱的破坏性影响，也影响了阶级权力的平衡和文化及社会生活。"（1989，第284页）

时间和空间的压缩比经济全球化的影响要大得多，它也极大地改变了对于名声的理解。前现代社会中，名声的领域在一定程度上被局限在"真实"的时空环境里，而现在名声和明星在广度和深度方面的潜力已经

有所扩展。不过与此同时，明星的核心作用是推动社会经济与现代传媒技术联系。假如这些技术需要精致象征体系的话，知名的、不断出现的形象就成为巩固观众对传媒及其背后之经济体系的信赖的绝好手段。在一个时间和空间被压缩的时代，具有重要意义的形象为个人提供了体验和分享全球化传媒的机遇，在这过程里，全球化明星诞生了。

汤普森指出，他称为单向度情感的特殊社会关系模式已经在现代社会的晚期发展起来。对于本文主旨而言，这意味着影迷能对著名的影星产生亲切感。然而那种亲近感并没有牢固的物质基础，因为影迷从没有切实接触过明星，但是熟悉感却依然存在。实际上明星从未到过影迷的家乡，但是，影迷依然感觉到他或她了解这位明星，并能体验到由共享的知识、理解、品位和风格组成的亲切情感。尽管事实上只有一种单向的超越地理距离的情感流，然而关系却在"加深"。

这种变化对于影迷的心理具有深刻的影响。现代性解放了我们的自我意识。像教会或政府这类中心机构已不再赋予市民现成的身份，不再在社会中清楚地显示一个人的位置，也不再在等级社会里显示个人的作用。对于现代个体来说，继而产生的问题的就是自我身份认同的危机。

明星与信任

随着现代身份的建构变得越来越困难，通常提供并依靠稳定的身份认同的机制也受到了威胁。在寻求任何形式的稳定的身份认同时，人们不断追求远程的亲密关系，并通过经由媒介进行的交流来塑造自己的身份。吉登斯没有提到明星，实际上也很少谈论媒体以及整个文化产业，但是我们能够引申他的观点，从而断言，如果信任不再由教会或国家提供，那么它就很可能由可被认可、可预言而且前后一致的媒体形象赋予。

明星作为现代电子传媒业所塑造的促销形象，是一种绝好的建立信任、定位自我的机制。明星作为"黏合剂"，能把不同时空的个体联系起来，制造身份认同，然后把他们联合在一起。明星给现代人一种自我界定感和一种方位感（或无方位感）。与其争论说明星文化产生的仅仅是一个空洞的、肤浅的人类经验，不如去研究明星是如何为本来是一盘散沙的个体提供重要的情感纽带的，这会有趣得多。

明星制造

如果说名望和英雄塑造了前现代的声誉形式，那么明星和名人则反映了现代和后现代的声誉形式。明星把现代性所释放的认知与文化因素有机地结合了起来。尽管如此，当代的明星印记仅在现代传媒技术广泛应用的时候才出现，因此传媒公司所制造的明星形象必定会被用来解释明星和现代性的理论。

20世纪初，明星与时空概念的变化同时出现并不是偶然的。克恩已经说明早期时空概念是怎样与1880年到1910年这段时期的技术发展，特别是电影的出现相联系的。他认为电影描绘了世间万象，这种世间万象与时间的统一性和不可逆性相一致，然而特写镜头和剪辑改变了空间概念（克恩，1983，第29页，第218页）。

另外，电影发行——美国电影后来主宰了欧洲市场——开始改变了"国族"娱乐的概念，以及时间对于信息跨越国界和洲际传播的重要性。对于现代明星的起源的审视说明了这一点。现代明星和电影是同时发展的。

德科尔多瓦把电影明星的出现时间确定为1990—1994年。他还指出，由于电影发行的性质和普遍性，电影明星与此前出现的戏剧明星迥然不同。电影明星所影响的范围在地域上当然要宽广得多，他们的可认知程度比戏剧明星更快和更深入人心。能够跨越空间并且不受时间限制流传下来的明星走上前台，一个新的大众文化时代开始了。明星诞生了，影迷也诞生了。

随之而来的对声誉的重塑是由新科技媒体和资本主义商业来完成的。突然，全世界的市场都需要产品，这种产品在内容方面越统一，用于创造良性经济回报所耗费的资金就越少。

现代明星不是偶然出现的，财经上的成功不是巧合，它与明星的关系不仅仅是此前名人形式的延伸。明星产生于20世纪的前一二十年，其机缘是电影技术、20年代录音带的大量生产和发行、世界性的媒体，以及全球资本体系在整个20世纪所创造的流行文化市场的初露端倪。这种发展趋势需要明星，反之明星也需要这些机缘。对于现代性来说，明星一直是有机的组成部分。

明星制

明星制的产生可能缘于电影发展的需要,但它并没有仅局限在电影领域。跨国商业活动当然要让更多的受众了解其产品,现代传媒技术的主要作用即在于此。而明星和明星制是至关重要的。

根据唐纳德的观点,明星参与了工业过程和心理过程两个方面。他认为在作为创利核心(交换价值)的明星与作为大众娱乐(使用价值)的明星之间产生了紧密的联系(1985,第50页)。明星有两个基本任务。第一,明星参与着产品的生产过程,对于表现、叙事和市场营销是很关键的。明星一旦产生,就会被受众所消费,被定格在特殊的、又是流动着的时空位置上。于是在两个范畴——生产和消费——中协同发挥作用,产生了特定的明星效应。甘森(1994,第42—43页)指出,明星的现代化革新开始于1940年,它依赖于以生产为目的的实践活动,比如科学的市场定位、增长的"媒体信息输出"(info-tainment outlet),以及对于公众关系越来越感兴趣的"非娱乐"部门。所有研究者都认为明星需要资金充足的机构和专业操作体系予以制造,并传播供影迷消费的形象。

为了更全面地理解明星对于一般的媒体生产活动的重要意义,我们应该看一下明星怎样首次出现在电影业中。在德科尔多瓦看来,试图去解释明星怎样在电影业中发展起来的理论分歧很大,但是对明星因何而存在的看法却几乎一致(1990,第2—8页)。制造电影明星是为了一次次把消费者吸引过来,让他们到电影院去。关于历史发展的权威观点是,明星是被那些小的独立的电影公司制造出来的,这些电影公司要与电影放映的专利权作斗争;而与此同时,这些独立电影公司拥有所制造的明星形象的专属权(金,1986,第161页)。这给那些独立电影公司一个机会,去同大制片厂竞争,因为明星吸引了反复前往影院的受众。

然而这绝不是明星"制造"仅有的商业收益。明星也使文化产业减少了风险、提高了可预期度,这对于任何一个资本家来说都是非常重要的。对于娱乐公司来说,电影明星使公司有望更容易地获取资本(金,1987,第149页)。当红的女明星和男明星有能力预售影片,为电影公司及其投资者保障了稳定的观众和收入。而且,作为职业演员的明星一般是可靠的,能够指望他们以工作的名义出头露面,提供一流的表演,在预算之内有效地工作。

为了特定的角色而选用明星有助于使生产顺利地进行。明星经常通过特定的类型角色而成名。制片厂习惯于把明星放到同一类型的影片中,以便提高可预期度和观众的忠诚度(戴尔,1982,第53页)。因此电影制片厂也可以围绕着明星来发展一种全新的事业——宣传。消费者能够被再次吸引到电影院里,是因为他们对明星所扮演的角色之外的生活也非常感兴趣。

在大众传媒时代,明星是文化产业的有效工具。在这种原本不具有可预期性的产业中,有什么能够比稳定的、公认的、具有吸引力的、有利可图的、尽人皆知的,因而相对而言可以有所保障的产品更诱人呢?明星在基本保障效益的同时还传递出观众对于商品的购买欲。明星通过各种媒体技术和类型迅速地发挥作用,介绍、美化、强调并定型新的文化商品,包括推销媒体和文化本身。许多关于明星的定义都涉及了上述功用。

我们从无数失败的例子得知,仅依据需求而制造明星是不可能的。对于每一个我们认为有希望的明星来说,尽管为了宣传和推出他们的形象而付出了艰辛的努力,但其中许多人却从未成名,有些人甚至是惨败。在上文中,亚里士多德认为名声的建立依靠受众,而明星就是在流行文化形象的消费中制造出来的。

消费明星

明星给受众带来愉悦。演员、歌手和体育明星通过手势、言谈、形体动作来表演,这种表演促成了他们的名望和此前的为明星造势(内厄莫尔,1988;史密斯,1993)。我们注意到演员以表演的经验来阐释角色,我们也欣喜地看到演员是怎样呈现出一种与自身迥然不同形象的新身份的。比如罗伯特·德尼罗就扮演了一个因中风而瘫痪的人,观众被他这种不同以往的角色深深吸引了,同时人们也欣赏他惟妙惟肖的演技。在音乐领域,演员的声音或乐器也创造了一种身份,因为这是一种表达了个性情感的声音(弗里斯,1996,第211页)。比如,当瑟琳·狄翁唱了一支深情的歌曲的时候，她的听众感受到了她内心的痛苦或快乐，她曾经历过这种感情，或许此时她又重新经历了一次。在体育方面，我们常常可以看到，明星以他们一系列的身体技巧来确立其公众形象（罗，1994，第8页）。科比·布赖恩特把篮球规范推进了一步，这是一种新的激动人心的进步，到目前为止是我们从来没有想到过的。各种明星之所以具有魅力，是因为他们经常创造，使人快乐。他们能够在限定的框架内进行发明和挑战。

明星能够激发他人。他们的个性，他们在处理剧情时展现的全部技能、技艺，以及他们公开的和隐秘的经历都有助于激起受众的潜在愉悦。反复观看明星之后，观众便开始赋予自己的英雄以个性特征。特别是当一个明星陷于媒体丑闻的时候，拥趸们就"亲自"开始非常详细地评估他们从未见过的媒体形象（勒尔和海纳曼，1997）。明星的名气越大，被公众知道的事越多，所激发的兴趣就越大。

认为公众"了解"一位明星的观念，处于现今消费明星的方式的中心地位。观众以为自己了解明星在银幕、音乐厅或体育赛场之外的真正生活，因此现代传媒明星具有两种明显的角色形象：一个公开的外在的角色（由外在形象组成）和一个私人的内在的角色（由明星真实的感情、想法和个人的关注组成）。对于影迷来说，他们最热衷的就是把明星公众的和私人的领域混合并描述出来。

明星的公众形象和私人形象之间强大的张力，来自媒体叙事的方式，围绕公众/私人关系所形成的歧义和张力，造成了围绕着明星所形成的有关"真实性"的颇具诱惑力的问题。人们用各类方式尝试解决这种不确定性因素：阅读影迷杂志，观看娱乐、资讯节目，与朋友和同事交谈。然而隐藏在面具背后的灵魂依然是神秘莫测的。

明星一旦升起，电影公司就会立即利用明星公开的和私人生活之间的有趣张力。关于明星的闲话和影迷杂志几乎与明星同时出现（德科尔多瓦，191，第26页），所有这些都有助于造成明星令人兴奋的私人生活，它反过来又激发了公众更多的好奇心。制片厂很快就学会挖掘这种公开/私人双重性的市场价值，实际上明星作为明星和明星作为人之间的转换，已经成为明星的基本要素。辅助的媒体，比如小报、娱乐电视节目、速成的平装本传记，都是制造明星的现代机器上的螺丝钉（史密斯，1993，第 xvi 页）。

影迷身份

为什么需要凝视明星而得到愉悦呢？当我们从一个明星转而注视下一个明星时，这些快乐仅给我们一种短暂的激动吗？关于影迷的研究（刘易斯，1992）得出的结论正好相反，消费明星带来的愉悦所表现出的是一种相对稳定的情绪，这对于现代人的身份是至关重要的。让我们简单地回顾一下现代性中身份的作用。

汤普森认为，现代性所创造的非互惠的亲密关系给个体人格造成巨大的压力。随着时间和空间的被压缩，今天的个体身份是通过汤普森称之为"类乎通过媒介的互动"这一过程而确立的。汤普森认为：

> 自我建构的过程越来越成为反身的和开放式的结局，在这种意义上，个体日益借助于自身的资源来建立相应的身份，同时自我建构的过程不断被媒体的大肆渲染所滋养，大大扩展了个体的选择范围，而并非破坏了自我建构与周围环境之间的联系。（1995，第 207 页）

汤普森继续阐述道，在当今世界上，自我是一种由个体积极建构的象征体（1995，第 210 页）。媒体文本——包括那些有关明星生活的资料——提供了一种持续的信息流，这种信息流被现代个体用来拼合各种身份，并且以一种相对稳定的方式固定下来。

明星时常体现被理想化了的形象或行为，而在其他时候又因代表了某种"典型"的生存方式而发挥作用（戴尔，1979，第 24 页）。但是明星也能因彻底的无耻而赢得崇拜，受众不仅把明星视为理想的、典型的和反传统的榜样，而且将其视为完美的、世俗的和非凡的体现。明星开始成为受日常生活所限的受众关于想象中的未来生活的向导，而与此同时，明星则是超越局限的。这样的形象也许看起来是矛盾的，其实不然。正如弗里斯所指出的，"身份认同一直是一种理想，是我们想要的，而非我们所是"（1998，第 274 页）。通过其私人和公众两方面，明星鼓励我们认定，貌似不能达到的目标也许实际上是你力所能及的。通过明星我们学会了相信自己的理想，确立了我们"嵌入"全球性语境的位置，并且规划了我们的社会和文化身份。

<h2 style="text-align:center">明星的未来</h2>

没有人能够逃离明星文化的影响，我们经常在公共汽车上、杂志上和互联网页上看到明星，他们的声音从 CD、收音机、电视和个人电脑里传出来，我们逃到很远的地方或关在家里都无法逃避明星的影响。

尽管世界范围内通过为全球性公司推销商品而表现出的千篇一律的明星形象和以赚钱为能事的明星比比皆是，但是我们还是不能一味不明智地打击明星，谴责使他们出人头地的文化产业和喜欢他们的大量影迷。最该肯定的是：我们不是在制造一个缺乏差异的世界，受众也并不是只知被动消费简单的媒体内容。实际上，今天明星各异的声音、多样的类型和不同的种族，还有人们在评价所喜爱的明星的表演和生活时的富有创见的批评方式等，这一切都清楚地表明，明星文化是无处不在的，而且绝不是软弱或平庸的。

随着现代和后现代时代的到来，在时空观念方面所发生的变化已使得今天的身份建构变得困难重重，极为复杂。在全球化语境中，明星作为一种文化现象，帮助受众建构了自己的身份和稳定的自我形象。假如受众曾"误用"象征的源泉——在这一过程中他们把自己转变为不加思考的盲从者或离群索居的孤独者——便是忽视了人们赋予文化的生命力、智慧和创造力。正确认知全球明星文化的时候来到了，我们正是以开放的思想生活在这种文化之中。也到了承认我们都乐此不疲地扮演决定性角色的时候了。

※ 本文译自詹姆斯·勒尔编《传媒时代的文化》（纽约，劳特里奇，2001）。

（美国斯蒂芬·海纳曼著，李启军、刘玲译，吉晓倩校，原载《世界电影》2007 年第 3 期，中国人民大学报刊复印资料《影视艺术》2007 年第 9 期全文转载）

书籍设计的审美透视

引 言

　　传统书籍观念重视书籍内容忽视书籍形式甚至只见书籍内容不见书籍形式，因而仅仅把书籍看作储存知识、传播信息的工具。现代书籍观念或说书籍的新概念则一反单纯的工具论，认为书籍不仅是工具而且应该是艺术，是与绘画、雕塑、建筑、音乐、舞蹈、书法以及影视等艺术既相联系又相区别的一门独立的艺术。

　　在"生活艺术化，艺术生活化"（也许一些人更喜欢说"日常生活审美化，审美日常生活化"）的时代呼声日益高涨的今天，以关注人类如何生活得更合理、更美好为最高使命的美学研究者没有理由不重视书籍艺术的设计。许多人对我们社会分裂成两种文化（即物质文化和精神文化）的破碎化倾向不满，书籍艺术如同最古老的音乐艺术一样，恰恰位于内部精神环境与外部物质环境之间的界面上，它暗示着一条如何使内部环境适应外部环境的有效途径，那就是"设计"。通过"设计"改变生活现状，使之变得完美，而这正是书籍设计实际所为。

　　随着图书阅读活动逐渐成为大众日常生活需要不可分割的一部分，艺术化的书籍必然以其无形的审美力量作用着大众，使大众的阅读生活从单调、枯燥变得富有艺术感染和审美陶冶的乐趣，所以毛姆说"阅读应该是一种享受"。相反，一本只有枯燥的文字罗列、文体结构缺乏节奏变化、字形版式千篇一律、无文字以外的任何信息引申的读物，你会为其内在的单薄甚感寡然无味。也就是说，艺术化的书籍因与大众日常生活紧密结合，正在某种程度和某个方面实际地实现着"生活艺术化，艺术生活化"的愿望和理想。

被誉为现代书籍设计之父的威廉·莫里斯，正是抱着"生活艺术化，艺术生活化"的理想，而在1891年开办"凯姆斯科特"印刷工场的。威廉·莫里斯是一个集诗人、政治家、建筑家、画家、书法家、书籍设计家于一身的全才。在政治上他是一个社会主义者，与马克思和恩格斯有过交往并在政治思想上受到他们的影响。他热衷于为劳动大众争得权利的政治运动，但是，他认为光是为劳动大众争得权利是不够的，还应该通过教育来提高他们的觉悟，通过精美的书籍艺术来影响他们的生活态度、改善他们的生活状态。他不仅是一个富于幻想的理想主义者，而且是一个脚踏实地的实践家。从1891年到1896年他逝世为止的六年时间里，他在自己的印刷工场出版了52种66卷精美的书籍，出于对书籍艺术的执着追求，他专为《乔叟诗集》刻了乔叟体，为《特洛伊城史》刻了特洛伊体，为《戈尔登·勒根德》刻了戈尔登体。莫里斯执着于书籍艺术设计的精神不仅对当时的唯利是图的出版商们来说是一记沉重的棒吓，就是对我们当代的出版家们来说无疑也是一种鞭策。

书籍艺术固然是与书籍的实用功能联系在一起的实用性艺术，没有所谓的"纯艺术"那样"纯"；但是，它走出了清冷、封闭的象牙之塔，剥去了神秘的面纱，改掉了孤傲的脾性，和蔼可亲，平易近人，因而也少了独开无主的寂寞。书籍艺术或静静躺于人们的书架上以一种特殊的书卷气息改变着人们的生活环境，或被人们舒心地捧于手上，在与人们无言的交流中化作汨汨的山泉滋润着人们干涸的心田。

然而，在过去的"计划经济"条件下，人们竟形成了这样的偏见："读者是看内容不看封面的"，"只要内容好，封面和装帧好不好无所谓"，"我这里的书是皇帝的女儿，再丑也嫁得出去的"。今天，这种传统的书籍观念的迷雾尚未被完全驱散，书籍艺术被视为难登大雅之堂的雕虫小技的局面尚未彻底改变，书籍艺术的品位高低错落、参差不齐而不能尽如人意，尤其是与德、日、美、英等国的书籍艺术相比尚存在相当大的差距。在国外，热情的主人往往把装帧精美的书当作最珍贵的礼物赠送给友人。而我国的书却往往很难送得出手，因为虽然有好的内容却没有相称的美的艺术形式。有报纸报道了这样一件事：国内的一位著名作家出国访问，带了自己的小说去准备送给朋友，但是在接受对方的赠书后，觉得自己的书相比之下形貌丑陋有碍观瞻，终于违了"礼尚往来"的礼节没有赠自己的书，而是又原封不动把书带了回来。①

一方面书籍艺术对于大众的生活艺术化目标的实现显得非常重要，一方面我国现阶段整体的书籍艺术质量又是如此的令人担忧。如何解决这一矛盾呢？唯一的途径和方法就是把我国整体的书籍艺术的品位提升到与书籍艺术在大众生活中的重要性相一致的高度。

书籍艺术品位的提高固然需要多方面的条件，比如经济和技术的支持，比如全社会对书籍艺术的关注和重视，比如尊重书籍设计人员的创造性劳动，给予他们在艺术界应有的地位，等等。但是，在笔者看来，要提高书籍艺术的品位，尤其需要书籍设计人员寻找到并把握住书籍设计的规律。书籍设计工作者只有精通书籍设计规律，遵循书籍设计规律，才能使自己的设计活动升华到自由自觉的境界，也才能设计出自己满意读者欣赏的书籍艺术。

我们往往出于习惯也往往是出于无奈，只去关注呈现在我们眼前的具体的书籍艺术作品，而很少也很不情愿去追问它的设计创造过程。这对于普通的书籍艺术的爱好者和欣赏者来说是情有可原的，但作为书籍设计理论的探讨，恰恰需要从书籍艺术成果追溯到书籍设计的动态过程，因为"在艺术家完成艺术作品的过程中蕴藏着秘密"②。我以为这"秘密"就是规律。然而，真正关心书籍设计理论建设的人们一定会注意到，目前还很难看到深入探讨书籍设计规律的论著。笔者不揣浅陋，在本文中试图从内容与形式、整体与部分、艺术与技术、个性与共性等关系的阐释和论述对书籍设计的基本规律或原则作一番审美的透视。或许本文的探讨能够成为建构中国当代书籍设计美学理论大厦的一块砖一片瓦，能够使书籍设计工作者从中获得某种启发和助益。果能如此的话，我心足矣！

一 内容与形式

内容与形式的关系是美学研究的永恒命题。从古到今的任何美学都

---

① 曹方：《图书设计——现代书籍艺术的发展与趋向》，《艺苑·美术版》1992年第2期。
② ［日］今道友信：《关于爱和美的哲学思考》，王永丽等译，生活·读书·新知三联书店1997年版，第220页。

不能不讨论内容与形式的关系，只是大家的看法很难统一起来形成一致的结论。当然，也不是每一个美学家都直接使用"内容"和"形式"的概念，但是实质上不可否认是对内容与形式关系的讨论。我们要从美学的角度探讨书籍设计的基本规律，也就无法回避内容与形式的关系问题，因为正确理解并恰当处理书籍内容与形式的关系本身就是书籍设计的首要规律。如果处理不好书籍内容与形式之间的关系，也就不可能设计出成功的书籍艺术。

但是，我们首先要做的是弄清书籍设计的内涵及书籍内容和书籍形式的概念，然后才能在此基础上讨论书籍内容与形式的关系。

何为书籍设计（Bookdesign）？简单地说就是在整个出版行为中把原始书稿转化成具有艺术的审美欣赏价值的书籍的过程。这是一项复杂而艰巨的系统工程，需要作者、编辑、设计者、印制人以至纸张供给者、书店销售人员的协同作业。日本当代著名书籍设计家杉浦康平甚至认为还需要读者的参与才能最后完成一本书的整体设计。这样理解书籍设计，主要是强调书籍的形成是一个全方位的整体构成，强调书籍是一个内容与形式和谐统一的生命体。

从书籍设计的系统性来看，出版社的全部工作就是围绕书籍设计而展开的，因为出版社的工作目标就是出版书籍，把书稿转化为书籍向社会发行就是"出版"的基本含义。换言之，书籍出版就是书稿的"复制"，当然这种复制不是简单、机械、刻板的复制，而是能产生增值效应的复制。在出版的史前史时期，出版行为与写作行为是一体的，因而不存在"复制"。像最古老的泥板书和甲骨书，其制作过程既是写作过程又是出版过程，因而其写作者就是出版者，写作就是出版，书稿就是书籍。写作者与出版者、写作与出版、书稿与书籍一体不分的历史在中国大概直到竹木简书出现时才结束。据说司马迁的《史记》的原件是被汉武帝烧掉了的，现在留存下来的是他的学生誊抄的副册。抄书行为虽然仅仅是对他人文稿的简单手工复制，但是因为这种行为把抄书者与写书者、抄写与写作、抄件与原件区分开来了，所以意味着独立意义的出版行为的出现。也就是说最先出现的抄书行为正是出版历史翻开的第一页。抄书与现代出版所不同的是前者是手工复制，后者是在手工基础上的机器复制。

出版复制，哪怕是最初的手工抄写复制，都不可能是书稿原样的"依样画葫芦"。手抄本书籍因抄写者有意无意的艺术和技术处理而会具有某种为书稿原件所无的新的审美信息和蕴含，这就是所谓"增值效应"。当人类出版活动告别抄写的历史一步一步迈向雕版印刷、活字印刷、铅字印刷、胶版印刷以至现代更新概念的印刷时代时，书籍就越来越以不同于文稿原件的形态出现了，在书籍中所能领悟到的艺术韵味也越来越超出书稿原件了。这个过程中因"设计"所产生的巨大增值效应，使书籍成了"艺术"。

相对粗劣的书稿形态转变为精美的书籍形态，虽然离不开出版社各部门人员的通力合作，但是着重从外在形态的转变角度来考察的话，起关键作用的是书籍设计者的设计。在未经设计之前的书稿中，其内容和形式是自然地统一为一体的，用黑格尔的话说，即其"内容非他，即形式之转化为内容；形式非他，即内容之转化为形式"①。但是，当书稿经由书籍设计者的设计而转化为书籍后，这书籍的内容和形式就不再是书稿的内容和形式了。虽然书稿包容在书籍之中，内化成了书籍的内容，但是书籍之所以成为书籍就因为设计者根据某种理念在书稿之外设计出了崭新的书籍形式。也就是说经过设计，书籍较之书稿增添了新的因素——书籍形式。而且，主要因为书籍形式的艺术性而使书籍获得了"艺术"的称号，而被称为"书籍艺术"。

由于书籍设计的增值效应，书籍的内容和形式就不可与书稿的内容和形式同日而语了。书稿的内容和形式一同构成书籍内容，书籍形式则是在书稿原生形式之外重新设计创造的书籍的审美规范形式。如果能够勉强按照黑格尔的内、外形式说来进行划分的话，书稿形式就可以称为书稿内容的内形式，书籍形式则可以称为书稿内容的外形式。但是书籍形式相对于书籍内容（即内容与形式相统一的书稿）则无所谓内、外形式之别了。在书籍艺术设计中，处理书籍内容与书籍形式的关系，实际就是处理书稿与书籍形式的关系。

---

① ［德］黑格尔：《小逻辑》，贺麟译，商务印书馆1980年第2版，第278页。

那么，作为书籍内容的书稿与书籍形式的关系究竟应该如何理解呢？我们认为必须从不同的角度作全面考察和分析。

首先，从书籍的整体构成来看，任何书籍都是书籍内容与书籍形式的有机统一，因而只有作为书籍内容的书稿而没有书籍形式，或只有书籍形式而没有作为书籍内容的书稿，都不可能有真正意义的书籍的形成。从这个意义上说，两者都同等重要。从这个角度说，作为书籍内容的书稿必是内含着书籍形式的书稿，否则就不成其为书籍内容；同样，书籍形式也必然是内含着书稿的书籍形式，否则也不成其为书籍形式，"因为没有无形式的内容，正如没有无形式的质料一样"，"内容所以成为内容是由于它包括有成熟的形式在内"①。这样，就不能"认内容为重要的独立的一面，而认形式为不重要的无独立性的一面"②。"更进一步来看，我们固然有时也发现形式为一个与内容不相干并外在于内容的实际存在，但这只是由于一般现象总还带有外在性所致。""就一本书来看，这书不论是手抄的或是排印的，不论是纸装的或皮装的，这都不影响书的内容。但我们并不能因为我们不重视这书的这种外在的不相干的形式，就说这书的内容本身也是没有形式的。诚然有不少的书就内容而论，并非不可以很正当地说它没有形式。但这里对内容所说的没有形式，实即等于说没有好的形式，没有（名实相符的）正当形式而言，并不是指完全没有任何形式的意思。但这正当的形式不但不是和内容漠不相干，反倒可以说这种形式即是内容本身。"③ 相反，说一本书只有书籍形式而没有内容，也绝不可能是真的没有内容。"大家都知道，一本没有内容的书，并不是指没有印得有字的一册空白纸，而是一本其内容有等于没有的书，而且经过仔细考察和深入分析，我们就可以见得，对于一个有教养的人说来，所谓内容，除了意味着富有思想外，并没有别的意义。但这就不啻承认，思想不可被认作与内容不相干的抽象的空的形式，而且，在艺术里以及在一切别的领域里，内容的真理性和扎实性，主要基于内容证明其自身与形式的同一方面。"④

---

① ［德］黑格尔：《小逻辑》，贺麟译，商务印书馆1980年第2版，第279页。
② 同上。
③ 同上。
④ 同上书，第280页。

既然书籍内容（即书稿）和书籍形式在书籍的构成中具有同等重要的地位，那么书籍设计者在进行具体设计的时候，无论是思想观念还是实际操作，都应该做到两者的平衡，而不应该偏于一端。孔子曾说："质胜文则野，文胜质则史。文质彬彬，然后君子。"① 孔子要求文学创作做到内容与形式和谐统一即"文质彬彬"，反对"文胜质"和"质胜文"的偏向。书籍设计同此一理。

就我国当代书籍设计而言，在 20 世纪 80 年代初期以前，普遍存在的偏向是"质胜文"，显得粗糙、简陋。这不仅表现在版面编排的古板、字体选择的单调、用纸的粗劣、插图的忽视、环衬页的省略、扉页的简单、印制质量的低劣等方面，也表现在封面整体设计（包括封套、护封、封面、封底、书脊等）的因循守旧及平淡乏味、缺乏视觉冲击力上面。可以说 20 世纪 80 年代初期之前我国的书籍设计，从总体上说是一种"灰姑娘"的形象和"丑媳妇"的模样。自 20 世纪 80 年代中后期开始，我国的书籍设计又普遍发生"文胜质"的偏向，一味追求"抢眼"效果，仅仅强化读者对书籍艺术的视觉感受，把追求书籍艺术信息传递中的视觉效应作为书籍艺术创造的唯一原则，从而费尽心思在"形式"上下功夫。这种偏向的产生从设计者的目的来说意在伪饰书籍的平庸或媚俗的内容、招徕顾客，但从其实际效果来说则只能大倒有审美鉴赏力的读者的胃口。正有如某论者所指出的，"人们对书籍艺术的青睐，并非仅是书籍艺术语言所构成的主体创造，尽管书籍艺术中的诸多形式因素，可以依照美的规律构成为完整的审美对象，但如果孤立地把它作为书籍艺术的创造目的，那将本末倒置，饰不得体了"。谁能允许"介绍一本书就像卖假商品一样去危害出版者和作者的声誉呢？主张书籍艺术的创造就在于形式，其质量的高低就在于形式运用的'新'与'奇'，表面上看来，似乎是有道理，实际上，如此之想，介乎把形式孤立于书籍艺术之外了，因为对书籍艺术创造可以不看其内容，把书籍作为艺术语言的依存物，有如供人们观赏的'服饰'展示。岂不知最精彩的服饰，只有穿在人的

---

① 孔子：《论语·雍也》，载北京大学哲学系美学教研室编《中国美学史资料选编》上册，中华书局 1980 年版，第 15 页。

身上，与人的文化素质、性格气质、举止风度相和谐，以及配以得体的发式、鞋帽与饰物才能称其为真正的服饰艺术。如果说艺术的本质在于创造，那么这种'创造'也决非是无本之木，无源之水，它须根植于生活，根植于书籍文字载体的内涵属性，其艺术的精神性要与文字载体的文化意蕴相吻合"①。

书籍艺术设计应该牢牢把握住这一条原则：书籍设计虽然表现为书籍形式的设计，但又是以书籍内容为根据的，所以要尽可能做到内外相符、表里相称，既不妨碍书籍内容固有魅力的充分展示，也不让内容浅薄低俗的书籍装模作样、搔首弄姿、故作高雅来媚惑读者。

其次，从作为书籍内容的内容的书稿内容与书籍形式的关系来看，书籍形式不是书稿内容的原生形式或曰内形式，而是书稿内容的审美规范形式或曰外形式。"原生形式是一切事物都具有的天然形式，从一块破砖到一段自相矛盾的传闻，都有天然的原生形式。"② 原生形式与事物的内容是天然融合、直接同一、无法分离的，所以黑格尔说"形式就是内容"，"内容具有形式于自身内"③。就自然物而言，其内容与形式总是同一的，但是就人造物而言则往往还有外形式。正如黑格尔所指出的："但就形式不返回到自身来说，则这样的形式就成为现象的否定面，亦即无独立性格的和变化不定的东西。这种形式就是（与内容）不相干的外在的形式。"④ 书籍形式相对于书籍内容的内容——书稿内容而言是外形式，因而并不存在于书稿内容"自身内"，也不可能"返回到"书稿"内容自身"。在这里，书稿内容作为书籍内容的内容与书籍形式之间不可能实现直接的同一与彻底的转化，在它们之间存在着一定距离。一方面书稿内容作为书籍内容的内容不可能不制约书籍形式的设计，但是这种制约不是绝对的、无条件的，而是相对的、有条件的；另一方面书籍形式必然表现书稿内容，但是这种表现也不是直接的、完整的、全面的，而是间接的、选择的、局部的。试图通过书籍形式完全把握住书籍内容的内

---

① 姜凡：《对当前书籍装帧艺术倾向与质量的思考》，《装饰》1991 年第 1 期。
② 孙绍振：《美的结构》，人民文学出版社 1988 年版，第 66 页。
③ ［德］黑格尔：《小逻辑》，贺麟译，商务印书馆 1980 年第 2 版，第 279 页。
④ 同上。

容——书稿的具体内容。不仅是不必要的也是不可能的，书籍形式只能通过从开本版面、插图、字体、纸张、扉页、封面等方面因素综合创造的形象，提示性地、暗示性地、隐喻性地、象征性地揭示出书稿内容的性质、类别、范围、特点、气质、品位、风格等。提示性表现、暗示性表现、隐喻性表现都可以用"象征"二字统括，因为虽然不能把它们和象征等同起来，但是它们却是象征的基本性能。台湾学者姚一苇曾明确指出"符号性、比喻性与暗示性，此三者为构成象征的三个最基本的性能，是构成象征的三个最基本的条件"[①]。因此，从基本倾向上说，书籍形式对书籍内容的内容——书稿内容的表现就是象征。

何为象征？根据《韦氏英语大字典》的解释，"象征系用以代表或暗示某种事物，出之于理性的关联、联想、约定俗成或偶然而非故意的相似；特别是以一种意念，一种品质，或如一个国家或一个教会之整体；一种表征；例如狮子是勇敢的象征，十字架为基督教的象征"[②]。韦氏的这个解释有两点是值得我们注意的：一是他指出了"象征"的本质，即象征"是以一种看得见的符号表现看不见的事物"；一是他指出了"象征"的中介条件，那就是"理性的关联、联想、约定俗成或偶然而非故意的相似"。象征的必要是因为存在着"表现看不见的事物"的客观需要。而这"看不见的事物"或许就根本难以借用语言文字完满地表达出来，所谓"只可意会不可言传"；或许虽然可以借用语言文字实现完满地表现，但是因为受某种特定的语境条件的限制而不得不放弃语言文字的表现，这时，人们就只好寻求"看得见的符号"的帮助。实际上，象征就是不可言说的言说。那"看不见的事物"就是思想、情感、意念、品质、精神、理念、概念以及无限、永恒的意义，"看得见的符号"则是有限的、暂时的感性事物或形象。前者属内容范畴，后者属形式范畴。象征是由有限的可见的形式通达无限的、不可见的内容的路径。正因此，朱自清说："象征派是'远取譬'，而不是'近取譬'，他们能在普通人以为不同的事物中看出同来。"[③] "远取譬"就

---

① （台湾）姚一苇：《艺术的奥秘》，漓江出版社 1987 年版，第 127 页。
② 同上书，第 140 页。
③ 朱自清：《新诗的进步》，转引自胡经之、王岳川主编《文艺学美学方法论》，北京大学出版社 1994 年版，第 72—73 页。

是用具体的事物或形象表现无限的意念或理念。这就像勃莱克的一首诗所写的，"一颗沙里看出一个世界，一朵野花里有一个天堂，把无限放在你的手掌上，永恒在一刹那里收藏"①。

有人说象征是艺术的本质，一切艺术都是象征。② 这是我们所不能认同的，有些具象性的、再现性的、叙述性的文艺作品，其意义就在具象、再现、叙述之中，而且明明白白，并没有也不需要把欣赏者的理智引向形象之后、之外，这样的艺术也能说是象征吗？比如一位画家看到一枝美丽的花，就是因为花朵开得美丽而把它如实地描绘下来让别人也来欣赏。画家的描绘很精美，值得观赏，因而不能不承认它是艺术，但是有必要勉强说画家所描绘的花的形象还象征着什么吗？一个艺术形象，只有当其意义主要不在形象本身而在形象之后、之外，形象本身主要作为一条线索或一个表征提示或暗示接受者去寻索、思考、发掘形象之后、之外的深意时，这个艺术形象才成为象征体。书籍形式的整体形象虽然具有相对的独立自足性，本身就是造型艺术，尤其是其中的封面艺术还可以单独抽出来开展览；但是，无论如何，书籍形式的整体形象只有依靠象征的方式而与书稿内容发生联系，使人能通过书籍形式的整体形象较便捷和准确地接近和把握到书稿内容特有的性质、特点、类型、气质、品位等时，才获得其作为不同于其他自由艺术的特殊的书籍艺术而存在的根据。

书籍形式作为象征体应该努力做到与作为被象征体的书稿内容密切吻合，而不应该漠不相关。黑格尔曾指出："象征首先是一种符号。不过在单纯的符号里，意义和它的表现的联系是一种完全任意构成的拼凑。这里的表现，即感性事物或形象，很少让人只就它本身来看，而更多地使人想起一种本来外在于它的内容意义。例如在语言里，某些声音代表某些思想情感，就是如此。……在艺术里我们所理解的符号就不应这样与意义漠不相关，因为艺术的要义一般就在于意义与形象的联系和密切吻合。"③ "例如狮子象征刚强，狐狸象征狡猾，圆形象征永恒，三角形象征神的三身一

---

① 朱自清：《新诗的进步》，转引自胡经之、王岳川主编《文艺学美学方法论》，北京大学出版社 1994 年版，第 72 页。
② 林兴宅：《象征论文艺学导论》，人民文学出版社 1993 年版，即持此观点。
③ ［德］黑格尔：《美学》第二卷，朱光潜译，商务印书馆 1979 年版，第 10 页。

体。……""在这些符号例子里,现成的感性事物本身就已具有它们所要表达出来的那种意义。在这个意义上象征就不只是一种本身无足轻重的符号,而是一种外表形状上就已可暗示要表达的那种思想内容的符号。同时,象征所要使人意识到的却不应是它本身那样一个具体的个别事物,而是它暗示的普遍性的意义。"①

遗憾的是我国现阶段的许多书籍形式设计就没有做到与书稿内容的密切吻合,我们经常可以看到与书稿内容漠不相关的书籍形式:是文学书却没有在形式设计上体现出文学意蕴,是学术著作却没有在形式设计上体现出学术气质,是科技书却没有在形式设计上体现出科技味,是儿童书却没有在形式设计上体现童真和童趣,是翻译的外国书却没有在形式设计上体现出恰当的洋味……凡此种种情况就不能说设计者真正理解了书籍形式与书稿内容的象征关系。1980 年河南少年儿童出版社出版了年轻诗人潘万提的一本儿歌、儿童诗集,书稿内容就如"内容提要"所介绍的:"作者用洗练语言,反映了孩子们多方面丰富多彩的生活;可爱的原野,美丽的山茶花,优美的传说,惹人喜爱的小动物,感情深厚的小伙伴,给人深刻启示的小故事……诗歌语言活泼、流畅,富有儿童特点和儿童情趣,有浓厚的乡土气息。"但是,其书名和封面设计却完全无法揭示和象征书稿内容的特点,其书名竟叫《佛像在悄悄移动》,甚是吓人。封面设计则是左边顶天立地为半个大佛的头像,背景图像为陡峭险峻的悬崖绝壁,崖边苍穹里是一只巨鹰似乎因受惊而展翅飞离的形象。这样的书名和封面设计,无论如何都不能象征儿童读物的内容特点,更看不到对"富有儿童特点和儿童情趣,有浓厚的乡土气息"的内容的任何暗示或隐喻;相反,倒让人情不自禁地联想起惊险侦探小说来。这是一个书籍形式设计失败的典型例子。

当然,我们也可以看到大量成功的范例。1982 年四川人民出版社出版了《白朗宁夫人抒情十四行诗集》,设计者是著名书籍设计艺术家曹辛之。整本书的形式设计在当时可谓恰到好处地象征地表现了书稿的内容特点:它采用小于 32 开的小开本,书形小巧玲珑,44 首抒情诗作都配有

---

① [德] 黑格尔:《美学》第二卷,朱光潜译,商务印书馆 1979 年版,第 11 页。

精美雅致的剪影插图（迈尔创作），读诗看画，互为补充，溢出浓郁的诗情画意，封面用的是闪光的胶面纸，以蔚蓝色为底色，中间镶嵌一幅淡淡的剪影画，这是书中一首诗的插图。剪影中的人物侧身而立，在全神贯注地拉着小提琴，剪影画下端是经紫红色描的细仿宋体书名，文雅而清秀。这样的书籍设计是当之无愧的艺术精品。之所以这样说，绝不仅仅是因为其形式设计本身可以作为独立的艺术作品来欣赏，更重要的是其形式设计的形象与书稿内容的特点、情调、氛围是十分协调和吻合的。失败的书籍形式设计可以成为后来者的前车之鉴，而成功的书籍形式设计则又能够让后来者从中参悟出书籍设计的"秘密"来。

当然，我们强调书籍与书稿内容的协调、统一，并不意味着忽视甚至无视书籍形式作为象征体与作为被象征体的书稿内容之间的客观存在的缝隙和距离，而不切实际地要求书籍形式十分明确、完整地表现出书稿的具体内容。还是黑格尔说得辩证，他说："我们还应指出，象征虽然不像单纯的符号那样不能恰当地表达出意义，但是既然是象征，它也就不能完全和意义相吻合。因为从一方面看，内容意义和表示它的形象在某一个特点上固然彼此协调；而从另一方面看，象征的形象却还有完全与所象征的普遍意义不相干的一些其他性质；至于内容也可以不只是像刚强狡猾之类抽象的性质，而是一种具体的东西，包含用象征所表现的那个性质以外的许多其他性质，与象征的意义毫不相干。例如狮子除刚强以外，狐狸除狡猾之外，都还有其他性质，特别是神除三身一体之外还有许多其他特性，不是用一个数字、一个几何图形或是一种动物形象所能表达的。所以内容对表现它的形象毕竟有些不相干，内容的抽象意义可以用无穷无尽的其他事物和形象来表达。一种具体的内容也同样有许多意义，只要其他形象具有这些意义，也就可以用来表达它们。这番道理也适用于用来象征某种内容意义的事物。既是具体的事物，它们也具有许多用作象征的性质。例如刚强用狮子来象征固然顶好，但是用牛或牛角也未尝不可，而从牛那方面看，它也还有可以象征刚强以外的许多其他意义。"①

---

① ［德］黑格尔：《美学》第 2 卷，朱光潜译，商务印书馆 1979 年版，第 11—12 页。

正因为象征体与被象征体不是完全吻合的，它们之间的象征关系往往是凭借某一点或某一方面的关联性而建立起来的；也即一方面同样的物体或形象在不同的象征关系中会产生不同的象征意义，可以在不同的场合成为不同的象征体，另一方面同样的内容意义又可以用不同的物体或形象来象征和表现；所以，这就带来或说造成了象征的暧昧性、朦胧性、含混性、不确定性，尽管在书籍设计者可能是出于明确的象征意图而调度书籍形式构成的各种因素和考虑各因素之间及具体因素与整体形式之间的关系的，或者换句话说，书籍设计者运用各形式因素设计的形象及各形式因素综合形成的形象都是用以象征具体的书稿内容的某个鲜明的特点或总体的特色的；但是从欣赏者方面来说，未必能从书籍形式中读解出与书籍设计者意图完全一致的象征意义来，即使在详细阅读书稿内容后再来审视书籍形式的象征意义，也未必就能与设计者完全达成共识。书籍形式象征地表现书稿内容的这种特性，只要随便拿一本书来做一下实验就能得到验证的。象征的暧昧性、朦胧性、含混性、不确定性，对于书籍形式设计来说，应该说既是自由又是约束。说是自由是指书籍设计者可以利用这种特性比较自由地选择象征性的形式因素灵活设计象征性形象。说是约束是指书籍设计者为求自己的设计能为欣赏者作出符合自己本意的解读，就必须尽可能遵循约定俗成的原则选取和构筑形象来象征所要表现的内容，因为"这里第一条规律就是可理解性"[①]。如果能做到自由而不放纵，约束而不拘束，就可臻于完美的境界。真正懂得象征规律的书籍艺术设计家，不会只满足于做一个艺术象征形象的沿用者，而且会努力成为艺术象征形象的创造者。

再次，从书稿生成书籍的角度来看，在书籍内容和书籍形式的关系上，就不能简单理解为书籍内容决定书籍形式、书籍形式服务于书籍内容。相反，在这时恰恰是书籍形式构成了书籍的本体，成了书籍之为书籍的现实。而书稿作为书籍内容则是构成书籍的质料，是书籍的潜能。从一般的意义上也即从抽象的范畴关系上来看，说内容是绝对重要的、

---

① 黑格尔语，载陶雪华《封面设计的角度》，《中外装帧艺术论集》，时代文艺出版社 1988 年版，第 185 页。

主导的、起决定作用的，形式是渺小的、被动的、仅仅具有一定反作用的，这也许并不能说错，起码不能说是"很错"的。但是，在具体事物的生成中，形式往往起着动力因和目的因的决定作用。

让人难以理解的是早在两千多年前的古希腊哲学家亚里士多德就已经看到并详细论述了形式在具体事物生成中的本体地位和决定作用，而在我们今天的大量的艺术理论著作中仍然充斥着"内容决定形式，形式表现内容"之类的简单机械的论断。如果我们的书籍艺术设计者满足于承袭这种简单机械的论断，并用以指导自己的设计实践，那恐怕很难期望我们的书籍艺术能够具有多少独立的品格。因此，在这里我们很有必要沿着亚里士多德关于质料与形式关系的本体论思考线索，来对书籍内容和书籍形式的关系从这样一个特定的视点再作一番审美透视。

亚里士多德在《形而上学》中着重探讨的是本体问题。将"本体"作为一个重要的哲学范畴，进行系统深入的论述，亚里士多德是第一人。在亚氏之前，虽然泰勒斯提出的"本原"，毕达哥拉斯提出的"数"，巴门尼德提出的"存在"，柏拉图提出的"理式"，等等，实际都在客观上涉及了本体问题，但是他们尚没有意识到本体这个概念并自觉把它与诸如性质、数量、关系等概念区别开来。因此，本体论研究的任务历史地落到了亚里士多德身上。亚里士多德经过反复思考，最后认定形式是第一本体、具体事物是第二本体，质料是第三本体，而且尤其强调形式本体。因为他在本体问题的展开论述中，充满着辩证法，而被恩格斯在《批杜林论·引论》的草稿中称为"古代世界的黑格尔"。[①] 恩格斯还说："而辩证法直到现在还只被亚里士多德和黑格尔这两个思想家比较精密地研究过。"[②] 其本体论研究涉及一个重要问题，那就是在具体事物的生成中质料和形式所起的作用。在这个问题的论述上，亚里士多德的观点就是比较辩证的。他认为具体事物的生成包括四个因素：质料因、形式因、动力因、目的因（先是提质料因、形式因、动力因，后又提目的因）。四因素中动力因、目的因实际就包含在形式因中，也就是说形式

---

① 《马克思恩格斯选集》第 3 卷，人民出版社 1972 年版，第 59 页注释。
② 同上书，第 466 页。

因同时又是动力因和目的因。这样，具体事物实际就是由质料因和形式因生成。

那么在具体事物的生成中，质料和形式各扮演什么角色、发挥什么作用、结成怎样的关系呢？亚里士多德认为具体事物是由质料和形式组成的，具体事物是整体性本体，质料和形式是组成整体的部分性本体，但是，质料在一种意义下是事物的部分，在另一种意义下又不是事物的部分。比如塌鼻，组成塌鼻的肉是塌鼻的质料，即也是塌鼻的部分，但就塌鼻的凹性而言，肉就不是其组成部分了。又如铜，是具体的铜雕像的部分，但不是作为形式的雕像的部分。形式和具有形式的事物，都可以说是这事物：具体的雕像是具体的事物，雕像的形式也就是雕像，而不能说质料就是事物，因为质料是没有任何规定性的，它不能是"这一个"，不能和其他东西分离存在。因此，决定一个事物之所以是这个事物而不是别个事物的，不是质料而是形式。我们说一个雕像是雕像，并不在于它是铜，而在于它具有雕像的形式。我们可以将雕像的形式说成就是雕像，而不能将铜说成就是雕像。对于一本书也是这样，我们之所以说一本书是书是因为它有书籍形式，而不是因为书籍内容——书稿。书稿如果不被赋予书籍形式就永远只是书稿而不能称为书籍。这个道理我们在前面已经说到。质料必须向形式生成才成为具体的事物，质料本身只是潜能。比如砖石只是具有成为房屋的潜能，要成为现实存在的房屋就必须按照一定形式组合起来，如果是不含形式规范的随意堆砌也成不了房屋。而且，质料作为潜能同时具有相反的可能，即凡是潜能的事物都是能够存在也能不存在的。就比如砖石，既可能转化为现实的房屋，也可能永远不转化成现实的房屋。书稿也是如此，它既可能借助书籍形式转化为现实的书籍，也可能永远不转化而就以书稿的形式存在。因此，我们无论如何也不能把书稿说成书籍，这从逻辑上、实际上都是不允许的。

形式就不同了，它总是现实的存在。它表现为事物间各种各样的差异性，诸如质料组合方式的差异、形状的差异、位置的差异、排列的差异等。正是这种种差异性确证着形式的现实存在。就拿书籍说，泥板书、甲骨文、青铜书、石头书、竹木简书、帛书、树叶书、羊皮书、纸书以及纸书中的卷轴装、经折装、梵夹装、旋风装、蝴蝶装、包背装、线装、毛装还有现代的平装、精装，在这种种的装帧差异性中既可看到书籍形式的历史演变，又可把握到其现实存在。

在一般人看来，应该是潜能在先，现实在后。但是，亚里士多德发现潜能与现实的关系是现实—潜能—现实的辩证关系。就是说具体事物的生成表面看来是由潜能向现实的发展，起于潜能终于现实。但是，事实却并非如此，而是起于现实又终于现实的。从根本上说，不是潜能在先现实在后，而恰恰是现实在先潜能在后。这里的在先在后不仅是时间的关系也是逻辑的关系，在先即相当于"第一性"。对此，可以循着亚里士多德的思路从这几个方面论证：

第一，从定义上说，潜能就是有可能变为现实的，若根本不可能变为现实就不能称为潜能，即是说潜能是从变为现实的可能性来定义的。这是"逻辑上的在先"。比如看的潜能就是"能看的"，建筑的潜能就是"能建筑的"，书籍的潜能就是"能变成书籍的"。

第二，从时间上说，一个潜能从另一个现实的东西那里来，然后又从这个潜能出发变成这一个现实。一个现实具体的人是从作为潜能的受精卵那里来的，但是这个受精卵又是从另外的现实具体的人那里来的。书籍艺术设计也是如此，书籍设计者在头脑中先从现实的书籍艺术的熏陶中形成一个书籍艺术的形式感，然后和书稿相结合，产生出新的具体的书籍艺术。

第三，从本体性上说，也是现实先于潜能。首先从通常的事物方面来看，发生变化于后的事物在形式本体性上却是在先的（即占优势的）。比如从小孩长成大人，从自然规律来说当然是先是小孩后才是大人，但是大人比小孩具有更鲜明突出的人的形式特点，也就是在形式本体性上是优于小孩的。其次，从永恒的事物方面来看，现实在本体性上也是在先的。永恒不灭的事物如日、月、星辰等，在形式本体性上也是优于可毁灭事物的。因为永恒的事物永远是现实地存在着的，从本体性上说就不会是有潜能的存在的。它们的存在是绝对的存在，如果它们不存在，任何别的事物就都不会存在了。而可毁灭事物的存在是现实的存在与潜能的存在交叉出现的存在，当作为潜能的存在时是能够存在也能够不存在的。这在形式本体性上就远远不及永恒事物那么充分了。①

亚里士多德对现实（形式）先于潜能（质料）的观点，对于书籍设计者来说是颇富启示意义的。书籍艺术设计虽然不能不考虑作为书籍内容的书稿呼唤书籍形式、向往书籍形式的客观倾向，但是更重要的是书籍设计者要从受书籍艺术熏陶而形成的书籍的审美规范形式特性出发进行设计。亚里士多德说"健康是从健康来的"、"房子是从房子来的"，我们也可以说"书籍是从书籍来的"、"书籍艺术是从书籍艺术来的"。这看起来似乎什么也没说，但实际却很深刻。在这里，前一个"健康"、"房子"，"书籍"、"书籍艺术"，分别是指具体的、带质料的健康、房子、书籍艺术，而后一个"健康"、"房子"、"书籍"、"书籍艺术"则是分别指健康、房子、书籍、书籍艺术的知识、技术、形式和本质（也就是古希腊哲人们常说的"理念"或"理式"）。

这里我们要特别强调指出的是书籍设计最终都要走向形式，凝定为形式，表现为形式。正因此，我们才说书籍设计其实是对书籍形式的设计。

"在艺术实践中，对于事物的形式表现成为主体创作的目的（而在其他一切实践活动中，则都以事物的实质内容为工作目的）"。② 尤其是"对于文明的艺术来说，不是所表现的对象，而是对对象的表现；不是艺术的观念内容而是这种观念内容的存现形式，决定了一件创作品是否能被规定为艺术品"③。在设计和艺术的领域中，"人类所面对的完全是一个形式设计和形式表现的世界，是精神作品的生产"④。就连似乎是艺术形式表现的彻底否定者的克罗齐，都强调心灵的直觉是有形式的直觉。也许人们常常忽视了他还有这样一句名言："心灵只有借造作、赋形、表现才能直觉。"⑤ 克罗齐甚至是十分强调艺术家对心灵性的内在表现形式的把

---

① 汪子嵩：《亚里士多德关于本体的学说》，人民出版社1983年版，第223—228页。
② 何新：《略论艺术的形式表现与审美原则》，《艺术现象的符号——文化学阐释》，人民文学出版社1987版，第30页。
③ 同上书，第38页。
④ 同上书，第41页。
⑤ ［意］克罗齐：《美学原理·美学纲要》，朱光潜等译，外国文学出版社1983年版，第14—15页。

握的,他说:"诗人或画家缺乏了形式,就缺乏了一切,因为他缺乏了他自己。诗的素材可以存在于一切人的心灵,只有表现,这就是说,只有形式,才使诗人成其为诗人。"①

正因为艺术创造最终都要归结到艺术形式的创造上来,所以我们对书籍内容和书籍形式关系的分析和论述没有按照通常的理解把书籍形式当作书籍的微不足道的方面加以贬抑。我们并不否认,如果从实用功利的角度去观照,那么书籍形式也许的确是"微不足道"的。但是,在我们看来,坚持从出版的角度、从出版活动中书籍设计的角度、从书籍之成为书籍艺术的角度去观照,书籍形式就非但不是"微不足道"的,而且是本原性的、本质性的、本体性的东西了。从这样的独特视角去对书籍设计进行审视,我们不仅在心里升腾起了对书籍设计家如同对其他艺术家一样的崇敬和尊重,而且深感到对书籍设计规律的探讨必须深入到书籍形式的系统结构之中。

二 整体与部分

我们在前面的讨论中已经指出,书籍设计究其实就是书籍形式设计,书籍的艺术性也主要表现在书籍形式的设计上,甚至可以说书籍艺术就是依附着书籍内容的书籍艺术形式。

书籍艺术形式是一个系统整体结构。当然,把书籍艺术形式看成一个系统整体结构,是当代书籍设计的新观念。在我国长期以来一直流行的一种观念就是把书籍形式设计仅仅看作是封面设计,即使是封面设计也是一个系统整体。现在是到了彻底修正这种十分片面的观念的时候了。书籍艺术形式设计作为一个系统、一个整体,是由开本、字体、版面、插图、环衬、扉页、封面、护封、腰带、书套以及纸张、印刷、装订和材料的设计等部分组成的。既然书籍形式设计是系统整体设计,那么我们的书籍设计者就不应该把眼睛盯在某个要素或某个部分上,而应该着眼整体,胸有全局,自觉掌握并娴熟运用系统整体思维方式,使所设计

---

① [意]克罗齐:《美学原理·美学纲要》,朱光潜等译,外国文学出版社1983年版,第33页。

的书籍形式不仅在某个要素或某个部分是完美的,而且在系统整体上是有机统一和完美无缺的。书籍形式设计如果从某个或某几个部分看是合适的、优秀的甚至是最佳的,但从整体上看却不合适、不统一,甚至很别扭,那就算不得成功的、完美的书籍艺术,甚至还不能称之为书籍艺术而只能说是一般的书。书籍设计要成为一种艺术,应该各方面都优秀并且由各方面构成的整体形象也是完美的。一本书如果只有封面设计是美的,其他方面都较差,几乎没有经过什么设计,那不能以部分代整体称之为书籍艺术;或者反过来,其他方面设计得很完善,但封面设计又太差,那同样不能称之为书籍艺术。俗话说得好,荷花虽好还须绿叶扶持,孤零零的一枝荷花没有绿叶的衬托,其娇娆美艳就不能充分表现出来;同样,只有绿叶没有荷花,少了对比和变化,也显得单调乏味。所以,书籍形式设计必须着眼于整体。

应该说,新中国成立以来尤其是新时期以来,我国书籍设计从总体上说已有了长足的进步和快速的提高。不少有远见的出版家把书籍整体设计作为竞争的重要手段,作为提高书的质量不可缺少的组成部分,从而大大促进了书籍设计的发展,尤其是一些新老书籍设计家,在设计实践上努力贯彻整体设计思想,用他们的汗水和智慧浇灌出了一朵朵鲜艳美丽的书籍艺术之花。像以吴寿松为主为《红楼梦》英译本所作的整体设计就是一个成功的例子。其护封画是根据清光绪年间上海广百宋斋铅印本《增评补图石头记》的《大观园总图》而创作的一幅彩墨大观园全景图,供三卷通用。画面上亭台楼阁、曲槛回廊、山石树木和碧波涟漪,远近错落,疏密相间,浓淡得体,其间点缀众多仕女,依稀可辨书中人物的活动。画面又有意留出书名文字占用的空间,书名融入画面,浑然一体。封面选用的织物是深蓝色电力纺,色调类似中国古代线装书的蓝色封皮,中间直排启功先生书写的"红楼梦"三个烫金字,显得典雅、简洁、大方。书脊上设计了五方图案,当中三方连续为六边形花边窗格和竹石。书名先烫红色粉片再烫金,其余图则为赤金。分格横档压无色火印凸版,其富丽堂皇与封面的简朴庄重相得益彰。前后环衬页的设计追求简洁,仿用洒金宣纸,以淡绿光板底色,假金色洒点套印,古色古香。扉页采用两色套印,以卸环兽头图案作装饰,既象征贾府豪门,又是步入正文的大门。正文版面设计不论是字体的选择、磅数的大小,版心和天头、地脚的比例都设计得恰到好处。天头加眉题和页码,既方便读者阅读,又照顾到排版的节约,还美化了版面。配合文学叙述和描写创作了堪称艺术精品的插图,如"黛玉进府"、"王熙凤弄权铁槛寺"等,对故事情节及人物性格起到了画龙点睛的作用。其纸张用料也是在整体设计范围内经过审慎考虑才确定选用厚薄适中的纸张的,因太厚的纸印这样的大部头书会显得过分沉重,太薄又显不出书的珍贵来。从总体上看,《红楼梦》英译本的各方面设计都统一到了豪华、高雅、庄重的民族化格调上,所以为国内外读者所欣赏。[①] 吕敬之为翻译过来的澳大利亚小说《黑与白》所作的整体设计也是很成功的。其封面、封底、书脊、环衬、扉页、目录、正文都有新颖而风格统一的设计。袋鼠的形象在每页跳跃,显出鲜明地域特色。象征澳洲土著黑人与白人殖民者文化冲突的黑与白的图案装饰着正文的边框,使书的三面切口呈现黑白相间的图案。这样的设计无疑是令人耳目一新的。

但是,我国目前忽视书籍的整体设计的情况还相当普遍。还有为数不少的设计者没有树立起系统整体的书籍设计观念,还没有认真领会系统整体思维方式的精神实质,总还以为画好一张"书皮子"就完成设计大任了。我们认为站在时代的高度来评判书籍艺术设计者的话,不懂得系统整体思维并自觉地运用到书籍艺术整体设计中,从观念到实践都还仅仅把书籍设计当作给书籍做"外包装"的设计者,那不仅仅是落伍的问题,而且是对书籍设计工作极端不负责的表现。

系统整体思维方式虽然是在美籍奥地利生物学家 L. V. 贝塔郎菲提出系统论之后才引起充分关注和重视的,但是系统整体思维并不是在贝塔郎菲之后才出现的。无论中西方,在古代就都已经形成了朴素的系统整体思想了。正如黄海澄先生所指出的:"在古代,人们就有对宇宙的朴素的整体观。中国道家认为宇宙的本原是'道',作为众殊相的万事万物都包含着道,而道是不可名状的,这就是一种企图从整体上把握宇宙的模

---

① 参阅吴寿松《〈红楼梦〉英译本整体设计琐谈》,载郭振华等编《中外装帧艺术论集》,时代文艺出版社 1998 年版。

糊的整体观。"我们想补充的是，中国古代人关于"太极"的思想和"道"的思想，不仅是关于世界的一种整体观，而且已经初步提出了系统论的结构性原则、层次性原则等。像《周易·系上·十一》说的"《易》有太极，是生两仪，两仪生四象，四象生八卦……"，老子《道经·四十二》说的"'道'生一，一生二，二生三，三生万物"，我们不是可以从中隐约看出贝塔朗菲所说的"系统树"吗？西方也是早就形成了对宇宙的朴素的整体观了的。"西方古希腊的泰利士认为世界的本原是水。阿那克西美尼认为宇宙的本原是气。赫拉克利特认为世界万物是流动、变化着的火。柏拉图认为宇宙万事万物的本原是理式。这些学说都是朴素的整体思维方式的产物。"① 当然，现代的系统整体思维方式是在贝塔朗菲提出比较完整的系统理论之后才开始发展起来并得到广泛运用的。现代的系统整体思维方式由于是在现代大生产和现代高科技的背景下确立起来的，因而较之古代的朴素的系统整体观要精密、完善得多。现代系统论提出的许多带有方法论意义的原则，诸如整体性原则、层次性原则、动态性原则、结构性原则等，虽然不能说全部但的确有一些具有很强的可操作性，完全可以作为指导性的观念法则运用于书籍艺术形式的整体设计中来。

强调书籍艺术形式是系统和整体，是否意味着对书籍艺术形式的要素和部分的轻视呢？绝对不是。系统观、整体观其实正是关于系统和要素、整体和部分关系的辩证观，是与把系统和要素、整体和部分彼此分离开来、对立起来的机械论相对立的。正因此，钱学森指出系统论是系统科学到马克思主义哲学的桥梁。② 关于整体和局部的辩证关系，黑格尔早就看出并作出过具体阐述。他说："全体的概念必定包含部分。但如果按照全体的概念所包含的部分来理解全体，将全体分裂为许多部分，则全体就会停止其为全体。"③ 而部分"只有就它们相互间有同一联系，或就它们结合起来而构成全体来说，它们才是部分"④。"譬如，一个活的有

---

① 袁鼎生：《简明审美学》，广西师范大学出版社 1990 年版，第 305 页。
② 同上。
③ [德] 黑格尔：《小逻辑》，贺麟译，商务印书馆 1980 年第 2 版，第 282 页。
④ 同上。

机体的官能和肢体并不能仅视作那个有机体的各部分，因为这些肢体器官只有在它们的统一体里，它们才是肢体和器官，它们对于那有机的统一体是有联系的，决非毫不相干的，只有单纯的机械的部分。但在那种情况下，解剖学者所要处理的也不再是活的身体，而是尸体了。"① 在系统思维中，对系统与要素关系的理解也正是如此。"系统是由许多彼此联系、相互作用的要素所构成并具有一定结构和功能的有机整体，而要素则是构成系统的基本单元。系统的整体属性依赖于要素，它的根据存在于要素及其关系之中；要素也依赖于系统，它的性质和功能限度都必须适应于系统。"② 因此，书籍艺术形式设计只有坚持系统思维，运用系统的有关原则，才能处理好书籍艺术形式整体设计与其中的部分设计的辩证关系，从而设计出从部分小形象到整体大形象都完美、得体的书籍艺术作品来。下面就试从整体性原则、层次性原则、结构性原则等方面对书籍艺术形式设计中如何处理整体与部分的关系作一些具体的分析和论述。

从整体性原则出发，我们就会发现没有不属于整体的部分，也没有不包含部分的整体。这就要求书籍设计者在对封面、护封、环衬、扉页、内文字体、版式等各部分设计时，在思想观念上必须把这种部分设计看作是整体设计中的部分设计，而不应该只见树木不见森林，把它们互相之间以及与整体完全分离开来，作孤立的设计。书籍形式的各部分完全孤立起来并脱离书籍形式整体之后，实际就不再是书籍整体形式中的部分了，一张书的封面画如果仅仅为展览而设计，而不实际地作为书籍的封面而存在的话，那是不能称为"封面"的，充其量也只能叫"封面式的画"，甚至就是一张好看的包书纸。纸张如果不是作为书籍形式设计的材料而存在的话，那就不过是空白的纸，毫无书籍形式的意味可言，但一旦和其他书籍形式因素结合在一起，为表现书籍内容特有的性质、精神、气质而存在时，那它就如同其他书籍形式因素一样具有某种朦胧的象征意味了。安徽文艺出版社1999年1月出版的李泽厚系列著作《美学三书》（《美的历程》、《华夏美学》、《美学四讲》）、《李泽厚哲学文选》、

---

① ［德］黑格尔：《小逻辑》，贺麟译，商务印书馆1980年第2版，第281页。
② 同上书，第282页。

《中国思想史稿》等，用的纸张不是通常所见的白纸，而是杏黄色的纸张，显得极为淳雅。这有意识的用纸选择就是纸张的设计，这设计无疑一方面是要象征李泽厚这些著作都是过去的著作，一方面还要象征李泽厚这些著作是有着历史的厚重感的。如果这些发黄的纸张不是用来印刷李泽厚的著作，而是摆在文具商店出售，那就怎么也没有这样的象征意味了，当然也不可以视为书籍形式因素了。这道理无异于黑格尔所说的肢体器官离开了活的人体就不再成其为人的肢体器官的道理。

维护整体性从反向来理解就是构成整体的各种要素或说成分、部分不残缺。要素不全，像一个人眼瞎手断脚跛，那还能谈得上具有完整的整体性吗？这就可见，整体性原则不仅要求书籍设计者在整体观念的制导下进行部分因素的设计，而且要求书籍形式各部分的设计要齐全。只设计书籍封面而置开本、字体字形、版面、环衬、扉页、纸张、装订方式等于不顾，那就叫设计不全，违反了整体性原则。像开本、字体字形、版面、环衬、扉页、纸张、装订方式这些书籍形式要素，之所以长期以来未引起设计者的关注，在很大程度上是因为设计者们普遍以为这些方面没有什么"设计"工作可做，也就是说没有多少"设计性"。然而果真如此吗？事实上不是它们缺乏"设计性"而是设计者看不到它们的设计性。就说开本吧，在我国最常采用的就是大32开、正32开、小32开，其他形式的开本很少，这就成了一种定势，并给人一种错觉，似乎这上面实在没有什么文章可做。实际上开本的确定是书籍设计首先要解决的第一课题。开本决定了一本书的大小、面积。开本确定后才能据此确定版心、版面的设计、插图的安排和封面的构思设计。开本的确定要考虑诸如书稿内容性质和特点、书稿篇幅、读者对象、书价、美的比例等因素，绝非随随便便的事。从书稿内容的性质和特点来考虑的话，经典著作、理论书籍一般篇幅长容量大，常铺于桌上阅读，其开本以大32开或近似大小开本为宜。文艺读物如小说、散文、剧本一般随身携带阅读，故以小32开为宜。青少年读物往往图文交错穿插，所以开本应适当大些。而因为图形大小不一，文字位置不定，又常采用正方形或扁方形开本。大型的字典、词典、辞海、百科全书开本相应要大，而小型字典、词典、手册开本相应要小。图片和表格较多的科技书应采取较大和较宽的开本。画册以图版为主，或横或竖，相应地也就要较大的正方形开本或长方形开本。乐谱一般为练习或演出时用，为减少翻页次数应取大开本。从审美的角度说，开本无论大小长宽，都应该符合一定的比例，给阅读者视觉上一种舒适感。在国外，现代书籍开本形式可谓千变万化，很多书的开本我们见所未见，甚至于说不出究竟是什么规格的开本。尤其是在展览会上，往往能见到各种"奇形怪状"开本的书。1981年6月到10月，伦敦的维多利亚和阿尔伯特博物馆开了一个名为"书的艺术"的书籍展览会，"展览会上有很大的书，有的有三英尺高，有半英尺厚，任何人恐怕连搬动都不容易。同时又有很小的书，小到只有一个火柴盒那么大，书页上的字也小极了，只能用放大镜才能看得出是什么字"。①又比如说字体字形的设计，我国现在最常用的印刷字体是宋体、仿宋体、楷体、黑体等大类，书籍内文用字多为宋体、仿宋体。随着电脑技术的开发，又产生了魏碑体、圆体、方体、等线体、圆黑体等新字体，但是从总体说还显得相当贫乏。而书籍艺术大国德国、日本是很重视字体的研究和改进的。德国现代的字体制作，在国际上占着领先地位。莱比锡的蒂波阿尔特铸字所、法兰克福的鲍埃尔舍铸字所以及斯腾佩尔AG铸字所生产的活字，在国际上享有极高的声誉。日本的设计字体种类之多简直让人难以置信。据1992年出版的日本现代设计字典所载，电子照排字明朝体系统共有54种，黑体字系统共有54种，古典字体系统共有17种，总计125种。这就意味着日本的书籍设计者在字体字形（主要是封面字体字形）上，每一个字有125种字体供他选择。合理的选择就是设计。即使我国常用的印刷字体只有几种，但对于书籍设计者来说也不是完全没有选择的权利的。有了选择的权利，就应该审慎地使用到设计中。比如诗歌，就不能选择黑体来排，而最好选择清秀飘逸的仿宋体，而且还可以把仿宋体变形为斜仿宋体，那就更具有轻灵的感觉了。在这里我们不愿意也没有必要对书籍形式设计的各个部分都详加解说。但我们相信上述的分析已足以让人们懂得在书籍的整体设计中不可忽视任何部分的设计的道理了。

---

① 元泰：《书的艺术》，《读书》1981年第11期。

整体性原则的再一重要含义就是部分设计最终必须要归结到整体上来。只有融入整体中，就像一粒水融入大海中，才能产生巨大的综合效应，使书籍艺术成为一个生命体，并作为整体生命而存在、运动、发挥效能。

从层次性原则出发，则要求书籍设计者在不忽视各部分设计的前提下，又能够给各个部分的设计找到一个合适的功能位置，使各个部分在其自身的位置上发挥特殊的作用。当然，在一个整体中，各个部分所处的位置是不能完全平等的，所发挥的作用也不可能是完全对等的。贝塔朗菲指出，一个生物系统是其内部的构成要素分层次、按等级有序组织起来的。在任何一个复杂的系统中，它的几个组成部分都将行使特殊的次级功能，并为整体功能做出贡献。当然我们并不认为系统整体的构成部分间的关系都是层次分明、等级森严的，因为各构成部分之间除了等级关系之外还存在平行的并列关系。一个单位是一个系统整体，构成这个整体的有上级领导层、中级领导层、下级群众层，但是在上级领导成员之间、中级领导成员之间以及下级群众个体之间却主要是一种平行、并列的关系。因此，把一个系统整体中的各部分统统作出不同层次和等级的划分是不切合实际的，也不符合系统论的精神实质。但是，有一点是明确的，在整体的各构成要素中必然有些是主要的，处于中心的、主导的位置，而有些则是次要的，处于边沿的、辅助的位置。这里就有主次的差别。像一个文学作品中的人物形象系统，就总有主要人物形象与次要人物之别。一个人物的性格系统，也总有性格的主导面和非主导面。在书籍形式的整体设计中，各部分设计之间同样有主次轻重之别。

遵循层次性原则进行书籍形式的艺术设计，首先一点就是要明确哪些部分的设计是主要的、主导的、中心的、核心的，哪些部分的设计则是次要的、边沿的、辅助的，分清主次轻重之后，该浓墨重彩的就浓墨重彩，该轻描淡写的就轻描淡写，即无论"淡妆"还是"浓抹"均以"相宜"为原则。

那么，在书籍形式的整体设计中哪些部分的设计是重点、是关键呢？在这个问题上存在意见分歧。一些论者认为封面设计是书籍整体设计中的核心,更有甚者甚至认为封面设计就是书籍设计的全部。一些论者则认为书籍设计的中心是版面设计。

封面设计中心论者认为自己拥有充分的理由:封面是书籍的脸面。就像人们评价一个人美丽不美丽首要的一条标准就是看其脸蛋漂亮不漂亮一样,评价一本书美不美也主要是以封面设计的好不好为尺度的。封面又是书籍的衣裳。对于一个人来说衣裳的美丑直接影响其形象的好坏,自然是不可等闲视之的,书籍的衣裳之于书籍的形象又何尝不是如此!封面还是书籍的门面。大家都知道店铺开张前,第一件事就是装潢门面,以此来招徕客人,书籍作为一种特殊商品当然也有假封面设计以广而告之之意的。封面更是书籍的眼睛。我们说眼睛是心灵的窗户,要了解书籍深藏的心灵隐秘,那就绝对少不了这扇窗户的。封面甚至还是引领读者去领略书中美景的导游。对导游的选择当然不是件小事,好导游善于带领游客步步深入佳境,差导游则只会胡乱指点。更有甚者把封面比作媒婆。靠这位媒婆的撮合,读者得以结识书籍这位"新娘"并将她娶过来。……我们不能不承认封面设计中心论者能罗列出的种种理由并不是信口雌黄。

但是版面设计中心论者也不甘示弱。他们也能一二三四地说出一大串理由。在他们看来把书籍设计的重心放在封面而不是放在版面是设计的严重错位。何谓错位?错位就是把位置弄颠倒了。比如公务员与老百姓本应该是公仆与主人的关系,但某些公务员把老百姓当作自己的仆人,这就是错位。又比如通常是营业员称顾客是上帝,但有些营业员自己成了上帝,这也是错位。既然认为把封面设计看作书籍设计的重心是设计的错位,那么就要把颠倒的位置再重新颠倒过来。因为:第一,"从图书外形式美的本质认识,它主要是供人阅读,在阅读中体味到内容美和形式美的和谐统一。从图书本身结构看,它的版面是读者接触的主体。400 页的书,99% 是版面,版面跟眼睛接触的时间最长。如果这本书值得一读再读,眼睛与这本书的版面接触可以达 200%、300%、400%。书的封面封底丢了,自然可惜,但书还可以读,如果载着书本内容的版面丢了,即使丢了一页,也是无法读下去了"[①]。第二,"封面的历史比较短,虽然在简牍时代曾有过封

[①] 阿木:《图书装帧的错位》,《书与人》1996 年第 1 期。

面,却未发展,直到元代才开始有'书名图',这是书名上加一张与内容有关的图,严格讲,这还不能算是封面。而版面(或者叫载体版面,这里借用这个词),却是有字就同时产生了。"[①] 第三,版面设计不仅仅是排字,应该有丰富多彩的装点,其设计大有潜力可挖。而且古今中外的一些优秀的版面设计证明了版面设计不是简单、机械的技术工作,而是应该努力进行艺术的创造的。……看来版面设计中心论者也是持之有据、振振有词的。

在封面设计中心论者和版面设计中心论者的争论面前,如果我们作为仲裁者应该如何表态呢?这的确是一个难题。但是,只要坚持层次性原则,对书籍设计诸要素作一番既分析又综合的考察,问题就会迎刃而解了。

书籍设计的全部内容实际上可以大致地划分为两大块,一块就是广义的封面设计,准确地说是书籍外观形态的设计,包括封套、护封、封面、封底、书脊、腰带、丝带、外印刷、封面纸及布料等部分;另一块则是广义的版面设计,准确地说是书籍内观形态的设计,包括环衬、扉页、装订、字形、字体、版心、天头、地脚、装点、插图、内印刷、内文纸等部分。书籍外观形态与内观形态是书籍整体形态中的两个并列的部分,或说是书籍整体形态母系统下的两个并列的子系统。两大部分的设计受制于书籍设计的整体构思。但是,这两大部分各自的构成要素中又都具有一个起统率作用的主心骨。这个主心骨在书籍外观形态系统中就是狭义的封面设计(如果有护封实际就转移到了护封设计),而在书籍内观形态系统中就是狭义的版面设计。由此可见,封面设计和版面设计都是书籍整体设计中的重心。封面设计中心论者强调封面设计的重要没有错,但如果因此而贬低版面设计那就走向真理的反面了;同样,版面设计中心论者强调版面设计的重要也没有什么不对,但如果因此贬低封面设计,那自然也走向了真理的反面。

就书籍设计的现实实际来看,封面设计是普遍受到重视的(至于封面设计中存在的一些误区,不是因封面设计的不受重视造成的,而是其

---

① 阿木:《图书装帧的错位》,《书与人》1996 年第 1 期。

他原因造成的），但版面设计却基本上还没有受到重视。我国的大多数出版社没有设立负责书籍整体设计的"书籍设计室"。虽然有美术编辑，但美术编辑一般只管封面（也延伸到环衬、扉页、插图）设计。至于版面设计一般是由文字编辑兼做，作为文字编辑的附带工作。这显然是很不受重视的表现。由于没有受到重视，当然也就没有配备充足的人力。既然没有把版面设计放到书籍整体设计中去考虑，本来很富有艺术创造潜力可挖的版面设计领域就被降低到单纯排字的机械工作了。作为技术性的版面设计，虽然"也有点儿创造，却是机械的，千篇一律的设计。也正因为这样，封面设计是要排上个作者名字；版面设计谁都可以干，设计者的名字就免了。在优秀图书评比时，只有封面设计奖（有时也叫图书装帧设计奖），难得提及版面"，但是我们认为，封面设计和版面设计同属于书籍整体设计中的核心部分，应该齐头并进，共同发展。精美的封面设计将读者引进到书籍世界之中后，读者能否轻松愉快地"畅游"，获得"读书之乐"那就主要要看版面设计能否产生美的影响力了。好的版面设计是能够产生美的影响力的，正如刘亚中在《灰色之美——版面装帧艺术谈》中指出的："版面超越了形式的功能，进入心理的观照……通过无言的方式传达出一种精神和感情，达到愉悦人们心灵、调动人们美感和提高人们审美素质的目的。"

我国书籍的版面设计虽然多是千篇一律，但也不乏独出心裁的版面设计。南京出版社出版的《诗人眼中的南京》等一套丛书在版面上点缀小小的几朵隐花，营造出一种清新雅致的情调。苏州大学出版的费孝通先生的一本杂文集，在版心上加一层浅浅的底色便有了一种不同寻常的风韵。在版面设计上，我国书籍应该力争向中国港台尤其是书籍艺术大国（德、法、美、英、日等）看齐。在国外，版面设计形态的多样化自不待言，尤其值得注意的是已经出现了版面设计从平面向立体发展的端倪。当然，我们目前应努力做到的是把单调、呆板的版面形式变得生动活泼一些。这是需要对书籍设计高度负责的精神的。这里我们不能不提到一个伟大的名字——马蒂斯，我们的书籍设计者应该以他为榜样。人所共知，法国的亨利·马蒂斯是世界著名的大画家，但他并不以书籍设计为"雕虫小技"而不为，而是十分热衷于书籍设计，他说："对我来说，编排一本书和构思一张画，并无区别。"① 他曾花了十个月的心血为蒙泰朗的《帕西淮》作装帧设计，而其中大部分精力花在版面设计上：从插图到字体的设计以及图文组合形成整体等。他说："这本书在编排设计上困难重重，足足费了我十个月的心血，白天整天干了不算，晚上往往也要辛苦。"②

层次性原则还意味着，书籍整体设计中的一些次要部分的设计在它们所处的特定位置上也是不能被代替的，也是主角。《红楼梦》所描写的人物形象有四百多个，而主要人物只有几十个。固然，这些主要人物的刻画是至关重要的，因为作者所体验到的人生命运的悲剧性主要就要通过他们的遭遇体现出来。《红楼梦》最深层的主题是揭示人生的悲剧命运。比如贾府四姐妹元春、迎春、探春、惜春，其名字就暗含一种谶语：原（元）应（迎）叹（探）息（惜）。应叹息的是她们自己也是所有女性以至于所有人的悲剧命运。四姐妹代表着四条不同的路：元春代表"权"，迎春代表"钱"，探春代表"边塞"，惜春代表"佛"，但是到头来谁都走上绝路。这就暗示了人生在世无论走怎样的路都只能是悲剧的结局。但是，如果缺少了应有的次要人物，这些主要人物的活动就可能缺少了必要的发展环节，那么就难以顺利完成主题的表现。书籍整体设计也一样，它是由许多部分在不同的层次上构成的。有些部分所处的层次虽然不是中心的、主要的层次，但是缺少了它们又是不行的，因为毕竟它们是构成整体的要素。比如环衬、扉页的设计虽然不处在书籍整体设计的中心层次，但是它作为从封面设计到版面设计系统的过渡性环节，在实现封面设计系统和版面设计系统的联结、统一等功能上却是任何其他部分的设计所不可代替的。因此，书籍设计者在整体设计实践上既要重视关键部分的设计，也不可忽视任何细小因素的设计。

从结构性原则出发，书籍设计者就应该在各部分设计之间寻找到一定的结构规则，按照这些结构规则把它们组合成一个有机的整体。系统

---

① [法] 亨利·马蒂斯：《我怎样作书籍装帧》，载郭振华等编《中外装帧艺术论集》，时代出版社1988年版，第662页。

② 同上书，第661页。

论有一个重要观点："整体大于部分之和"。为何整体大于部分之和呢？因为构成整体的不仅仅是部分，还有部分之间的结构关系。没有一定的结构方式，部分就只能是相互分离和孤立的部分，部分就构不成整体，部分也成不了整体中的部分。比如一台机器，它是由许多零部件构成的，但是如果只是把它所有的零部件毫无章法和规则地堆放在一起，那还不是一台能够运行的真正的机器，还仍然是零部件。要成为一台真正的机器就必须按照一定的结构规则组装起来。所以，系统论认为系统的整体质不同于系统内各部分的元素质，系统的整体值也不同于系统内各部分元素值的简单叠加。由于结构的作用，整体质高于部分质，整体值大于各部分值之和。而且，如果没有结构这种黏合剂和统一力，部分和整体之间就不是相联系的、统一的，而是分离的、割裂的。

具体到书籍设计来说，书籍设计整体形象的诞生一方面离不开各部分设计形象，另一方面也离不开各部分设计之间的特定结构方式。书籍设计整体固然是由各部分设计构成的，但不是自在的构成，不是拼凑的构成，而是精心设计的按照一定结构方式的构成。如果以为只要把书籍设计的各部分随意地拼凑到一起就能形成有机的书籍设计整体了，那不仅是天真幼稚而且是太无知了。如果仅仅是"拼凑"，即使各部分设计从部分本身的角度来看是成功的，但是"拼凑"起来的所谓"整体"照样不可能是成功的。"毛嫱、骊姬、西施、赵飞燕、杨玉环是美的，但如果把她们的最美处集中到一个人身上，这个人肯定不美，原因在比例色调不合适，搭配不合理，整体不和谐。"① 如果部分设计本身也存在缺陷而又是"拼凑"。那书籍设计整体就更难求得完美了，恐怕只能成为不伦不类的东西。这正如贺拉斯《诗艺》开篇就指出的那样："如果画家作了这样一幅画像：上面是个美女的头，长在马颈上，四肢是由各种动物的肢体拼凑起来的，四肢上又覆盖着各种羽毛，下面长着一条又黑又丑的鱼尾巴，朋友们，如果你们有缘看见这幅图画，能不捧腹大笑？"② 书籍各部分设计因为被一定的结构方式紧密联系在一起，就不再是各自分离

---

① 袁鼎生：《简明审美学》，广西师范大学出版社1990年版，第91页。
② ［古希腊］亚里斯士多德、［古罗马］贺拉斯：《诗学·诗艺》，罗念生、杨周翰译，人民文学出版社1962年版，第137页。

和孤立的自在性存在了，而是处于书籍设计整体结构中的有序化、有机化、结构化了的自为性存在了。书籍设计的各部分依循着一定的结构方式构成一个在整体功能上大于部分之和的书籍设计整体，实在就像电影镜头组接的蒙太奇，在这里我们不妨称之为"书籍设计的蒙太奇"。把书籍整体设计中的各个部分看作一个个镜头，各个部分之间的结构就相当于镜头的组接。镜头与镜头一组接在一起就会产生新的意义，不同方式的组接又会产生不同的意义，这就是蒙太奇的奇妙之处。把书籍整体设计中的各部分设计连接起来常用的蒙太奇手法是相似造型式、对比式、复现式、比拟式。书籍设计者们从观摩欣赏一些成功运用蒙太奇手法结构书籍设计各部分的范例中，是能够得到某种启发的。这里试就我所熟悉的几本学术著作的设计为例作一点说明。也许它们的设计算不上十全十美，但在如何采用蒙太奇手法结构书籍的各部分设计上却还是能够说明问题的。王杰《审美幻象研究》的封面和封底的图形是复现式结构关系，封面与扉页则是比拟性结构关系。黄理彪《图书出版美学》的封面（实际是护封）、封底、环衬的颜色是对比式结构关系。张利群《词学渊粹》的封面和封底的底纹图形及"学术文丛"的文字与标志图案在封面和书脊上出现，都是复现式结构关系。袁鼎生《西方古代美学主潮》的封面、封底、书脊的底纹图案及封面文字和画与扉页的文字和画，也都是复现式结构关系。当然，不管采取什么结构方式，从本质上说都只是书籍整体设计的手段，而非目的。目的则是在从书籍的外观形态到内观形态的各种形式多样、个性纷呈的部分设计中寻找到某种同一性、统一素，把杂多导向统一，实现多样统一。要真正把书籍设计的各部分结构成多样统一的书籍设计整体，一条最根本的结构规则就是要让各部分同异兼具而又同异适度。同，就是各部分设计间的一致性、同一性、统一性、联系性、呼应性，这主要体现在设计的立意、风格、气韵等方面；异，就是各部分设计在形态、手法、技巧等方面的矛盾性、对立性、差异性、个别性。没有"同"，各部分设计之间相互排斥、相互分离，就没有秩序，没有旋律，没有融合，没有统一，没有联系，没有呼应，也就没有整体；没有"异"，各部分设计之间没有变化，没有节奏，没有活力，没有生气，也就平淡无味以至于死板呆滞了。这正如袁鼎生先生所指出的:"要很好地实现多样统一,整体的各部分还须同异适度,这是因为事物间具有适度的同一性,才会既有凝聚力、亲和力和统一素,可望结成整体,又不遮蔽、模糊各部分的鲜明特征;事物间具有适度的相异性,才能既可保持各自的个性和独立性,形成多样的风采,又不妨碍整体的凝聚。"①

三 艺术和技术

"长期以来,技术就受到排斥,充当一种与那些厌倦技术的诗意感情对抗的角色。"② 当然,在物质生产领域,技术不仅未曾受到排斥,而且一直是深受欢迎的,因为"技术作为生存的条件"③ 是毋庸置疑的。从最原始的工具制造到四大发明,到电动机器,再到当前正在进行的信息技术革命,每一次技术革命都曾给人类创造出巨大的物质财富,给人类生活带来了许多便利。但是,在艺术创造领域,技术的确是常常遭到某些艺术家的贬抑和排斥的。

某些艺术家对技术的贬抑和排斥,究其原因,可能一方面是"科学技术文化和人文文化""一向各自单方面发展"④ 而缺乏必要的沟通,另一方面则可能是某些艺术家因艺术长期受到大众的尊崇而产生了自以为比别人高贵的优越感。如果某些艺术家是出于后一种原因而贬抑技术,并装出一副极力拒斥技术的样子来给人看,那就完全是一种虚荣的表现了。因为他们不是不知道科学技术成果对于他们的艺术创造活动所实际具有的巨大力量——就是最基本的纸张、笔墨和颜料都是科学技术的成果;他们之所以要装模作样地排斥技术,是因为害怕一旦让人知道了艺术创造也要借助技术的力量的真相后,身价就会大跌,一直绕在头上的灵光圈就会消失,作为艺术家而具有的高贵性的神话就会被打破。然而,

---

① 袁鼎生:《审美场论》,广西教育出版社1995年版,第157页。
② Mgurizio Morgantini:《在第三千年的门槛上:新的贫困》,载[美]马克·第亚尼编《非物质社会——后工业世界的设计、文化与技术》(以下简称《非物质社会》),滕守尧译,四川人民出版社1998年版,第48页。
③ 同上书,第49页。
④ [美]马克·第亚尼:《非物质性主导》,载《非物质社会》,四川人民出版社1998年版,第8页。

他们精心编织并小心维护的神话终究是要被打破的。马克思在《〈政治经济学批判〉导言》中明确把艺术活动称为"艺术生产",在《1844年经济学—哲学手稿》中又明确地将它与科学、哲学、政治、法律、道德、宗教等活动一起归属"精神生产"的范畴,强调它们"都不过是生产的一些特殊方式"。① 其实,艺术家的"特殊"性不在于排斥技术,而在于其艺术思维力、艺术发现力、艺术表现力较之普通人要高。当然,这种艺术感受、思维力较之普通人的"高"也并非是绝对的,而是相对的。换言之,在艺术天分上,艺术家与普通人之间只存在"量的分别",而没有"质的分别",因为一方面"诗人是天生的",另一方面"人是天生的诗人"②。

  书籍设计的情况则与某些艺术家贬抑技术的情况相反。虽然书籍设计伴随着人类最初的书籍生产行为而同时自然地出现了,但是,书籍设计的审美的或说艺术的自觉则是从20世纪的威廉·莫里斯开始的。当时的学院派认为纯艺术的绘画和雕塑等才是高尚的艺术,手工艺术只是属于手艺人的次等艺术。但是,莫里斯却认为"艺术和美不必要局限在绘画和雕塑范围之内,群众享有生活在优美环境里的权利,要使所有的人都能采用高雅而普遍的装饰艺术品来布置家庭",所以"把手工艺品提到艺术高度"③,同时也把包括在手工艺品范畴内的书籍设计提到艺术高度。但是,在莫里斯的书籍设计中,还没有自觉追求艺术和技术的完美融合,因为莫里斯是否认机械生产对于书籍设计所具有的积极价值的。莫里斯倡导"手工艺复兴运动"的主要意义在于"抗拒工业化对人的异化",还不能说已经进入了设计(包括书籍设计)的新纪元。设计的"新纪元开始于20世纪初,这就是人们常说的'设计夺权'的时代。这是一个方向性的和根本的变革。这时候,20世纪的艺术与工业之间的对立关系,被二者之间的相互融合关系的艺术家们相互协调和合作。1910年到1950年

---

  ① [德]马克思:《1844年经济学—哲学手稿》,载《马克思恩格斯全集》第42卷,人民出版社1979年版,第121页。
  ② [意]克罗齐:《美学原理·美学纲要》,朱光潜等译,外国文学出版社1983年版,第22页。
  ③ 柴常佩:《包豪斯》,《美术》1981年第8期。

间在工业世界浮现的各种美学概念和流派——艺术装饰主义、风格主义、旋涡主义、未来主义、包豪斯等——逐渐合并,形成了消费社会一开始所知的那种工业产品的现实(即技术和艺术的合———引者注)"①。1919年4月包豪斯魏玛宣言就明确指出:"建筑师、雕塑家和手工艺师之间没有根本区别,艺术家只是一位得到荣誉的手工艺师。在出现灵感,并超越个人意愿的珍贵片刻,可能得天独厚使他的作品成为艺术之花。然而对手工艺的熟练是每个艺术家必不可缺的。这里隐藏着创造性想象力的主要源泉。"同时,"宣言"还发出号召说:"让我们建立一个新的手艺师组织,使手艺师与艺术家之间不再树立傲慢的阶级区分的屏障!"② 消除手艺师与艺术家之间"傲慢的阶级区分的屏障",实际包含两层意思:一层是消除手艺师与艺术家在地位上的不平等,也就是消除艺术家对技术的轻视的态度;一层是消除技术与艺术之间的鸿沟,也就是实现技术与艺术在设计(包括书籍设计)中的融合。

如果说在漫长的古典设计时代,书籍设计主要是依附于书籍印制技术条件的自发行为的话,那么只有到了"设计夺权"的时代,书籍设计才步入自觉的时代。如果说在书籍设计的古典时代,其艺术性是作为技术制作的副产品而出现的话,那么到了"设计夺权"的时代,其艺术性与技术性则是并重的。如果说书籍设计的古典时代属于实用性设计阶段的话,那么到了"设计夺权"的时代,书籍就演变为审美性设计了。当然,实用性设计只是说以实用性为主,并不排除其可能隐含的审美性,而所谓审美性设计也只是对审美性的前所未有的重视,而并不是说可以违背实用性。无论从什么意义上说,"设计夺权"翻开的是现代书籍设计的新篇章。

立足于现代书籍设计观念去审视书籍设计,就很容易得出这样的结论:书籍设计处于艺术和技术的"边缘地带",从本质上说既是艺术性的又是技术性的,是艺术和技术的合璧。这里所说的"边缘"绝不可理解为"边界"。正如滕守尧先生在《文化的边缘》中所指出的,"边界"是将对立双

---

① [法] Tufan Orel:《"自我时尚"技术:超越工业产品普及性和变化性》,载《非物质社会》,四川人民出版社1998年版。
② 柴常佩:《包豪斯》,《美术》1981年第8期。

方截然分开的东西，如国与国的边界严格地把两个国家的疆域隔开一样。"边缘"则是对立双方融合、对话、拼贴、交融的场所，它不是意味着双方的互相排斥，而是意味着双方的互相交融。书籍设计是艺术活动，但不是单纯的艺术活动，而是技术性的艺术活动；书籍设计是技术活动，但也不是纯粹的技术活动，而是艺术性的技术活动。在书籍设计中，艺术活动和技术活动就是如此紧密地结合在一起，所以，马克·第亚尼（MarcoDiani）说："设计应该被认为是一个技术的或艺术的活动，而不是一个科学的活动。"① 为什么设计，包括书籍设计，是技术的活动而不是科学的活动？因为马克·第亚尼这里所谓"科学"是指自然科学。"自然科学主要关心事物是什么样子"，而设计是"人造科学"，所以"设计则不同，它主要关心的是事物应该是什么样子，还关心如何用发明的人造物达到想要达到的目标"。② 艺术与技术在过去的时代（指工业革命之前），如同物质与非物质、精神与身体、天与地、主观主义与个人主义等一样是"两极对立"的，但到我们这个时代（指从两个世纪前开始的工业革命至今），这种"相互对立和相互矛盾的现象同时呈现"，"一方面，在人们的一般日常生活以及人与机器的一般性关系中，自动化程度日益增强（即技术的方面——引者注）；但与此同时，设计领域的研究又在追求和高扬一种无目的性的抒情价值，Mendini 提倡的'能引起诗意反应的物品'的设计，就是一例"。③ 也就是说，"设计一向处于主导我们文化的两个极之间，一极是技术和工业现实，另一极是以人为尺度的生产和社会乌托邦"④。书籍设计较之其他物质性较突出的人造物的设计，已经"变成一向各自单方面发展的科学技术文化和人文文化之间一个基本的和必要的链条或第三要素"⑤。

---

① ［美］马克·第亚尼：《非物质主导》，载《非物质社会》，四川人民出版社 1998 年版，第 4 页。
② ［美］哈伯特·西蒙（Herbert A. Simon）：《设计科学：创造人造物的学问》，载《非物质社会》，四川人民出版社 1998 年版，第 110 页。
③ ［美］马克·第亚尼：《非物质主导》，载《非物质社会》，四川人民出版社 1998 年版，第 3—4 页。
④ 同上书，第 9 页。
⑤ 同上书，第 8 页。

书籍设计者不能满足于仅仅在理论上认识到书籍设计必然是艺术和技术的合璧,更重要的是在设计实践中做到"心手相应",真正实现艺术和技术的合璧。这是个艰难而又充满刺激的精神探险过程。

书籍设计者接受一个设计任务之后,从对设计对象的艺术感受、体验、理解到立意、构思,到寻找工艺技术材料和手段,再到具体的技术操作,在这整个过程中自始至终都会迸发出设计的灵感,都充满着不确定性、变换性、不可预料性。尽管书籍设计是有比较明确的目标性和方向性的,设计活动是有计划、有步骤地进行的,但这并不等于说设计的结果在设计前就完全清清楚楚、明明白白了,否则,设计的活动就变得毫无意义了。当然,也不能说设计的成果在设计之前完全处于一种"黑箱"状态,完全不可预测和不可想象,否则就失掉了人类活动的自由自觉性了。马克思说"人的类特性恰恰就是自由的自觉的活动"①,所以,"最蹩脚的建筑师从一开始就比最灵巧的蜜蜂高明的地方,是他在用蜂蜡建筑蜂房以前,已经在自己的头脑中把它建成了。劳动过程结束时得到的结果,在这个过程开始时就已经在劳动者的表象中存在着,即已经观念地存在着"②。但有人为了强调在传统上艺术创造与设计的"天渊之别",而发出这样的论调:"手工艺人制造的是他预先知道的东西和可能存在的东西。艺术家则相反,他追求的是一种他预先不知道的、不可能的和想象不到的东西。艺术家的工作永远是精神的探险,一个艺术家如果不对抗既定的规则,就无所成就。"③ 其本意是想说传统的设计是机械的,没有什么创造性的,远没有达到艺术的高度,但这种极端化的见解实际却把艺术创造神秘化了。我们认为书籍设计作为一种艺术创造的确意味着设计者"精神的探险",但这种探险不是说"对抗既定的规则",完全不讲规矩,而是"随心所欲不逾矩",在确定中有不确定,明晰中有模糊,理性中有感性,稳定中有变化,常规思维中蕴含着灵感思维。在

---

① [德]马克思:《1844年经济学—哲学手稿》,载《马克思恩格斯全集》第42卷,人民出版社1979年版,第95页。

② [德]马克思:《资本论》,载《马克思恩格斯全集》第23卷,人民出版社1972年版,第202页。

③ 滕守尧:《非物质社会——后工业世界的设计、文化与技术》"译者前言",载《非物质社会》,四川人民出版社1998年版,第5页。

设计的过程中，设计对象呈现出从"眼中之书"到"胸中之书"再到"手中之书"的变化轨迹，这就犹如赏风景，步移景换，逾进逾深，逐层展现，一直到最后才得尽现全景。就是说，因为在设计的每一步都寓含着变化，都存在着未知，这才成其为艰难而又充满刺激的探险。

我们在这里强调书籍设计过程的自始至终都是设计者的"精神探险"，这就意味着我们认为不仅这个过程中的艺术活动是富有创造性的，而且这其中的技术活动也是富有创造性的。正因此，我们觉得书籍设计者不仅要具有较高的艺术眼光、艺术感悟，而且要具有扎实的手工绘制和机器操作的技术功底。这样在实际的设计实践中才能真正做到心（艺术之心）手（技术之手）相应，得心应手。

这里首先需辨明的是在整个设计过程中哪些是艺术活动，哪些又是技术活动。设计者从对设计对象的艺术感受、体验、领悟、理解出发，灵活运用形式美规律和法则，诸如对称、均衡、齐一、节奏、韵律、回环、多样统一、动态平衡等，对书籍的外观形态和内观形态的各个部分及其构成的整体进行艺术构思，使之具有简洁、含蓄、蕴藉、有意味、有意境、有装饰性、有视觉冲击力、有独特质感等审美特性。这就是书籍设计中的艺术活动。在书籍设计中所涉及的形式美规律和法则，如上所列，是多种多样的，但是，我们认为最最重要的是"黄金律"（golden rule）。

"黄金律"是古希腊毕达哥拉斯学派提出来的，是"关于比例的理论"。这一理论在马克思时代尚未得到充分发展，仅仅在长短和面积划分中得到应用。所以，马克思在《新亚英利加百科全书条目·美学》中不无遗憾地写道："在美学科学中，至今还有一个领域被忽视了，还没有找到继承人，来说明形式美究竟是以什么为依据的，来分析各种艺术表现的一切不同形式，并且揭示各种艺术按照人的心理结构对人心所产生的特殊作用。"[①]

时至今日，人们对"黄金律"这一"关于比例的理论"的认识要深刻多了，"黄金律"是形式美创造的辩证法则，它"体现了艺术形式的对立统一规律，体现了和谐与变化的美"[②]，"体现了辩证法的量变质变规律

[①] ［德］马克思：《新美亚利加百科全书条目·美学》，载《美学》第2期，上海文艺出版社1980年版，第251页。

[②] 赵经寰：《形式美学入门》，辽宁美术出版社1998年版，第15页。

与否定之否定规律,体现了重复与节奏的美"①。"事实上,全部艺术形式的变化规律,包括艺术诸种形式要素(如视觉艺术的点、线、面、黑白、色彩,听觉艺术的高低、长短、轻重、和声等)的和谐与对比以及由此而造成的艺术形式的美感等,均与量的适度比例有着内在的联系。并不像人们过去所认识的那样,好像黄金律只和长短比例有关,事实上它的适用范围在艺术中无所不在,它具有普遍的价值。"② 就书籍设计来说,开本大小、版心长宽以及插图、封面、扉页等图形设计中涉及的形状曲直的量、角度大小的量、虚实程度的量、动静协调的量、肌理在视觉张力中的量、色彩明暗对比的量等,都可以参照"黄金分割"(golden section)的比值加以衡量。

当然,这里只能是灵活性的参照,而不能绝对化。绝对化地用"黄金分割"比值去衡量是做不到的,比如,色彩的浓淡、强弱、明暗的比值,只能靠目测。和谐而不死板,给人感觉舒适就是符合黄金比。

书籍设计中的技术活动主要是指把存在于脑海中的构思意象通过一定的物质手段,如画笔、颜料等绘制出来的手工技巧,以及把手工作品通过机器操作复制成印刷品并加以装订等工艺。用作材料的纸张、布料所具有的纹路(如木纹、石纹、云纹、水纹、植物筋脉纹、大理石纹等)、厚薄、粗细及颜色等形成的肌理、印刷及装订工艺等,虽然一般不需要设计者去制作或操作,但又必须懂得这些技术性的东西。

在实际设计中,不仅要预先考虑到手工绘制技术可能造成构思中的"初创形式"的"变换",而且要预先考虑到机器印刷等工艺技术可能造成手工绘制的"再创形式"的"再变换"。正如今道友信所指出的,"机器也可以在本身的自律组织中产生出某些艺术效果"③。书籍设计中构思的"初级形式"在手工绘制和机器印刷中一再"变换"的事实就充分说明技术的工作照样会放射出艺术的火花,也即是说技术化处理也是带有艺术味的。对于设计者来说,技术处理所产生的"意外"的艺术效果,

---

① 赵经寰:《形式美学入门》,辽宁美术出版社1998年版,第16页。
② 同上书,第15页。
③ [日]今道友信:《关于爱和美的哲学思考》,王永丽等译,生活·读书·新知三联书店1997年版,第217页。

不仅会引起他的惊喜,也是应该特别珍视的。

书籍设计中的艺术活动和技术活动,在通常的纸装本手工设计行为中,它们的先后顺序是十分清楚、明了的,那就是艺术活动在前(构思)、技术活动在后(手工绘制及机器印装)。当然,在设计者的头脑中,艺术活动中是隐含着技术活动的,因为设计者在进行书籍设计的艺术构思时是必须预先把手工绘制与机器印刷技术及材料性能等考虑在内的,这就如同艺术家在创作时必须把读者考虑在内一样。

如果在通常的纸装书手工设计中,虽然技术活动暗含在艺术活动中,但实际却有顺序的话,那么,在运用电脑设计纸装书,尤其是在电脑中直接设计非物质性电子书籍时,艺术性活动和技术性活动就逐渐彻底融合为一体了。这使得我们很难再在艺术活动和技术活动之间画出一条清晰的分界线来。这似乎是艺术和技术在现代的意义上向艺术和技术的原始同一的复归。

众所周知,艺术和技术两个词是同源的,在最初本就是同一个词:如在拉丁文中都是 Ars,在英文中都是 Art,在法文中都是 L'art,在德文中都是 Kunst,在中国甲骨文中,"艺"字原本指农业劳动技术。

从词源学意义上说,艺术家没有理由看不起技术。现代技术向现代艺术渗入甚至直接转化的倾向更是十分明显的。王杰在《审美幻象研究》中明确指出:"……在以影像为中心的后现代艺术中,技术与审美变形重新建立起密切的联系。现代技术使审美变形摆脱了手工操作的生产方式,进入了大规模机械复制的现代化方式。客观性的提高和修辞技巧的丰富为审美变形提供了新的可能性:直接表征处于遮蔽和半遮蔽状态的现实生活关系。"在当今"非物质社会"① (即通常所说的后现代社会、数字化社会、信息社会、消费服务型社会)中,书籍设计也是技术向艺术的直接转化,技术在书籍设计的艺术化追求中具有难以置信和难以想象的

---

① 利奥塔描述后现代社会状态所用的提法,而这个提法主要受到西方当代历史学家汤因比的启示。汤因比曾说:"人类无生命的和未加工的物质转化成工具,并给予它们以未加工的物质从未有的功能和样式。而这种功能和样式是非物质性的:正是通过物质,才创造出这些非物质的东西。",[美]马克·第亚尼:《非物质性主导》,载《非物质社会》,四川人民出版社1998年版,第9页。

巨大力量。这样的现实以及非物质性的电子软件技术直接渗透到书籍设计的全过程的强大趋势，不仅最清楚不过地显示了艺术与技术的亲缘关系，而且更是让人感觉到技术正是艺术的根。这不能不让我们想起两位伟人说的两句名言，一是列奥纳多·达·芬奇说过的一句名言："arte 造型艺术即 scienza 科学"①，一是爱因斯坦说的一句名言："这个世界可以由音乐的音符组成，也可以由数学的公式组成。"②

随着社会不断向"非物质化"形态迈进，书籍设计也越来越"非物质化"了。有人曾论述过"后现代主义的书籍装帧设计"，并概括出十大审美风格和艺术特征，即新奇性、视觉性、拼接性、反传统性、复制性、边缘性、空间性、变形性、客观性、意义的模糊性。③ 但是这样的认识是流于表面现象的、肤浅的，没有深入到后现代书籍设计的内质。我们认为，在越来越"非物质化"的后现代社会，书籍设计从手段到成品都变得越来越"非物质化"了。而这一切变化从根本上说都是信息技术革命带来的。现代桌面设计系统出现之前，设计者可在进行书籍设计活动时，先在头脑中进行一番构思——即观念上的设计，然后用画笔蘸上颜料在选定的纸张上反复地涂抹，往往画了一张又一张，不断地进行只有开始没有结果的繁重创造劳动，最后才拿出自己满意或比较满意的设计作品来。这样的创作过程几乎等同于物质生产活动，从手段（画笔与颜料等）到成品（设计作品）都是可触可摸、有形有态的物质体。但是，有了现代桌面设计系统之后，设计者借助特殊的设计软件在电脑屏幕上进行书籍设计。由于免去了繁杂的手工涂抹工序，构思和构思的外化几乎是同时进行了。手工涂抹工序被移动鼠标、发音指令等动作所取代了。设计者头脑中冒出的形象，可以直接在电脑上设计出来。设计软件上储存着各种各样的相当于手工表现的带有某种现实状态的图形，也储存着许许多多无法用手工表现甚至都想象不到的某种超现实状态的图形，而且，

---

① ［日］今道友信：《关于爱和美的哲学思考》，王永丽等译，生活·读书·新知三联书店 1997 年版，第 301 页。
② ［德］爱因斯坦：《论科学》，《爱因斯坦文集》，商务印书馆 1996 年版，第 284 页。
③ 参见林胜利《论后现代主义书籍装帧艺术的特征》，《北京大学学报》（哲学社会科学版）1994 年第 1 期。

还可以让设计者随时输入自己绘制或从别处搜集到的各种新的图形。设计软件上储存着的这些图形，是"非物质化"的信息体。这些信息图形可以根据设计者的意图进行二维平移、图形旋转、图形错切、对称反射、比例缩放、图形渐变、图形畸变、图形的随机变形、拓扑变形、随意修改、干扰成像、形象组合、形象的综合创造、色彩变化、肌理显示、图文版式照排设计、图文输出、图文拷贝，等等。这整个设计过程都是"非物质化"的信息处理。设计完成后最后显示（即输出）在屏幕上的书籍艺术作品虽然可视可见，甚至还像手工绘制作品一样具有某种质感，但仍然是"非物质化"的信息体，而不是实物。与其说显示在电脑视屏上的书籍艺术作品是一种形式，还不说就是功能本身。因为"即使它们有形式的话，这种所谓的形式与其功能之间也是一种一而二、二而一的关系，形式自身也变成一种看不见摸不着（存在于'电子炉膛'时再也没有形状、色彩、线条、质地等标志物将它标志出来）或看得见却摸不着（视屏上的信息图文虽看得见却摸不着）的非物质的东西。结果，最后的产品再也不像传统产品那样，是一种明摆在我们面前任我们去解释的东西，转而成为一种纯粹的功能或'超功能'。'形式'的非物质化和'功能'的超级化，逐渐使设计脱离物质层面，向纯精神的东西接近"。[①]这里值得注意的是，后现代高新技术在书籍设计中的运用，并不仅仅意味着传统绘制的工具、材料、表现技法的隐退，而且直接渗透到设计者的艺术构思活动之中，使设计者的艺术构思打破了传统的模式，获得了崭新的技术化随机性构想的内涵。面对着源源不断的从设计软件中调出来的瞬息万变的色彩，随心所欲构成的画面，设计者不能不大受鼓舞，被激发起大胆设想、勇敢探险的创作冲动，从而充分发挥和挖掘出创意、构思的极大潜能，使设计者实现了自身创意、构思能力的超越。马克思说"艺术对象创造出懂得艺术和能够欣赏美的大众"[②]，从这个意义上说，也正是后现代高新信息技术创造了使艺术技术化、使技术艺术化的新一

[①] Freb Forest：《交流美学、交互参与、交流与表现的艺术系统》，载《非物质社会》，四川人民出版社1998年版，第151页。

[②] 马克思：《〈政治经济学批判〉导言》，载《马克思恩格斯选集》第2卷，人民文学出版社1972年版，第95页。

代书籍设计师。

在"非物质化"的后现代书籍设计中,由于信息技术的中心化,导致书籍设计活动技术化书籍艺术也技术化了。它们以信息技术为媒介,通过计算机网络之间的交叉联系和连接,迅速快捷地向大众传播,从而使得书籍艺术"就像是信息发送者,总是在加速和激活着交流"①。也就是说,书籍设计家从局限于某个领域只为特定领域的人所知的传统艺术家,变成了进入无边的信息时空为大众服务的"社会型艺术家"(或说"交流艺术家");书籍艺术也从局部性领域中阔步走出,进入到信息的广阔天地,成为交流性艺术。在书籍设计者可借助后现代信息技术的操作下,书籍艺术"也同游戏、大众艺术和大众传播媒介一样,具有一种强制力量,迫使人类群体进入新的关系和新的姿态"②。正如麦克卢汉所说的:"随着这种扩张性和增殖性技术的出现,创造出一套系列性的新环境。人们已经意识到,艺术是作为一种'反抗环境'或'反对环境'的东西,向我们提供知觉环境的手段。艺术作为一种反环境的东西,变得比以往任何时候都更是一种训练知觉和判断的手段。"③进入通信交流的书籍艺术和其他一切交流艺术一样,不再是"为艺术而艺术",而是通过大众参与到交流系统中来,"直接作用于现实"④,"使大家相互接触"⑤。这样一来"美学研究的领域从此之后必须大大扩展,扩展到技术的,甚至是社会的媒体"⑥。

上面的分析已经足以使我们认识到技术在书籍设计尤其是后现代非物质化书籍设计中的伟大力量了。书籍设计者面临着未知的人工智能技术的挑战,无可逃遁,也不必逃遁。"在不远的未来,电脑将担负起连接技术功能和肌体功能,形成二者之间强大的接触界面的角色,必须看到,电子媒介正在产生出一种认识的断裂(与以往的认识方式的断裂),这种断裂构成

---

① Freb Forest:《交流美学、交互参与、交流与表现的艺术系统》,载《非物质社会》,四川人民出版社 1998 年版,第 154 页。
② 同上书,第 155 页。
③ 同上书,第 154 页。
④ 同上书,第 163 页。
⑤ 同上书,第 167 页。
⑥ 同上书,第 174—175 页。

了一种真实的心理革命，从根本是改革我们与世界的关系……我们的听觉和触觉能得到积极的刺激和诱发。知觉到的事实和认识到的事实从此之后会同时地综合成一种新的形态，一种不能包含在线性思维中的形态。"① 从这一积极的方面说，电脑是对于书籍设计者的人脑的扩展、更新。但，书籍设计者也应该清晰地看到信息技术的负面影响，并努力培养防止被电脑异化的能力。信息技术是一种强大的"权力"，它的发展，"意味着要有一个不可能避免的和长期的'技术—政治'社会"②。

一方面，书籍设计者在信息技术"权力"的庇护下能够享受巨大的自由；但是，另一方面，书籍设计者的思想又必然被它的权力"限制"着，甚至可能被它以一种无可商讨的方式进行"殖民"统治。海德格尔十分重视人之作为人的特有，这是不可能遗忘的人的"在"。如果技术是作为人在外部对象世界中实现自身的方式，那它不仅是"制造者的行动或技巧"，而且是"精神的艺术和美术"；不仅是"工艺学"，而且是"带有诗意的事物"。就是说，技术在其根本上与在是同一的，是在的方式，是诗，是艺术。但当技术沦为理性成为"技术理性"之后，就成了与人（即在）对立的、外在于人并与人相反的东西，这时，人们就无法"在"，陷入了"无家可归"的命运。真正的诗和真正的艺术则回忆"在"，开辟回家之路。③ 书籍设计者在借助信息技术进行设计创作时，尤其要注意的也正如海德格尔所提醒的，千万不可遗忘了自己作为人的"在"，也即千万不可让电脑代替了人脑。应该是心役使物而不是物役使人，否则书籍设计便失落了设计者，而变成危险的"技术自恋"了。我们希望当设计者被人问起所奉献出来的作品是电脑做的还是自己做的时，能毫不犹豫地回答："是我用电脑做的，而不是电脑替我做的！"

四　创造与积淀

德国画家玛格瑞特在他的一幅画着一只烟斗的画的下方题写着这样

---

① Victor Scardigli：《走向数字化的人？》，载《非物质社会》，四川人民出版社 1998 年版，第 255 页。
② 参考王一川《意义的瞬间生成》，山东文艺出版社 1998 年版，第 125—127 页。
③ Abram A. Moles：《设计与非物质性：后工业社会中设计是什么样子？》，载《非物质社会》，四川人民出版社 1998 年版，第 46 页。

一句话："这不是烟斗。"明明画的是烟斗为何又要特别强调不是烟斗呢？

这在很多人看来也许是不可理解的。但是，如果真的觉得不可理解，那定然不是艺术的内行，抑或是艺术的白痴。其实只要懂得画饼不能充饥因为画饼非真饼的道理，就不难理解这画着烟斗的画"不是烟斗"的辩解了。

当然，玛格瑞特的提醒不仅意在让人们懂得"艺术并不提供实物"的道理，更重要的是在指示人们去发现、探寻艺术家表现在艺术品中的创造。如果艺术家表现在艺术品中的苦心创造不能为欣赏者所认识肯定，那对于艺来说实在是一种悲哀。

真正的艺术家总是很看重属于自己的独特创造，因为正是艺术品中的独特创造性印证着他的独特生命内涵，确证着他作为艺术家的本质。堪称艺术家的肖像画家之所以常常记不住作为他的描绘对象的人的名字，更不愿意把所画的肖像画卖给描绘对象，是因为在他看来，描绘对象仅仅具有创作素材的意义，他所画的肖像画是他的创造，只能属于创造者——画家自己，而不属于描绘对象，这正如澳大利亚画家德西迪里厄斯·奥班恩所指出的，肖像画就其肖似描绘对象而言具有现实的说服力，但就其为画家的创造而言则还具有创造的说服力。"除了现实的说服力以外，还有一种我所称为的创造的说服力，这和现实很少或没有关系。创造的说服力有一个重要的任务，就是把外行引进创造的世界。"[①]

书籍设计艺术和书籍设计艺术家之所以长期处于一种边缘状态，萎缩在几乎被人遗忘的艺术角落，原因虽然说是多方面的，但其中不可忽视的一点就是许多书籍设计者的设计模仿味太浓、抄袭风太盛，而唯独缺少了属于自我的创造性。达·芬奇曾说过，画家要是专以他人的画为准绳，就只能画出平凡的作品；同样，书籍设计者如果只懂得模仿、抄袭、追随流行，又如何能谈得上是具有自主创造性的"设计"呢？如 20 世纪 80 年代末 90 年代初，在书籍封面设计中出现了摄影作品剪贴这一艺术语言，这种设计语言具有直接强烈的视觉冲击力，充满时代气息，很快流行起来。但

---

① ［澳］德西迪里厄斯·奥班恩：《艺术的涵义》，载余秋雨《艺术创造工程》，上海文艺出版社 1987 年版，第 25—26 页。

是，流行之后带来的是这种形式的滥用，因而很快使其走向了反面。尤其是这种形式后来被一些利欲熏心的出版商利用，结果愈演愈烈，不仅通俗读物的封面上充斥的是美人头以至半裸体或全裸体的女人体照片，甚至高雅的抒情散文也用裸体女人照片做封面，最终闹出了作者联名状告出版社的新闻。中国当代的书籍设计经常犯这种"流行病"，君不见一时间里，几乎所有的爱情小说的封面上都是半裸的痛苦女人，几乎所有的武侠小说的封面都是拳打脚踢、飞身腾跃的造型，几乎所有的"二战"题材的作品封面都能见到一字胡希特勒和光头蒋介石的"光辉"形象。流行就像一种毒雾在弥散、在蔓延、在渗透。流行，尤其是当流行和媚俗勾搭在一起之后，就会致使书籍设计丧失创造力，使书籍设计者精神麻木而成为一种习惯和惰性。流行是书籍设计的末班车，当书籍设计的一种艺术语言被认同并成为追逐的潮流时，那就已是这种书籍设计的艺术语言发展的句号。流行扼杀创造而造就平庸，因而是一种富饶的贫困。真正的书籍设计艺术家，不会去模仿、抄袭、追随流行尤其是流行加庸俗的东西，而会时时寻求自身内在的创造活力，逃离开流行，以鲜活、亲切、和时代同步的崭新书籍艺术，唤起人们对真正的书籍艺术的关注，引导人们对于书籍艺术的欣赏趣味，同时也赢得人们对书籍设计艺术家的认可和尊重。尽管我国的书籍设计不尽如人意甚至被认为很不尽人意，但是，在我国书籍设计仍然找得到一批闪光的名字。鲁迅、陶元庆、钱君匋、曹辛之、邱陵、任意、张慈中、张守义、陶雪华、叶然、范一辛、王卓倩、郭振华、余秉楠、章桂征、刘丰杰、仇德虎、郑在勇、钱月华、吴寿松、柳成荫、曹洁、李淑敏、速泰熙、吕敬人、宁成春、吴勇、朱虹，等等，这里有些是已经故去的我国现代书籍设计的开拓者，有些是至今仍在发挥着余热的书籍设计界的老前辈，有些是正活跃于书籍设计艺术圣坛上的新生代。这些名字串连在一起就是中国现代书籍设计发展的一条主脉。他们都十分重视书籍设计事业，满腔热情地投入到书籍设计事业之中，把自己独特的生命内涵贯注到书籍设计艺术之中，使自己的作品烙上了鲜明的个体主体性创造的特征。他们是书籍设计王国的"自由骑士"，以其高尚的奉献精神和执着的创造精神，在中国现代书籍"设计的沙漠"上开辟出一片片绿洲。

创造是书籍设计者的使命。这个崇高的使命是书稿作者所赋予的，是书籍艺术的受众所赋予的,更是书籍设计者自己所赋予的。具有创造力的书稿作者用尽心智、苦心经营而创造出的独特书籍内容必然呼唤与之相适应的独特书籍形式。一本书的内容既然具有与其他书不同的独特个性,那么,书籍设计者为其设计的书籍形式当然也应具有与众不同的个别性,即既与不同种类、性质的书区别开来,又同同一种类、性质的其他书区别开来,成为独一无二的"这一个"。这样,才称得上内外相符、表里一致。画家速泰熙为一位作家的作品设计了合适的书籍形式,书出版后作家在给他的赠书上写道:"联袂造书,珠联璧合。"这句赠言可谓道出了书籍设计的价值所在。其实,关于书籍设计作者与书稿的关系,著名画家马蒂斯早就指出是一种协同演奏的关系。他说:"画家和作家应该一起行动,齐头并进,但是各自的作用却不能相混。画应该是诗的造型上的对等物。我不把他们分为第一小提琴手和第二小提琴手,而认为他们是一个协同演奏的整体。"① 他这里虽然说的是为文字作插图,但也适合于从整体上理解书稿作者创作的独特书籍内容与书籍设计的独特书籍形式之间的关系,实际也正是具有创造力的书稿作者与具有创造力的书籍设计者之间的关系。"珠联璧合"、"协同演奏"正是书稿作者对书籍设计者的期待,但如果是碰上一个平庸的、缺乏创造力的书籍设计者,那么书稿作者的这种期待难免就会落空。

从书籍艺术受众的审美需求来说,书籍设计者也应该以奉献出富有创造性的设计作品为使命。审美的一条重要规律是"喜新厌旧"。只有新颖的对象才能引起人们的欣赏兴趣,而陈旧的对象只会使人们产生厌烦情绪。一种对象见得多了就会给人一种"陈旧"感,一种对象从未见过或很少见到就会给人一种"新颖感"。正如鲁迅先生所说的,"一年到头请你看桃花,你想够多乏味?即使桃花有年轮般大,也只能在初看上去的时候,暂时吃惊,决不会每天做一首'桃之夭夭'的"。书籍设计者不能忽视书籍艺术受众的审美心理。要满足受众的审美需要就必须充分发挥自主创造力,设计出个性鲜明突出的丰富多彩的书籍艺术来。

---

① [法]亨利·马蒂斯:《我怎样作书籍装帧》,载郭振华等编《中外装帧艺术论集》,时代文艺出版社 1988 年版,第 664 页。

从书籍设计者的自身价值实现的角度来说，书籍设计者更应该以不断设计出富有创造性的书籍艺术作品为使命。"自我实现"这个词自马斯洛提出后，在当今社会得到了普遍的接受。但是，"自我实现"意味着什么呢？马斯洛说："说到自我实现，那就意味着有一个自我需要实现出来。……人们都有着一个自我，我常说'倾听内在冲动的声音'，其含义就是要让自我显露出来。然而，我们绝大多数人，特别是儿童和青年，不是倾听自己的声音，而是倾听妈妈爸爸的声音，倾听权力机构的声音，倾听老人的、权威的或者传统的声音。"① 这就可见所谓"自我"就是马克思在《评普鲁士最近的书报检查令》中所说的一个人内在的"精神个体性"。这种"精神个体性"表现在"倾听自己的声音"，"听从自己身内'最高法庭'的判决"②，"敢于与众不同"③，而不是倾听他人的声音，如"爸爸妈妈的声音"、"权力机构的声音"、"老人的、权威的或者传统的声音"。马斯洛对"自我"的强调对于书籍设计者来说，是很有启发意义的。一个书籍设计者在进行具体的设计活动时，如果一味依傍他人，让他人的眼睛代替自己的眼睛、他人的耳朵代替自己的耳朵、他人的脑袋代替自己的脑袋、他人的情感代替自己的情感，而不是自己主动地去看、去听、去想、去爱、去恨，那就是失掉了作为一个独立的人的"精神个体性"了，也就是失掉了书籍设计者的"自我"了。"自我"既然在依傍、模仿他人的书籍设计中失掉了，那还能谈得上"自我实现"吗？没有"自我实现"的书籍设计者当然只能算是平庸的、蹩脚的书籍设计者。因此，从书籍设计者人生价值的"自我实现"的高度来审视，其设计必须持守住个性、持守住自我，也即必须奔赴创造的使命。

清代诗人薛雪在《一瓢诗话》中写道："范德机云：'吾平生作诗，稿成读之，不似古人即焚去。'余则不然，作诗稿成读之，觉似古人即焚去。"④ "觉似古人即焚去"，就是自觉追求独特创造性的表现。书籍设计

---

① ［美］马斯洛：《自我实现的人》，许金生、刘锋译，生活·读书·新知三联书店1987年版，第116—117页。
② 同上书，第117页。
③ 同上书，第119页。
④ （清）王夫之等撰：《清诗话》下册，上海古籍出版社1963年版，第692页。

者在具体的设计活动中就应该自觉追求设计的独创性。那么，书籍设计的独创性究竟是如何实现的呢？我们认为书籍设计的独创性是从两个层次来实现的。

第一个层次是对设计对象的独特的创造性的艺术感受、体验、认识和理解。高尔基说："摆在人人面前的任务是找自己，找到自己对生活、对人的、对现实的事实的主观态度，把这种态度体现在自己的形式中，自己的字句中。"① 对于文学艺术创作而言，"找到自己对生活、对人的、对现实的事实的主观态度"，也就是对所要描写、反映的社会生活现象的独特的创造性的发现。用罗丹的话来说，就是"用自己的眼睛""在别人司空见惯的东西上""发现出美来"②，对于书籍设计来说，书籍设计者要表现的不是书籍内容本身，而是对书籍内容的主观感受。同样的一部书稿（即书籍内容）在不同的书籍设计者那里所发生的刺激、所得到的印象、所产生的感受、所获得的体验、所形成的认识、所具有的理解往往是不尽相同甚至截然不同的。这一方面是因为书稿内容的丰富复杂性所造成的，另一方面则是书籍设计者的生活阅历、文化修养、性格气质、兴趣爱好、艺术悟性等方面的主观差异性造成的。单就性格气质而言，犹如刘勰所说，就有种种差异，如"慷慨者逆声而击节，蕴藉者见密而高蹈，浮慧者观绮而跃心，爱奇者闻诡而惊听"③。由于书籍设计者之间存在着多方面的主观差异性，因而在对同一部书稿作艺术把握时出现感受、体验、认识、理解上的差异不仅是可能的而且是必然的。"一千个观众心目中就有一千个哈姆雷特"的情况不仅会发生在接受者对文艺作品的欣赏上，而且也会发生在书籍设计者对文艺之内之外的种种书稿的艺术把握上。一些书的不同版本经不同的书籍设计者设计，呈现的是不同的艺术风格，就是明证。许多中外名著都有不同出版社出版的不同版本，甚至在同一出版社也存在一版再版的情况，只要对这些中外名著的不同版本的设计稍加比较，就会发现不同的书籍设计者对它们的精神气质的

---

① 林焕平编：《高尔基论文学》，广西人民出版社1980年版，第6页。
② ［法］丹纳：《艺术哲学》，傅雷译，人民文学出版社1963年版，第27页。
③ （南朝·梁）刘勰：《文心雕龙·知音》，见周振甫译注《文心雕龙选译》，中华书局1980年版，第299页。

把握存在着多么显见的个性差异。鉴于这样的例子大家都能方便地找到，这里就不准备"画蛇添足"地举例论证了。

第二个层次则是独特的创造性的设计艺术语言的选择、运用、组织。"艺术语言"是一个极具包容性的宽泛的概念，一般说只要带有符号性质的东西都可能成为艺术语言，而绝不限于我们通常所理解的说和写的语言文字。语言文字是文学的艺术语言，所以我们把文学称为"语言艺术"。其他各门艺术也都有自己的艺术语言，如绘画的艺术语言主要就是点、线、面、色，雕塑的艺术语言主要是材料肌理和造型，舞蹈的艺术语言主要是形体姿态和动作，音乐的艺术语言主要是声音、节奏和韵律，戏剧的艺术语言主要是人物的语言和行动表演，影视的艺术语言主要是画面和蒙太奇结构。书籍设计的艺术语言具有较强的综合性，几乎从各门类艺术中吸纳了能为己用的艺术语言。在书籍设计中有绘画的艺术语言（如点、线、面、色等的运用及其各种因素中的比例关系，甚至还包含独立的绘画作品，如用名画当封面画），有雕塑的艺术语言（如对纸张等材料的肌理的运用、对造型的讲究），有建筑的艺术语言（如讲究空间构造），有书法的艺术语言（如讲究字形字体的设计，讲究文字的变形处理，甚至直接采用书法名家的题字），有诗歌等文学的艺术语言（如讲究含蓄、抒情、意境等），有音乐、舞蹈的艺术语言（如强调节奏、流畅、韵律），有戏剧的艺术语言（如讲究结构的剧情化），有影视的艺术语言（如讲究运动的蒙太奇）。各门类艺术语言丰富了书籍设计的艺术语言，使书籍设计者在艺术语言的运用上有一个自由翱翔的广阔空间。

当然，因为目前的书籍主要还是纸张印刷书籍，所以书籍设计也主要还是一种视觉艺术，其艺术语言归根结底也是以视觉性的为主。虽然在国外已出现了有声、有色、有味、有立体感的印刷书籍，甚至出现了文字、图像、声音完美融合的电子信息化读物，传统的二维（就其为六面体而言也可说是三维）的书，变成了三维（真正有立体造型）、四维（加上声音）、五维（再加上气味）的书；但我国的书籍形态仍停留在信息的视觉单向传递的六面体印刷物的水平上，即使也有某些电子版的书，但其形式不过相当于印刷书籍的简单翻版，其变化仅表现在信息承载体的媒介上。因此，我国书籍设计的艺术语言主要还是视觉性的，虽然纸张等材料的肌质差异能产生某种独特的触觉感受，纸墨的淡淡清香也给人某种嗅觉体验，但是触觉、嗅觉语言的运用在大多数设计者那里还远不是自觉性的。虽然日本著名书籍设计家杉浦康平先生早就指出书籍有"五感"，但他所说的五感是着重在自然的意义上说的，而不是在书籍的创造性设计的意义上说的。何谓杉浦康平先生所说的"五感"呢？一曰重量感，西方的书如大理石一般沉甸，中国书则如羽绒般轻飘飘；二曰触感，纸张等材料的软硬、粗细唤起读者不同的触觉；三曰听觉感，不同纸质的书页翻动起来发出不同的声响；四曰嗅觉感，打开书本、纸墨之气味扑鼻而来；五曰视觉感，各种书有各种视觉形象。阅读一本书虽然自然会得到杉浦康平先生说的各种感觉，但不能因此就说它们都成为书籍的艺术语言了。只有当设计者在设计时有意识地运用时，它们才上升为设计的艺术语言。

虽然我国书籍设计者基本上还在视觉语言领域中翻腾，但是随着书籍形态从单向性信息传递的平面结构向横向、纵向、多向位信息传递的立体交叉结构的发展，我国书籍设计必然打破单一的视觉语言系统，向视觉、听觉、触觉、嗅觉、味觉多维综合的艺术语言系统发展。

书籍设计者在对书稿的艺术观照中形成了自己独特的艺术感受、体验、认识、理解，必然就会促使他寻找能够恰切表现、传达这些感受、体验、认识、理解的独特艺术语言。各种艺术语言都有自己的性格或说意味，只有首先对各种艺术语言的性格、意味有一个透彻的了解，然后才谈得上创造性地开发和运用。这里仅以色彩、线条、形状为例对书籍设计的艺术语言的性格、意味作一点简略的介绍。马克思在《政治经济学批判》中指出"色彩的感觉是一般美感中最大众化的形式"，所以色彩是书籍设计中最常用的艺术语言。色彩是有性格和意味的，或者说是具表情性的。而且，正如阿思海姆所言："说到表情作用，色彩却又胜过形状一筹，即落日的余晖以及地中海的碧蓝色彩所传达的表情，恐怕是任何确定的形状也望尘莫及的。"[①] 比如，蓝色具有抑郁而悲哀的意味，绿

---

① ［美］鲁道夫·阿恩海姆：《艺术与视知觉》，腾守尧、朱疆源译，中国社会科学出版社1984年版，第455页。

色具有平和而宁静的意味，红色具有热烈而奔放的意味，黄色具有明朗而欢快的意味；红、橙、黄给人温暖的感觉，青、蓝、紫给人寒冷的感觉；白色和黑色素朴而严肃，灰色则安详而舒适。线条也有自己的性格，比如垂直线显得挺拔有力，水平线显得平稳安定，斜行线显得骚动不安；直线表示力量、稳定、刚劲，曲线表示优美、柔和、运动，折线表示转折、突变、方向；粗线具有强劲感，细线具有秀丽感；浓线感觉重，淡线感觉轻；实线感觉静，虚线感觉动，等等。形状的意味也是明显的，如正三角形显得稳定、雄健，倒三角形则显得头重脚轻、沉沉欲坠；正方形给人方正刚直的感觉，圆形则给人完整圆满的感觉。总之，可用于书籍设计的各种艺术语言都有其性格和脾气，不摸透就难做到自由地创造性地驾驭它们。比如说一本书稿给设计者的感受是温馨、幸福，那么设计用色就应该以柔和的暖色为主；如果不尊重色彩的性格，硬要用阴冷、压抑的色彩，那么它就会和你"闹别扭"。正如贺拉斯说过的，"忧伤的面容要用悲哀的词句表达"，书籍设计者在对书稿的审美观照中产生了什么样的主观感受就要努力去寻找与之相适应的艺术语言来表达。

　　书籍设计者不是用某种艺术语言去简单、机械地"图解"书籍内容，而是从自己对书籍内容的独特感受出发，从自己心中的书籍设计理念出发，去选择、运用、组织艺术语言；那么，为他所选择、运用、组织的艺术语言就是他的"精神个体性"的对象化。从这个意义上说，书籍设计者不依傍和模仿他人，而是自由自觉在选择、运用、组合某种艺术语言，那就是他的独创，当然，在书籍设计艺术语言的运用上，其独创性更主要的是表现在建构一个与众不同的艺术语言系统。不仅相对于他人，一个书籍设计者应该具有自己独特的艺术语言系统，而且每一件具体作品的设计也应该具有独特的设计艺术语言系统。只有这样才称得上是独创，就如陆机所说的，"谢朝华于已披，启夕秀于未振"。前面提到的杉浦康平，其书籍艺术语言的运用是堪称自成一格的。他的书籍设计强调主题画面在三维空间中游动，即在勒口和封面之间、在封面、书脊、封底之间，甚至在整本书的内文之间游动，造成很强的视觉冲击力。尤其绝妙的还在于他常将看的文字、说的文字、被朗读的文字等各类文字通过活性化的组合，聚集在封面上，甚至挤于书的切口边沿上，然后再给文字上色，可以说他的设计充分发挥了文字的蕴含力。我国现代书籍设计的倡导者和开拓者鲁迅先生的书籍设计也是以文字为主角的，但相对于杉浦康平一，鲁迅先生追求的是简洁、单纯、朴素。他不像杉浦那样把各种文字以各种字形、各种排列方法聚集到封面上，而往往只是手书书名及作者名于封面上，以讲究的书法字配以简单的框线、图形及一、二种底色，显得素朴而典雅。鲁迅的艺术知音陶元庆的书籍设计在艺术语言的运用上又不同于鲁迅。他是以画面为主以文字为辅，当然其绘制的封面画又是十分个性化的艺术语言。丰子恺的书籍设计最多用的艺术语言是漫画，他所绘制的封面画以及书写的文字都透出浓浓的"漫"味。总之，虽然书籍设计的艺术语言无非就是点、线、面、色等，但是在有个性有创造力的书籍设计者那里，经过他们的具体演绎，就变成了独具其"精神个体性"的艺术语言了。

书籍设计者从对书稿进行"解释"而使书籍内容"心灵化"，到寻找到并创造出表现自己独特的审美感受的设计艺术语言，从而又把"心灵化"的东西"感性化"。这个过程就是创造的过程。在这个创造过程中，两个阶段是缺一不可的。只有把对书稿的独特的创造性的感受、体验、认识、理解与设计艺术语言的独特的创造性的运用结合起来、统一起来，才是完整的创造，才能最后呈现为创造性的书籍设计作品。同样一部交响乐如舒曼的《春》或贝多芬的《田园》，由不同的指挥家如李德伦、卡拉扬、小泽征尔钱君担任指挥，产生的演奏风格和韵味定然是各不相同的；同样一部书稿经过不同风格的书籍设计者的运作，其呈现在读者面前的也将是不同效果和不同感染力的书籍艺术。

当今时代是高扬个性的时代。每个人不再仅仅被看成是构成社会群体的一个分子，而是被看成独立的个体性的存在；每个人的存在价值不再仅仅被视为为社会群体效忠和服务，而是被视为其自身的历史具体性的活动过程本身。在这里，个体价值的凸显不以其与其他个体的共同一致性为基础，而恰恰以其差异性为标志。个体与个体之间不应该是依附与被依附、复制与被复制，而应该是互相异质确认和异态丰富。这就需要我们的书籍设计者充分释放自己的艺术生命能量，为读者为社会奉献出具有自我独立品格的书籍艺术。

但是，创造不是空穴来风，不是无本之木、无源之水。清新的创造来自传统的积淀。正如朱熹的诗所道明的，"问渠那得清如许，为有源头活水来"。书籍设计者应以创造为使命，但不能因此而否定对设计传统的积淀。

余秋雨《艺术创造工程》的封面上印着这样一段话："这是最屑小的工程，行动着的只是一只颤动的手；这又是最宏大的工程，横跨着渺渺千年，茫茫空间，扣动着古往今来无数人的心弦。艺术家们一只只颤动的手在写作、绘画、谱曲，这正是人类的历史和将来、个体和群体高度溶合的时刻。"这是余秋雨在读到欧洲当代著名艺术史家安德烈·马尔罗《沉默的声音》中的一段话而得到的对艺术创造工程的解悟。《沉默的声音》中的那段话是这样的："在那一个晚上，当伦勃朗还在绘画的那个晚上，一切光荣的幽灵，包括史前穴居时代的艺术家们的幽灵，都目不转睛地注视着那只颤动的手，因为他们是重新活跃起来，还是再次沉入梦想，就取决于这只手了。而这只手的颤动，几个世纪在黄昏中人们注视着它的迟疑动作——这是人的力量和光荣的最崇高的表现之一。"我们在这里之所以要重复地引下这两段话，是因为深感到书籍设计也是这样一个"最屑小"又是"最宏大"的工程。书籍设计者的手在设计时和画家在作画、音乐家在谱曲、作家在写作时一样，也会"颤动"，也会"迟疑"，因为他们在设计时既想到要不负"创造"的使命，又感觉到过去的书籍设计家"都目不转睛地注视着"他们。这似乎太难了，不由得要"颤动"，要"迟疑"。但是，然后呢？然后就必须坚定地把笔落下去，因为只有创造才能使厚厚的"积淀""重新活跃起来"，否则"积淀"的东西就只好"再次沉入梦想"了。

前辈书籍设计家的生命早已远逝，他们把光辉的生命留存在自己设计的书籍艺术里，但是，那凝冻在书籍设计作品中的生命，只有在今天的书籍设计家的创造中得到复活和高扬。因此，一个真正的现代书籍设计家，是多部书籍设计艺术史的积淀，是人类书籍设计从实用走向审美的漫长历程的层累。一个书籍设计者的历史积淀越厚，其书籍设计的创造力就越强旺。积淀在创造中复活，创造则在积淀中勃发。积淀的是共性，创造的则是个性。说到底积淀和创造的关系也就是共性和个性的关系。

书籍设计者何以能在独立自主的创造性设计中把书籍设计的过去和现在联结起来，把书籍设计的个体和群体融合为一体？这就要从书籍设计者的设计理念结构中去寻找解答了。因为在书籍设计者心里积淀着人类共同的书籍设计理念与民族的、时代的以及特定出版社的书籍设计理念。它们就像血液一样流淌在书籍设计者个体的设计理念中，实质上它们与集体的设计理念是一而二、二而一的关系。

人类共同的书籍设计理念，民族的、时代的书籍设计理念与出版社的书籍设计理念构成了书籍设计理念共性的三个层次。人类共同的书籍设计理念为最高的普遍性层次，民族的和时代的书籍设计理念是中间的类型性层次，出版社的书籍设计理念是较低的特殊性层次。

孟子说："口之于味也，有同嗜焉；耳之于声也，有同听焉；目之于色也，有同美焉。至于心，独无所同然乎？"人类有"所同然"的美感心理，也有"所同然"的书籍设计理念。人类共同的书籍设计理念就是遵循实用和审美相统一的原则、书卷气和广告味相统一的原则以及形式构造原则。

各民族的书籍设计又有各民族自身的设计理念，比如德国的书籍设计理念是严谨、合理而又不失机灵活泼，日本的书籍设计理念是新颖而古雅、东西方风格并举，英国的书籍设计理念是简洁、严谨、正统、不怕保守，美国的书籍设计理念是明快、强烈、注重广告味，法国的书籍设计理念是活泼、华丽、富绘画风，意大利的书籍设计理念是优美、新颖、粗犷与细腻相结合，俄罗斯的书籍设计理念是稳重、有力，中国的书籍设计理念是淡雅而有内涵、讲究东方气质。

各个时代又有各个时代的书籍设计理念。尽管各个民族的书籍设计发展历史是同中有异的，各自存在特殊性，但就总的趋势而言，几乎各民族书籍设计都经历过重版面轻封面（甚至无封面）—重封面轻版面—克服片面性注重整体设计的"三部曲"。比如中国古代的书籍设计就等同于版面设计（当然是包括字体字形等在内的广义的版面设计），因为当时根本就没有书的封面。我们今天从数万片甲骨书契中可以看到，甲骨片上的文字布局经历了一个从紊乱到规范、从随意刻写到整体设计的过程。金文版面设计以西周厉王时的青铜器"散氏盘"为例，可见出其版面位置的安排及书法味极浓的篆书字体的选择,都是经过精心设计的。简书出现后卷在最外面不写字的赘简可算是最早的封面,帛书卷首的绫子(缥)也可算是封面。纸书出现后,自卷轴装到经折装到梵夹装一直到线装,封面一般是极为简单的,或是所附的一张纸,或是一块夹板,到线装书稍好些,在蓝皮上题上书签,但基本是千书一面的状况。当然,偶尔也有例外。元代至治年间(1321—1323)建安虞氏所刻的《新全相三国志平话》的封面上印有图画,据说这是至今发现的世界最早的带图封面。但不管怎么说,在甲骨书至线装书这漫长的时期里,我国的书籍设计是不重封面的。自鲁迅倡导封面设计后,一直到现在,我国的书籍设计的主流观念是重封面轻版面,至于整体设计的观念还只是在少数先知先觉的出版家和设计家身上树立起来。大多数出版者和书籍设计者还停留在书籍设计即"画书皮子"的认识水平上。从出版社的角度看,一些大的正规的出版社是比较重视书籍设计的,而且还往往形成了特定的风格特色。如中国的商务印书馆的书籍在设计上以平静典雅为主调,三联书店的书籍在设计上以亲切、雅丽为主调,中华书局的书籍在设计上以柔和古雅为主调。

在书籍设计者个体的设计理念结构中,多层次共性与个性的关系是相互生发、相互规范、相互制约、互为因果的双向往复的辩证统一关系。一方面是书籍设计的共性理念积淀为个性理念。也就是说,最先产生与发展的普遍性——人类共同的书籍设计理念孕育、裂变出并规范与制约着类型性——民族的与时代的书籍设计理念,普遍性通过类型性又孕育、裂变出并规范与制约着特殊性——出版社的书籍设计理念,普遍性依次通过类型性、特殊性最后共同孕育并裂变出并规范制约着个别性——书籍设计者个体的设计理念。如此,书籍设计者个体的设计理念因为是由多层次共性设计理念依次孕育、裂变而来,所以也就依次积淀了多层次共性设计理念的内容,成了共性化的个性。另一方面,个性设计理念生发共性设计理念。首先是个性设计理念升华为新的特殊性设计理念,新的特殊性设计理念不断增长共性,上升为类型性设计理念,类型性设计理念进一步抽象而上升为普遍性设计理念。因此,共性设计理念积淀为个性设计理念,反过来,个性设计理念又升华为共性设计理念;个性是共性化的个性，共性又是个性化的共性。在书籍设计者的设计理念层次结构系统中，个性设计理念与共性设计理念是一而二、二而一的深沉同一。正因此，在书籍设计者的创造性设计中既联结了历史与现实，又融合了个体和群体，于是，书籍设计的传统在书籍设计者的具体设计中得到了延续，获得了新生。

"传统，不是已逝的梦影，不是风干的遗产。传统是一种时空的交织，是在一定的空间范畴内那种有能力向前流淌，而且正在流淌、将要继续流淌的跨时间的文化流程。"① 书籍设计传统不是作为现成之物由书籍设计者来继承，而是在书籍设计者的设计中呈现出来。书籍设计者在具体的创造性设计中理解着传统的进展并参与在传统的进展之中，使书籍设计传统在现实的设计活动中得到了进一步的发展。换言之，书籍设计的传统是流动于书籍设计的过去、现在、未来这整个时间性中的一种"过程"，而不是在过去已经凝固结壳了的一种"实体"。从实质上说，书籍设计的传统通过积淀向现实生成并向未来敞开，因而它永远处在设计之中、创造之中，始终是"尚未被规定的东西"。过去的书籍设计积淀在今天的书籍设计中才成其为传统，而今天的书籍设计积淀在明天的书籍设计中又成为明天书籍设计的传统。"传统"就一直在现实的创造中积淀着并流动着。

因为传统依靠积淀居守并活跃在创造之中，所以我们特别强调书籍设计的创造性。我们在张扬书籍设计的个性创造时，实际上也就对书籍设计的传统予以了充分的肯定。当然，我们期盼的是书籍设计能从传统的积淀走向现实的创造并且走向无限的未来。

五 结 语

从书籍内容与书籍形式的关系入手，我们依次讨论了书籍设计的整体与部分、艺术与技术、创造与积淀等关系，在对这些关系的阐述中寻求书籍设计的基本规律或说基本原则。我们之所以按照这样的顺序展开论述，是因为这正是书籍设计者进行具体的设计时所普遍遵循的逻辑顺序。书籍设计者接受设计任务后不可能马上进入书籍形式本体的营构，而是先要了

---

① 余秋雨：《艺术创造工程》，上海文艺出版社1987年版，第286页。

解设计对象——书稿（即书籍内容）。只有对设计对象有了较完整的认识并理清了书籍设计与设计对象在不同层面上的关系后，才能进入到书籍形式的设计环节。书籍形式设计是一个系统整体，由许多具体部分构成，因此不能不考虑整体与部分的关系问题。整体与部分的关系弄清之后就要考虑设计的方法问题，这就自然涉及了艺术与技术的关系问题。这些工作做完之后还要回过头来对自己的设计审视一番，看看"设计含量"高不高，值不值得奉送给读者，这就是创造与积淀的关系问题。

我们这里所讨论的四个方面主要针对文字六面体印刷书籍而言，因此我们不能不向自己提出下面的问题。随着高新信息技术的进一步开发利用与普及，印刷书籍虽然不可能完全退出历史舞台，但是必然受到电子书籍的强大冲击而从中心退居边缘。新的电子书籍的生产必然呼唤新的书籍设计理论，那么，我们在这里提出的书籍设计的基本规律还能为电子书籍的设计实践所需要吗？我们认为我们所提出并讨论的不是书籍设计的具体方法，而是根本性的规律和原则。所谓万变不离其宗，书籍设计的具体方法会不断变换和更新，但这些基本规律和原则却是永恒的，无论书籍概念如何发展，都不能违背这些基本规律和原则去设计。当然，这些基本规律和原则的内涵会随着设计实践的发展而不断被充实、丰富和完善。

最后想说的是，我们涉足的是一片正待开垦的处女地。对我们来说，它是陌生的、神秘的、充满危险的，我们只是尽力挥锄开挖，却不知能收获到什么。我们深知这实在是一种冒险，但我们心甘情愿，因为伟大作家雨果说：

未来属于书籍，而不是炸弹；属于和平，而不是战争。

（本人硕士学位论文，获广西师范大学优秀硕士论文。曾以《图书形式系统论》、《图书内容与图书形式的三重关系》、《图书设计：在艺术和技术的边缘上》、《创造：书籍设计者的使命》、《传播学视域中的当代书籍设计》为题，载于《桂林市教育学院学报》2000年第2期、《社会科学家》2000年第2期、《青海师专学报》2000年第2期、《编辑之友》2003年第4期、《社会科学论丛》2009年第1卷，其中《创造：书籍设计者的使命》又被2004年版《中国编辑研究》全文转载）

鲍德里亚:消费与消费物变成了符号

消费符号学理论必须追溯到让·鲍德里亚的《消费社会》,正是在该书中鲍德里亚看到并深入阐述了消费及消费物的符号化特征,鲍德里亚所说的"消费"不是基于"生物性欲望",而是基于"社会性欲望",恰恰是因为社会性欲望的没有止境使消费及消费物成了象征符号。

一 消费社会

鲍德里亚是当代西方马克思主义重要理论家。正如仰海峰所指出的,从马克思的"生产之镜"到他的"符号之镜",鲍德里亚走向了"后马克思"。该文想就他在《消费社会》中表述的消费符号学观点作一番阐述。

英国学者斯特里纳帝把社会划分成四种类型:低生产—低消费社会,即不发达的传统社会;高生产—低消费社会,即禁欲式的发展主义社会;高生产—高消费社会,即过度发达的享乐主义社会;高消费—低生产社会,即衰退中的寄生性社会。我认为,资本主义之前的社会——包括原始社会、奴隶社会、封建社会都属于低生产—低消费的传统社会,信奉新教伦理的自由资本主义时期是高生产—低消费的禁欲式社会,晚期资本主义则是高生产—高消费的享乐主义社会,至于高消费—低生产的寄生性社会事实上只是一种理论的假设,并不曾出现、存在过。晚期资本主义高生产—高消费的享乐主义社会,在加尔布雷思那里被称为"物质丰盛的社会",而之前的社会则是"物质匮乏的社会"[1]。

斯特里纳帝所谓高生产—高消费的享乐主义社会,亦即加尔布雷思

---

[1] [法]让·波德里亚:《消费社会》,刘成富、全志钢译,南京大学出版社2001年版,第37—38页。

所谓"物质丰盛的社会",在鲍德里亚那里被称为"消费社会"。他认为由于社会的不平等,在"物质匮乏的社会"对特权阶级来说可能同样意味着财富的过剩,在"物质丰盛的社会"也并不是对所有的人来说都意味着财富的过剩。"不平等"并未随着社会财富的增长和丰盛而消除。他说:"实际上,'物质丰盛的社会'与'物质匮乏的社会'并不存在,也从来没有出现过。因为不管是哪种社会,不管它生产的财富与可支配的财富量是多少,都既确立在结构性过剩也确立在结构性匮乏的基础之上。"① 因此他更愿意把社会区分为生产型社会和消费型社会。以生产为主导的社会即生产型社会,以消费为主导的社会即消费型社会。消费社会并不是只消费不生产的社会,而是因为高生产所以需要高消费、因为高消费所以推动高生产的社会。

二 鲍德里亚的"消费"概念与社会性欲望的满足

消费社会最重要的关键词就是"消费"。鲍德里亚是怎样理解"消费"的呢?他不是单纯地把消费看作物质的消耗,而是把消费看作建构意义的符号,看作重要的生产力,即"消费生产力"②。下面这段话,我认为是他对"消费生产力"的集中阐述:"关于消费的一切意识形态都想让我们相信我们已经进入了一个新纪元,一场决定性的人文'革命'把痛苦而英雄的生产年代与舒适的消费年代划分开来了,这个年代终于能够正视人及其欲望。事实根本不是这样。生产和消费——它们是出自同样一个对生产力进行扩大再生产并对其进行控制的巨大逻辑程式的。该体系的这一命令以其颠倒的形式——这正是其极端诡谲之处——渗入了人们的思想,进入了伦理和日常意识形态之中:这种形式表现为对需求、个体、享乐、丰盛等进行解放。这些关于开支、享乐、非计算('请现在购买,以后再付款')的主题取代了那些关于储蓄、劳动、遗产的'清教式'主题。但这只是一场表面上的人文革命,实际上,这种内部替换只是在一种普遍进程以及一种换汤不换药的系统范围内,用一种价值体系

---

① [法]让·波德里亚:《消费社会》,刘成富、全志钢译,南京大学出版社2001年版,第37—38页。
② 同上书,第13页。

来取代另一种（相对）变得无效了的价值体系而已。那种潜在的新的合目的性被抽空了真实内容而变成了系统再生产的强制性媒介。"① 鲍德里亚的论述让我们感到"消费的意识形态"是资本家们为顺利实现不断扩大再生产、不断增加赢利而巧妙设计的一个美丽的圈套或说温柔的陷阱。

鲍德里亚坚信，消费者表面上是为了满足自我需要而消费，实质上却钻进了资本家或生产商为了持续谋取商业利润的圈套中。因为"需求体系是生产体系的产物"②，在这个意义上说，消费是"消费生产力"。但是，"消费的意识形态"却不愿意直接承认这一点，而是要千方百计掩盖这个目的。它所采取的策略就是不像传统社会那样有意识地压制人的社会性欲望，而是激发、挑动人的社会性欲望，甚至制造人的社会性欲望。"就像亲缘系统并非建立在对血缘和血统关系、对某种天然条件的迫切要求之上，而是建立在某种任意的分类命令之上一样——消费系统并非建立在对需求和享受的迫切要求之上，而是建立在某种符号（物品/符号）和区分的编码之上。"③ "这并不是说需求、自然用途等都不存在——这只是要人们看到作为当代社会一个特有概念的消费并不取决于这些。因为这些在任何社会中都是存在的。对我们来说具有社会学意义并为我们时代贴上消费符号标签的，恰恰是这种原始层面被普遍重组为一种符号系统，而看起来这一系统是我们时代的一个特有模式，也许就是从自然天性过渡到我们时代文化的那种特有模式。"④

鲍德里亚强调当代"消费社会"的"消费"，并不看重消费对象的物质功用和消费主体的物质需要，看重的是等级化了的物品以及等级化了的消费所具有的社会区分功能——符号意义和价值。在消费社会，物品是"作为符号和差异的""深刻等级化了的物品"⑤，对等级化了的物品的消费自然也是深刻等级化了的消费。物品及其消费在隶属的社会等级或差异秩序中获得了相应的社会符号意义。由于人们是把特定的物品与

---

① [法]让·波德里亚：《消费社会》，刘成富、全志钢译，南京大学出版社2001年版，第74—75页。
② 同上书，第64页。
③ 同上书，第70页。
④ 同上书，第71页。
⑤ 同上书，第85页。

特定物品的消费当作特定的社会等级或差异的符号看待的，并且非常重视这种社会等级或差异的符号呈现，所以，属于上一个社会等级的人们往往不能忍受与下一个社会等级的人们发生符号上的混同。他们总是力求在消费的方式与消费的物品上将自己的地位和身份凸显出来。正因此，鲍德里亚所举的一个例子是令人深思的。一位老板有一辆梅塞德兹的车，后来他发现他的部下——一位商务代表竟然也买了一辆完全同型号的车，结果他把这位商务代表解雇了。为什么？因为他把他拥有的梅塞德兹车看作了他的身份符号，他不允许他的部下具有与他同样的身份符号，因为在事实上他的部下与他的身份是不同的——他们是上下级关系。这位老板的做法是太极端了，但是他的心理却可能是为许多身为他人上司的人所体验过的。

　　追求较高的社会等级，追求与众不同的个性和品位，我们可以把诸如这样的欲望看作人的社会性欲望。我们认为，人的欲望有生物性欲望和社会性欲望的不同。从生物学的角度说，一个人活下去所需要的物质量是很有限的——自然界的动物只需要一些简单、粗糙的食物就能维持生命，一个小孩可以被狼妈妈带大，这些事实就明确无误地告诉我们：人的生物性欲望是不难满足的。但是，从社会学的角度说，人总是在与别人以及与自己过去的对比中生活的，有比较就有差别，有差别就有竞争——底层阶级想追上中层阶级，中层阶级想追上上层阶级，同属一个阶层又想追求不同于他人的个性、风格、品位。人在社会中生活总是既需要一种群体归宿感又需要一种自我独立感，这就必然使人生的追求没有限度。换句话说，由于社会生活总处于变动之中，所以人的社会性欲望是一个永远也填不满的"无底洞"。人的社会性欲望是社会结构中普遍存在的社会不平等和社会差异所造成的。马克思提出的共产主义社会如果真正实现，那是消灭了这种社会不平等和社会差异的理想社会，但是，在这之前的所有形态的社会中，社会的不平等和差异是基本的社会现实。以不平等和差异性为特征的社会结构，必然激起人们追求较高社会等级和与众不同生活方式的巨大热情。"人往高处走，水往低处流"的俗语道出的就是这样一个真理。我们过去喜欢把"贪得无厌"说成是少部分恶人的"动物性"，其实，"贪得无厌"恰恰是不平等和差异的社会结构所造成的人的社会性欲望。"钱财身外物，生不带来死不带去"，但是人们还是那样渴望得到财富，而且是有了百万想千万，有了千万想亿万，没有止境。很显然这不是因为"生活必需"，而是为了凸显钱财所有者的社会地位和身份的社会性欲望在起作用。买私车的人们总喜欢谦逊地说"以车代步"罢了，如果仅仅是"以车代步"那是未必要买车的，"打的"也是"以车代步"。步行族盯着打的族，打的族盯着有车族，有车族盯着豪华车一族，豪华车一族盯着超豪华车一族，这个队列也是逐级在延伸的。可见，从步行到打的，从打的到开私车，从开私车到开豪华私车，从开豪华私车到开超豪华私车，在此升级序列中我们看到的也是追求较高社会地位和身份的社会性欲望的逐级膨胀。

在生产型社会里，占主导地位的"生产的意识形态"把人的社会性欲望转化为生产的热情。"生产的意识形态"鼓励人们在生产中发挥自己的能力和才华，表现自己的独创性，在生产活动中一方面通过一些机制把松散的人们组织起来，使个体人归宿于一个个生产集体，另一方面又通过一些机制，如体力劳动者与脑力劳动者的划分、管理层与操作层的划分、职称等级的设立、工资等级的区分、重在精神上的奖惩制度等，把具体的生产者互相区别开来。在生产的意识形态控制下，人们要想争得受人尊重的社会地位，就只能拼命向自己榨取，不断开挖自己的潜力，以向社会奉献来赢得社会的尊重。总之，在生产型社会人们竞相争当生产型英雄。20世纪五六十年代的铁人王进喜就是这样的英雄，新中国在几十年历程中评选出的许许多多"劳模"、"新长征突击手"、"三八红旗手"是这样的英雄，各个单位评选出的"先进生产者"、"先进工作者"也是这样的英雄。

在当今消费社会，"消费的意识形态"则把人的社会性欲望转化为消费的主动性和积极性，呼唤消费型英雄。在资本主义生产体系中，生产与消费两大环节互为前提条件，不能相互脱节；同样，在社会主义市场经济生产体系中，生产与消费也是互为前提、紧密关联的。怎样维护和推动资本主义生产以及我们的社会主义市场经济生产不断向前发展？在生产力不够发达因而商品不够丰盛的时代当然最首要的是发展生产力。但是，在生产力发展起来了，不是商品生产不出来而是商品太丰盛以至于销售不出去之后，又应该怎样继续推动生产向前发展呢？这就必须采取鼓励消费的策略了。因为高生产需要高消费，没有高消费就不可能维持高生产。于是从"生产的意识形态"占主导地位的时代走向了"消费的意识形态"占主导地位的新时代。"盲目拜物的逻辑就是消费的意识形态"①，消费的意识形态就是要让人们普遍成为拜物主义者，疯狂地去占有商品，浪费商品，用商品来做摆设，用消费来言说和表达。鲍德里亚认为，这样一来，消费在暗中从目的退化成了手段，从自律变成了他律。"作为社会逻辑，消费建立在否认享受的基础上"，"消费被规定为排斥享受的"，"享受会把消费规定为自为的、自主的和终极性的。然而，消费从来都不是如此。"②显然，鲍德里亚认为当代意义上的消费的动机不是由内而外产生的，而是由外而内制造的。借用阿尔都塞的术语，消费需要不是真实的需要，而是"虚假的需要"。在鲍德里亚的观念中，只有出于真实需要的消费才谈得上享受，出于虚假需要的消费则是"排斥享受的"。

而且，没有尽头的社会性欲望或说"虚假需要"构成了消费的语言，它规约着人们的具体消费，赋予消费以特殊的语义。人们说话——言语，是并不如想象的那样随心所欲的，需要受到语言规则约束（所谓不是人说话而是话说人），消费也并不是消费者完全自由的个人活动，消费也有消费的一套语言规则，个人的消费活动作为具体的言语活动必然受制于消费的语言规则。"流通、购买、销售、对作了区分的财富及物品/符号的占有，这些构成了我们今天的语言、我们的编码，整个社会都依靠它来沟通交谈。这便是消费的结构，个体的需求及享受与其语言比较起来只能算是言语效果。"③ "一旦人们进行消费，那就决不是孤立的行为了（这种'孤立'只是消费者的幻觉，而这一幻觉受到所有关于消费的意识形态话语的精心维护），人们就进入了一个全面的编码价值生产交换系统中，在那里，所有的消费者都不由自主地互相牵连。"④ 表面上个人的消

---

① ［法］让·波德里亚：《消费社会》，刘成富、全志钢译，南京大学出版社2001年版，第46页。
② 同上书，第70页。
③ 同上书，第71页。
④ 同上书，第70页。

费是出于自我真实的内在需要而采取的完全个人化的行为,事实上消费者具体的消费行为处于多层次的、等级化的消费结构之中。消费结构是一个"编码价值生产交换系统",即符号系统或意义系统,在这个系统中一个人的消费与前后左右的人们的消费相互联系又相互区别而获得自身的符号意义和价值。就是说,具体的消费在消费结构中是分属于不同的级次和类别的,而其所属级次和类别就廓定了其符号性质及其符号意义。消费无法脱离"消费的结构",不能不纳入消费结构之中,所以一个人的消费不是孤立的,而是关联着其他人的消费的,正是在与其他人的消费的对比联想关系中生成了这一消费的社会符号意义。当消费需要超越生物性需要上升到社会性需要之后,消费就会变成无止境的运动。只要消费无止境地运动着,生产也就会同样无止境地运动着,资本家或说生产商也就能够无止境地赢利下去。

三 符号的消费与消费的符号化

既然消费不仅仅是物质的消耗,不仅仅是满足生理的需要,而更是符号的建构和符号的操作,那么,对于消费者来说,商品的价值主要就不是其使用价值,而是其符号价值了。早在《物体系》一书中,鲍德里亚就已经有这种认识,他指出:"消费并不是一个单纯的、满足需求的'被动'程序,而是一种'主动'的关系模式(不只是和物品的关系,也是和集体及世界的关系),一种系统性的活动和全面性回应,而我们文化系统的全体便是建立在它之上。此一消费的'主动'定义为物体系向符号体系的转化程序所支持。也就是因为物品已被转变为由符号指涉能力的实质——而不只是满足需要的物质——这时消费也就成为'对符号的系统性操弄活动。'如此,消费仿佛是透过物的实际使用,进行一种类似写作/解读的工作。"[①] 传统意义上的"消费",即那种"单纯的、满足需求的'被动'程序",当代意义上的"消费"是与物品、群体及世界的一种"'主动'的关系模式",也就是一种积极、有利的符号关系的

---

① [法]尚·布西亚(即让·波德里亚):《物体系》,林志明译,上海人民出版社2001年版,第258—259页。

建立。就是说，鲍德里亚认为，只有当消费者不是仅仅为满足物质性需求——即生物性欲望去消费，而是在满足物质需求之外积极建构与群体以及与世界的符号关系——即社会性欲望时，这样的消费才是他所关注的消费或说真正的消费。在这样的消费中，物品/商品不仅仅被当作物品/商品来看的，也被当作符号来看的，消费不仅仅是消费物品/商品的使用价值，也是消费其符号意义/符号价值，消费不仅仅是物质消耗过程，还是符号活动过程。人们"主动"消费就是主动言说、表述，建构自己的某种特殊身份、地位、品位、个性、形象等，就是追求精神性的意义和价值。消费不仅是满足人们的生物性需要，而且是满足人们的社会性需要。在这里，鲍德里亚既看到了物品的使用价值又看到了其符号价值，强调消费的二重性。对此，李思屈教授曾写了《广告符号与消费的二元结构》一文作过发挥。文章说："现代消费中，人们对小汽车的使用，对豪宅的向往，对某种饮料的选择，对名牌、精品的偏爱，便无一不表明消费结构的二元结构：它既是对物质的消耗，又是对符号的占有；既有物质效用的一面，更有象征意义的一面。现代商品绝不是仅仅对人们生理需要的满足，它更是对某种社会身份的确认，某种生活意义的满足。"① 一种物品原本就是一种物，其作为符号的意义和价值往往是由广告建构起来的。物质匮乏时代的广告注重功能宣传，诉诸消费者对使用价值的需求，物质丰盛时代的广告注重品牌宣传，诉诸消费者对符号意义和价值的追求。

相对于物品的使用价值，鲍德里亚更重视其符号价值。他从符号学的角度来理解消费，偏重物品以及对物品的消费的符号价值。在他那里，消费的实质就是把特定物品当作特定的符号来使用的积极的符号操作活动，消费就是对物品所象征的符号意义和价值的积极追求。"物品在其客观功能领域以及其外延领域之中是占有不可替代地位的，然而在内涵领域里，它便只有符号价值，就变成可以多多少少被随心所欲地替换的了。因此洗衣机就被当作工具来使用并被当作舒适和优越等要素来耍

---

① 李思屈：《广告符号与消费的二元结构》，《西南民族学院学报》（哲学社会科学版）2000年第5期。

弄。而后面这个领域正是消费领域。在这里，作为含义要素的洗衣机可以用任何其他物品来替代。无论是在符号逻辑里还是在象征逻辑里，物品都彻底地与某种明确的需求或功能失去了联系。确切地说这是因为它们对应的是另一种完全不同的东西——可以是社会逻辑，也可以是欲望逻辑——那些逻辑把他们当成了既无意识且变幻莫定的含义范畴。"① 这里的"社会逻辑"就是指社会的等级结构与差异结构，"欲望逻辑"就是人们基于对社会等级和差异结构的认识而产生的追求较高等级身份、独特个性品位等的欲望，也就是我们所说的"社会性欲望"，而"符号逻辑"和"象征逻辑"在这里是等义的。当洗衣机还没有普及，还是稀缺物品的时候，在购买洗衣机的人们那里，无疑，洗衣机不仅仅被当作工具使用，而且是被当作符号/象征使用的，即用它来表征/象征生活的"舒适和优越"。当洗衣机被当作一个符号或一个象征使用的时候，与它本来的洗衣功能是毫无关系的，而与当时社会中还很少家庭拥有洗衣机、绝大多数家庭只能是做"洗衣机梦"的社会逻辑相关。洗衣机还稀少的时候，固然可以用洗衣机来象征"舒适和优越"，而当家家户户都用上洗衣机的时候，那就要改用昂贵的名牌洗衣机来象征"舒适和优越"了，或者要用别的暂时还稀少的商品——比如手机，甚至是大面积、精装修的住房，再甚至是风格化别墅和高档汽车来象征"舒适和优越"了。时代在发展，社会在变化，不同时期有不同的生活"舒适和优越"的标准，也就需要不同的消费品来充当"舒适和优越"的符号。一句话，一件消费品具有怎样的符号意义和价值，不是由它的物质功能决定的，而是由它所处社会的结构以及在这种社会结构中人们的普遍的社会性欲望决定的，就是说，消费中的符号逻辑/象征逻辑表征的是一种社会逻辑或欲望逻辑。在一个社会中，人们普遍想要而普遍得不到的东西，就会成为人们竞相追逐的符号。

经过上述分析，我们可以得到如下结论：在鲍德里亚的思考中，消费是指向社会地位、社会身份、社会差异的消费，消费成了社会地位、

---

① [法] 让·波德里亚：《消费社会》，刘成富、全志钢译，南京大学出版社 2001 年版，第 67 页。

身份、差异的符号。消费就是把消费及消费的物品都变成符号的消费。这是一种消费符号的消费，也是一种符号化的消费。不是物品的使用价值，而是物品的符号价值吸引着人们去消费，消费是对符号的象征意义的追逐。鲍德里亚从符号学角度解释当代意义上的消费，形成了"消费符号学"或者说"消费的社会符号学"。既然消费是受符号统治的消费，那么消费社会实质就是符号社会。

（原载《社会科学论丛》2009年第1辑）

文学活动观的嬗变与辨正

我们认为文学理论的研究对象不是通常所认定的"文学"或"文学现象",而是整个文学活动。文学从来不是抽象的存在,而是存在于具体、生动的文学活动中的;文学现象也不是孤立地发生,而是在文学活动中发生的。离开了具体、生动的文学活动,就无法理解文学和文学现象。

一 文学活动观念的嬗变

其实,自从有了文学活动,人们就开始了对文学活动的理性思考。人们的思考从不自觉到自觉,从局部到整体,从片面到全面,从粗浅到精深。这样,人们对文学活动的认识和理解就历史地发展变化并逐渐走向了完整和科学。

(一)文学活动即文学创作

把文学活动看作文学创作,这是最古老、最传统、最质朴的文学活动观。在漫长的古代中西方文论中找不到"文学活动"这个词,当然也不可能有从总体上探讨文学活动的性质、构成、地位等的专门性的著作、论文。但是,通过对古代中西方文论的考察、分析,不难看出当时占主导地位的文学活动观就是把文学创作活动看作文学活动的全部。这种文学活动观认为作家观察、体验、感受、思考、认识现实生活世界,创造出或偏于再现或偏于表现的文学作品,就完成了文学活动的全过程。在此活动过程中,现实生活世界是起点,作家是把现实生活世界转化成文学作品的核心和关键,文学作品的创作完成则理所当然地是这一活动过程的终结。这是一个从世界到作家再到作品的单向线性发展过程。持这种文学活动观的文论家的文论从总体上说就是一种文学创作论。完整的文学创作论往往包括文学与生活关系论(即文学本质论或本体论)、作家素养论、创作规律（含技巧、法度等）、作品构成及审美特征论，至于读者接受论则在他们的理论视野之外。

我们先看看中国古典文论的情形。中国古典文论家就文学创作活动提出了相当丰富的、重要而独特的命题，如"道之文"、"道之形"、"文以载道"等是文学本质论，"虚静"说、"养气"说、"才胆识力"说、"童心"说等是作家素养论，"立象尽意"、"凭虚构象"、"兴会"、"兴象"、"神思"、"妙悟"、"性灵"、"以少总多"、"万取一收"、"以形写神"、"虚实相生"、"穷情尽象"、"因内符外"等是创作规律论，这方面的论述尤为多，"意象"、"意境"、"文气"、"素朴"、文与质、辞与理等则是文学作品论。在中国古典文论中，文学创作论比比皆是，像孟子、刘勰等人从文学创作论延伸到文学接受论的文论家不是说没有，应该说也有不少，如严羽、谢榛、王国维等人的诗话、词话等，但在多数文论家的意识中缺少把文学赏评活动看作与文学创作活动同属文学活动的"自觉"。所以，很少有人像重视作家的能动创造性那样重视读者的能动创造性。像"诗无达诂"、"六经注我"这样一些重视读者能动创造性的见解在当时只能是少数人的声音，是要称为"先锋"文论的。"曲高和寡"，它们在当时没有也不可能引起普遍的共鸣。

西方古典文论在这方面的情形与中国古典文论基本是一致的。西方古典文论家的旨趣也是着重发掘文学创作的规律性的东西，也很少有人把文学接受活动的意义纳入自己的理论视野而加以深究的。赫拉克利特、德漠克利特等提出的"摹仿"说，柏拉图的"灵感"说，普洛丁的"构思的心灵"说，阿伯拉尔的"唯情"说，达·芬奇的"镜子"说，布瓦洛的"三一律"说，狄德罗的"想象虚构"说，维柯的"诗性智慧"说，康德的"天才"说，黑格尔的"典型"说，托尔斯泰的"表现"说，别林斯基的"形象思维"说，等等，都是文学创作论。照法国蒂博代的说法，西方一直到20世纪才有真正的文学批评，而美国的雷奈·韦勒克更是认为20世纪才是批评的世纪。其实，把文学活动囿于文学创作的范围不仅是古人的"浅薄"之见，就是在今天也还是有它的市场的。现在还有不少人一说到文学活动就敬而远之，以为那是什么"天才"和什么"家"的专利，与自己这等普通人离得太远了。

应该说，文学创作是文学活动的最基本的方面，但是简单地把文学创作与文学活动相等同，则是片面和狭隘的。这样理解文学活动容易产生五种误导。

其一，误导作家自我膨胀，妄自尊大，盲目自信，自以为是，结果在孤芳自赏中不知不觉地萎缩了艺术创造力。把文学活动等同于文学创作，意味着赋予作家非同于一般人的荣誉和特权，同时剥夺了其他人参与文学活动的自由和权利。你给作家头上戴上了灵光圈，作家自己还能不感觉成了圣人乃至神人？作家也许太喜欢人们在想象中把他们神化了，给他们编造种种神话，以保持他们以及他们的作品的"光晕"效果。但是，作家们如果高居神坛上，不愿走进现实生活世界里细心地观察、倾听和思索，那恐怕即使是再大的"天才"也写不出有价值的作品来的。

其二，误导人们把创作神秘化。创作固然有其特殊规律，不同于锄草挖地之类的简单劳动，也不同于一般的物质生产，但它毕竟也是生产，也要遵循生产的一般规律。创作活动是有意识的创造活动，但也有无意识的作用；有理性的一面，也有非理性的一面；有明确的方向性，也有偶然的突变性。过分强调意识、理性、目的性、方向性而无视其特殊性不可；但是，过分强调无意识、非理性、无目的性、偶然性而将其神秘化，也不可。你越把创作说得神秘莫测，作家就越可能在一旁偷着笑，他们会笑你的无知和瞎奉承。

其三，误导人们把对作品的唯一解释权交给作家。从一方面说，作品确实是作家的产儿，作家对自己的作品最具发言权。从另一方面说，作品一旦脱离了作家这个母体，它就有了自己新的存在环境，它就成了一个相对独立自足的客观存在，它就获得了与其他人交往、交流的权利，从而不断地被解释和再解释并因此不断地生成意义。

其四，误导人们认为作品的思想意义不用读者参与而客观具有并永恒不变。似乎作品的思想意义明明白白摆在那里，等待着读者的到来并一视同仁地奉送给大家。实际上这里是存在着"仁者见仁、智者见智"的明显差别的。读者读作品绝不是被动地受到影响的，而是主动地接受影响的；读者所得到的东西不是被"给"的，而是自己去"发现"的。

其五，误导读者放弃主动的参与态度和积极的求索、思考。读者本来和作家一样是活生生的人，是有自己对生活和艺术的感受、认识和理解的，因而是可以而且应该对作品有自己的解读的。但是，既然作品的内蕴被看成是现成的、等着奉献的礼物，自然也就用不着读者花费苦心去寻觅了。久而久之，习惯变成自然，读者就会自动放弃自己的权利，把自己变成一个盛水瓦罐之类的东西。

（二）文学活动是从文学创作到文学接受的整个过程

这种文学活动观是在修正前一种文学活动观的基础上产生的。它实际上把文学活动划分为两个相接承续的环节或阶段：一是文学创作，一是文学接受。文学创作是前提和基础，文学接受是目的和归宿。也就是说，作家创作的直接目的是文学作品，但是间接目的而且是最终目的则是满足读者的需要。这样，作家就不是"为艺术而艺术"了，而是为读者、为社会而创作了。不仅仅是作品成就了作家，而且也是读者和社会成就了作家。

这种文学活动观较之前一种文学活动观，最明显的进步在于把文学接受活动纳入了整体的文学活动之中，读者在文学活动中的重要地位和作用开始显现出来。这种文学活动观是中西方古已有之的，只是到现阶段才为我国文学理论界的不少人所接受和坚持。

把文学活动从文学创作延伸到文学接受，其突出的积极意义在于：

第一，有利于打破文学活动的"神话"。把文学活动限定在作家创作活动范围之内，把广泛的文学活动变成了少数作家的高智力游戏，实际上是有意无意间把文学活动"神话"化了。但文学活动毕竟不是神话，不是高不可及的东西，而是普普通通的广大读者都能而且都实际地参与其中的一种活动。如果说文学创作是少数人的事，那么文学接受则是大多数人的事。而且，正因为文学接受活动也是文学活动，我们才说文学活动已越来越成为人们日常生活活动的一部分了。在现代知识家庭中，两三岁的小孩就背得李白"床前明月光"、孟浩然"春眠不觉晓"、杜甫"两个黄鹂鸣翠柳"等优美诗句了。而影视艺术的普及更是使目不识丁的白发老太太都直接受到了影视艺术中文学因素的熏陶。无论是小孩子背诵唐诗还是老太太们观看影视，尽管他们自己并不自觉，但事实上他们都已经介入文学（艺术）活动中来了。广泛的文学接受活动使我们不得不承认文学（艺术）正在走进我们的生活，丰富着我们的生活，美化着我们的生活，同时，文学也从陌生而变得熟悉以至于相当亲切了。

第二，有利于打破文学作品的封闭性。在没有引入读者接受活动之前，作家创作出的文学作品不是自动向读者开放的，而是自我封闭的，它是一个相对自足而稳定的结构。它不召唤读者循着自己的解读路线踏出一片不同的世界，而是叫读者等着接受它早已准备好了的施舍物。它以一种不偏不倚、不亲不疏的公正姿态昭示着它的高贵，然后又在高贵掩藏下冷漠地拒绝读者友善而独特的探访。其实，一旦进入读者积极、主动的接受活动之后，文学作品就不由自主地让读者揭去了神秘的面纱，而在读者面前尽情地展示出它的千般柔情和万种风情。

第三，有利于让读者大显身手。文学接受活动被排斥在文学活动之外，读者纵然有高强武艺也不得不哀叹英雄无用武之地。而今读者被接纳为文学活动的一分子，并拥有了生发作品意义的主动权，那就如同"海阔凭鱼跃，天高任鸟飞"，读者就可以在文学作品所提供的天地间自由地翻飞了。读者带着自己固有文化和审美的"期待视域"到文学作品中去寻找精神的对应，又以此去重新建构文学作品中的世界和意义，最终又被文学作品打破自己原有的"期待视域"，更生为新的"期待视域"。在与文学作品的积极交流过程当中，读者既在重新创造着作品，又在重新塑造着自我。

以上是"世界—作家—作品—读者"文学活动观的积极意义。但是，这种文学活动观与前一种文学活动观一样，主张的仍然是一种单向线性发展的活动过程，因而是一种机械的文学活动观，还不是一种辩证的文学活动观。

（三）文学活动是文学创作和文学接受的双向互动过程

这种文学活动观不仅认为文学活动是从文学创作到文学接受的全过程，而且认为文学创作和文学接受是双向互动的关系。一方面，文学创作带来文学接受，即有什么样的文学创作就会引起什么样的文学接受；另一方面，文学接受又推动文学创作，即有什么样的文学接受需要就会引起什么样的文学创作。整个文学活动是两个相反相成的活动过程的统一，顺向是从文学创作到文学接受的过程，逆向是从文学接受到文学创作。两个过程首尾相连形成一个循环往复的交流圈。这样，相对于把文学活动理解为从文学创作到文学接受的单向线性发展过程的文学活动观，明显具有一种辩证的品格。

这种文学活动观作为一种辩证的文学活动观，其主要贡献在于不是把文学创作和文学接受看作只存在前后关联的两个相对分离的阶段，而是把它们看作互为因果、互为首尾、紧密联系、相互作用而形成的一个文学活动整体。如果仅仅认为文学活动先有文学创作活动后有文学接受活动，如此单向发展，那就意味着只有文学创作对文学接受的制约而没有文学接受对文学创作的作用，而且永远是创作在前接受在后，创作是因接受是果。

这明显是机械的单向线性思维的结果。而辩证地看，文学创作引起文学接受，文学接受也能引起文学创作。并非文学创作绝对是原因，是前提，文学接受也可以是原因，是前提。无论是文学创作还是文学接受，它们作为文学活动整体中相互关联和制约的部分，相互引发着也相互包容着。也就是说，一方面文学创作活动内含着文学接受活动，因为文学创作成果——文学作品中存在着许多空白、空缺及不确定性，它们成为一种"召唤结构"或者说"隐在读者"（接受美学家伊瑟尔语）；而另一方面文学接受活动又内含着文学创作活动，因为文学接受要通过想象把作为抽象的"图式化"（现象学美学家英伽登语）结构的文学作品的"不定点"和空白"具体化"（英伽登语）。从把文学活动等同于文学创作活动，到把文学活动看作文学创作活动和文学接受活动前后两个阶段，再到把文学活动看作文学创作和文学接受的双向互动过程，这应该说已经实现了文学活动观念的"三级跳"。但是，在我们看来这仍然是不够的，这还不能算是全面、科学的文学活动观。

二 全面科学的文学活动观

那么，什么是全面而科学的文学活动观呢？这得让我们从两个层面上来细加分析。

(一) 文学活动的四元构成论

前面说到的三种文学活动观实际都看到了文学活动是由世界、作家、作品或再加上读者等因素构成的，但是明确提出文学活动四要素构成论的是美国当代文艺理论家 M. H. 艾布拉姆斯。他在《镜与灯——浪漫主义文论及批评传统》一书中具体阐述了文学活动四元构成的观点。他明确指出构成文学活动整体的是世界、作家、作品、读者。这四大元素双向交流、循环往复作用而形成整体的文学活动。

艾布拉姆斯的文学活动四元素构成理论和现象学美学、解释学美学、接受美学以及解构主义美学有关文艺的论述，开阔了人们的视野，使人们逐渐认识到：首先，从世界到作家到作品的文学创作活动的完成并不是文学活动的终结，而仅仅是文学活动的开始，随之而来的是文学接受活动。其次，文学活动不仅包括从文学创作到文学接受的顺向流程，而且包括从文学接受到文学创作的逆向流程。再次，文学活动不仅把世界、作家、作品、读者各大元素联系起来，而且使各个元素之间形成特殊的交往、交流关系。在整个文学活动系统中，我们可以清楚地看到作家与世界的相互交流，作家与作品的相互交流，作家与读者的相互交流，读者与世界的相互交流，读者与作品的相互交流，作品与世界的相互交流，作品与作家、读者、世界的多维度多向度的网络化交流。我们可以把这个复杂的文学活动系统表示为图1。

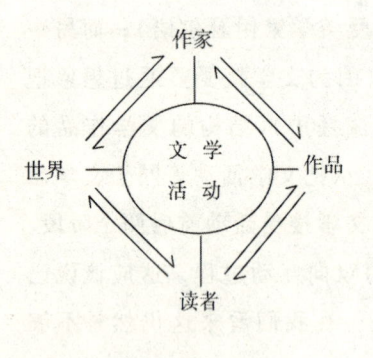

图1

在这里，不仅整体的文学活动是一个系统，文学活动中的世界、作家、作品、读者各元素本身也是一个系统。它们在文学活动大系统中是元素、是环节、是部分，但就它们本身而言，它们又是多质多层次多方面的系统，是大系统中的小系统。文学并不静止地存在于哪一个系统中，而存在于各系统间既相联系又相区别、既相冲突又相融合、既相矛盾又相统一的不断运动着的对话、交流活动之中。就文学创作而言，文学既不在客观现实世界，也不在作家主观世界，而在作家主观世界与客观现实世界的审美交往、交流活动之中。就文学接受而言，文学既不在客观存在的文学作品中，也不在读者现有的"期待视域"之中，而在读者"期待视域"和作品世界的交流融会之中。就整个文学活动而言，文学既不单纯存在于文学创作中，也不单纯存在于文学接受中，而在于文学创作与文学接受的相激相荡之中。

通过对文学活动系统的考察，我们可以得出如下的结论：文学活动是发生在世界、作家、作品、读者所构成的系统中的一种特殊的审美交流活动。文学不在任何别的地方，就在这四元构成系统中的审美交流活动之中。更直接地，文学不是作为某种物和某种成品而存在的，而是作为活动、作为世界、作家、作品、读者相互之间的审美活动而存在的；文学也不是某种永恒不变的形而上学的东西，而就是这样一种具体、生动的审美活动。

至此，我们是否已经可以说对文学活动作出了全面而科学的阐释了呢？我们认为上面分析的文学活动还仅仅是人们最容易体察得到、最常介入其中、最习惯于接受和认可的文学活动。

（二）亚文学活动：文学研究活动

严格说起来，文学活动是在两个层面上并行展开的。一个层面就是以世界、作家、作品、读者为基元而展开的文学创作和文学接受双向互动的活动系统；另一个层面则是从文学接受活动中生发出来的文学研究活动系统。

处于第一层面的文学活动中的文学接受活动是指一般读者的阅读欣赏活动，是和文学创作相近的再创造活动，是形象化想象性质的。艾布拉姆斯、英伽登、伽达默尔、尧斯、伊瑟尔等人对文学活动的思考基本就到此为止了。

如果，沿着他们的基本思路再继续追问下去，我们就会发现从文学接受活动中又引申出了另一个文学活动系统。虽然大多数读者的文学接受活动停留在形象化想象的高度，但是其中一部分读者却把文学接受提升到了理性思考和研究的高度，如文学批评、文学史研究、文学理论研究，并把他们的理性思考和研究成果写成著作和文章，这便成了文学理论创作。

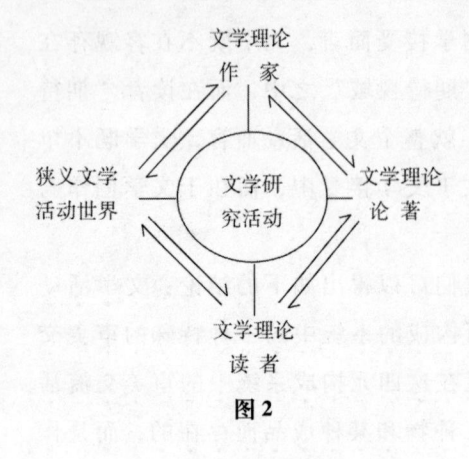

有文学理论创作活动就会从中延伸出文学理论接受活动，如此循环往复就会形成文学理论创作和文学理论接受的双向互动流程。这就构成了第二个层面的文学活动，即文学研究活动，我们姑且称之为"亚文学活动"。对这一层面的文学活动系统，我们也可以表示为图2。

图2：文学研究活动，周围为文学理论作家、文学理论论著、文学理论读者、狭义文学活动世界。

与第一层面的文学活动系统一样，这一层面的文学活动的诸要素——狭义文学活动世界、文学理论作家、文学理论论著、文学理论读者等之间，也是多维度多向度的网络交流关系。

我们为什么说文学研究活动也是一种文学活动呢？这绝不是毫无根据的妄断。我们认为文学到底是关于文学的，而不是关于政治、经济、法律、社会、自然等别的什么对象的。根据马克思关于"人的本质对象化"的理论，人的本质可以在对象上得到确证，人的本质也应该可以在对象上得到说明或规定。研究文学的活动虽然不能等同于狭义的文学活动，但应该肯定它属于广义的文学活动。

美国当代著名文学批评家、耶鲁学派主将之一杰弗里·哈特曼在其《荒野中的批评》、《横渡：作为文学的文学批评》等论著中在消解文学批评与文学的界限方面所作的努力，对我们更具有直接的启示作用。"应当把批评看作是在文学之内，而不是在文学之外。"[①]

他对此所陈述的理由正可以启示我们阐述整个文学研究活动作为一种文学活动的理由：

首先，文学研究与文学创作一样具有创造性。文学理论接受与文学接受一样具有再创造性。它和文学作品一样具有创造性，"因为所有的批评都必定需要一种再思考，这种再思考本身就是创造性的，其他的人也

---

① 朱立元主编：《当代西方文艺理论》，华东师范大学出版社1997年版，第321—322页。

认为它是创造性的"①。其实，文学批评、文学史及文学理论研究等所有文学研究都应该是创造性的，它们都要调动人的思维和想象，都带有研究者个性特征，都应该有个体的风格。文学理论接受者也不搬现成理论观点，而总是有自己的理解和改造的。

其次，文学理论论著并不完全排斥情感，相反，也应尽可能打动接受者情感。像艾略特的文学著作《神圣的丛林》对于批评和诗与宗教的关系的论述就是充满激情的、十分感人的。中国古代陆机的《文赋》也是一篇热情奔放的文学理论文章。现在，许多文学研究专家倾向于贯注强烈情感来写作理论文章，文学理论著作表现出明显的抒情化倾向。

再次，文学理论论著可以采用文学作品的形式，达到内容上的理论性与形式上文学性的统一。中国古代文学理论的著名篇章《文赋》、《文心雕龙》等都是以赋文或骈文的形式写成的，杜甫的《戏为六绝句》等诗，许多的诗话、词话著作基本是散文体。现代的文学随笔形式也是融理论性与文学性为一体的。德里达的《丧钟》、巴尔特的《恋人絮语》虽是理论著作，但看它们的标题却像是小说和散文诗。

最后，我们判断一种文本或活动是文学、文学活动还是非文学、非文学活动，往往是依据心里的习俗和惯例，这种习俗和惯例是约定俗成的，没有明晰的界定。读惯了传统小说的人往往自觉不自觉地运用心里有关小说的习俗和惯例去否定现代派和后现代派小说是小说，但当读多了现代派与后现代派之后又会把现代派和后现代派小说纳入小说习俗和惯例中，而承认它们也是小说。对于文学理论文章和文学研究活动也是这样，人们起初因受习俗和惯例的限制，可能很难把它们当作文学作品和文学活动来看待，但是久而久之就很容易认同它们是一种"作品"和文学活动了。

应该指出的是在我国文学理论家是被当作作家看待的，文学研究活动也是被当作文学活动看待的。作协会员有理论家，作协机构有理论部就是明证，只是没有人从理论上为其正名罢了。

---

① 朱立元主编：《当代西方文艺理论》，华东师范大学出版社1997年版，第322页。

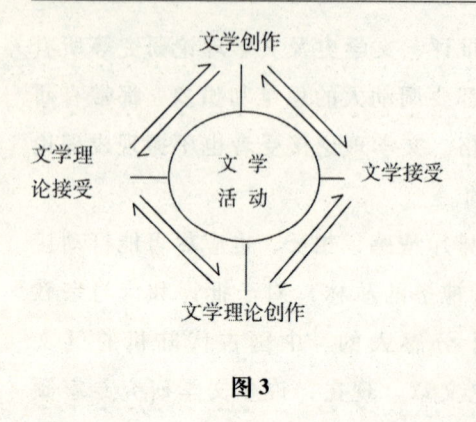

我们把文学研究活动看作一种宽泛意义上的文学活动,无意抹杀它们之间的区别,而是希望人们能够发展地、辩证地理解文学活动。既然文学研究活动继发于狭义的文学活动之后,也是文学活动,那么我们就可以把狭义文学活动和文学研究活动看作前后相连、相互联系和相互作用的两个环节。并由它们构成完整的文学活动。因此,我们最终可以把文学活动系统表示为图3。

我们认为图3所示才是对文学活动全面而科学的揭示。此图所示的文学活动的方方面面以及它们所构成的文学活动整体就是文学学所要研究的全部对象内容。

(原载于《桂林师范高等专科学校学报》2001年第3期)

论文学语言的特性

文学是语言艺术，离开文学语言就没有文学作品。文学语言既是文学作品呈现的外在形式，又是和读者直接发生联系的层面，无论对于文学创作活动还是对于文学接受活动，都具有极为重要的意义。正如高尔基指出的："文学的第一个要素是语言。"① 因此，面对文学作品，我们首先要提问的是：文学语言相对于一般语言和其他艺术的"语言"，具有怎样的独特品性？

一 文学语言和一般语言

文学语言不同于一般的科学语言和日常生活语言。

语言的一般特性是表意性和表象性。表意性是指语言与思想的直接关联性，也就是人们通常说的，语言是思想的外壳。一般说语言符号是"能指"和"所指"的统一。"能指"是语音，"所指"就是语音所表达的概念。语言书写成文字，文字的音形就是"能指"，文字表达的概念就是"所指"。由于作为能指的语音字形和作为所指的概念的联系一般是确定的，所以，索绪尔说："可以把语言和一张纸相比，思想在前，声音在后，人们不能切断前面的而同时不切断后面的。同样，在语言中，人们也不能把声音和思想分开，或把思想和声音分开。"② 语言的表象性是指语言符号表达的概念可以使人产生与概念相对应的事物的表象。虽然它并不具有物质直观性，不能在人面前直接展示物的具象，它直接表达的是概念，但是抽象的概念是指向具体的事物的。比如，我们说出或写出

---

① ［苏］高尔基：《和青年作家谈话》，《文学论文选》，人民文学出版社1958年版，第294页。
② ［瑞士］索绪尔：《普通语言学教程》，纽约1966年版，第66页。朱立元：《当代西方文学理论》，华东师范大学出版社1997年版，第229页。

"诗歌"这个词,它直接指称的只是"诗歌"的概念,而不是某一首具体的诗歌,正如索绪尔在《普通语言学教程》中所指出的:"语言学符号并不是一个事物和一个名称统一起来,而是用一个概念和一个音象统一起来。"但是,诗歌的概念必然会唤起我们曾经背诵过而留存在记忆中的一些具体的诗歌作品,如李白的《将进酒》、杜甫的《石壕吏》等。

表意性和表象性作为语言的一般特性,不仅为科学语言和日常生活语言所拥有,而且也为文学语言所拥有。但是,文学语言毕竟是文学语言,重要的不是它具有语言的一般特性,而在于它具有自身的独特性。

科学语言讲究严密的逻辑性和语义的明确性,最担心的是不符合事实和产生歧义。文学语言却不陈述事实,而是虚构图像;它不追求"一词一义"的准确、明晰和单纯,而是追求朦胧含蓄和多义,所谓"言简意丰"、"片言明百意",所谓"言外之意"、"弦外之音",所谓"言近而旨远,辞浅而义深。虽发语已殚,而含意未尽。使夫读者望表而知里,扪毛而辨骨,睹一事于句中,反三隅于字外"。① 如朱庆余有《宫中词》:"寂寂花时闭院门,美人相并立琼轩。含情欲说宫中事,鹦鹉前头不敢言。"这里的诗句未必是实言宫廷之事,起码不是"完全"的实录,而是诗人想象的宫女寂寞难熬的生活情景,而其中"鹦鹉"既可指学舌的鹦鹉鸟,也可指喜欢嚼舌头的小人,这里就存在着复义性或多义性,并造成了语言的含蓄蕴藉,而这种情况在科学语言中是不允许的。

对于文学语言与科学语言的根本差异,英国当代文艺理论家 I. A. 瑞恰兹(1893—1980)曾作过富有启发性的实证分析。他认为科学语言是"符号"性的,而文学语言是"记号"性的。符号要与它所指称的客体相对应,记号却没有相对应的客体,只与情感或情绪相关联。科学语言追求符号化的正确性和指称的真实性,文学语言则唤起特殊的情感态度。科学陈述严格遵守逻辑规则,传达真实信息,可为经验事实所证实;文学陈述则是一种非真非假的虚拟陈述,不求严格遵守生活中的逻辑规则,只求符合艺术想象和虚构的规则,不可也不必为经验事实所证实。所以,

---

① (唐)刘知几:《史通·叙事》,载郭绍虞编《中国历代文论选》(上),中华书局出版社 1962 版,第 367 页。

虽然科学语言和文学语言都要求"真实性",但具体的真实性含义却是不同的。科学语言具有科学意义的真实性,文学语言具有的是文学意义的真实性。简言之,科学语言的根本性质是科学性,文学语言的根本性质则是文学性。

文学语言与日常生活语言也相去甚远。文学语言是日常生活语言的"陌生化"。日常生活语言注重的是语言的社会交流功能,也就是注重能指和所指的结合;文学语言注重的是语言的"诗学功能",也就是注重能指功能,强调能指与所指之间的间隙,打破能指与所指之间既定的固有联系,重建能指与所指的可能的多种新的联系。文学语言之所以这样,必须经过作家的扭曲、变形即"陌生化"处理。俄国形式主义的主要代表之一维克多·鲍里索维奇·什克洛夫斯基(1893—1984)对诗歌语言的"陌生化"特点作过如下描述:"无论是从语言和词汇方面,还是从词的排列的性质方面和由词构成的意义结构的性质方面来研究诗歌语言,我们到处都可以遇到艺术的这样一个特征:它是有意地为那种摆脱接受的自动化状态而创作的,在艺术中,引人注意是创作者的目的,因而它'人为地'创作成这样,使得接受过程受到阻碍,达到尽可能紧张的程度和持续很长时间,同时作品不是在某一空间中一下子被接受,而是不间断地被接受。'诗歌语言'正好符合这些条件……这样我们就可以把诗歌确定为受阻碍的、扭曲的语言。"① 文学语言陌生化程度越高就越具有文学性,诗歌语言的陌生化程度高过散文语言,因此诗歌被称为最高的文学形式。当然,从另一方面说,文学语言的陌生化程度越高,读者接受起来难度也越大。现代主义、后现代主义的作品,其语言的陌生化程度就大大超过传统的现实主义、浪漫主义作品,所以不少人觉得很难懂,不愿读。其实,如果说文学创作活动是作家的智力游戏,读者的接受活动就应该是与作家的智力竞赛。像英国托·斯·艾略特(1888—1963)的《荒原》,英国詹姆斯·乔伊斯(1882—1941)的《尤利西斯》,法国马塞尔·普鲁斯特(1871—1922)的《追忆似水年华》,等等。

---

① 《诗学》(诗歌语言理论集刊),彼德格勒1919年版,第112页。朱立元:《当代西方文学理论》,华东师范大学出版社1997年版,第47页。

"陌生化"应该说是文学语言的本质特点,或说根本技巧。相对于科学语言,文学语言是陌生化的,相对于日常生活语言,文学语言是陌生化的,相对于传统文学作品,新的文学作品的语言也是陌生化的。文学技巧首先是文学语言的技巧,必须经由文学语言的陌生化通达文学形象的陌生化,从而使文学从认识世界的工具变成艺术地构造世界的技巧。这样,文学创作不是单纯的对世界的审美认识,而更主要的是对世界的审美感受;同样,文学接受也不是单纯的对文学再造世界的审美认识,而更主要的是对文学再造世界的审美感受。正如什克洛夫斯基在《作为技巧的艺术》中所指出的:

> 艺术之所以存在,就是为使人恢复对生活的感觉,就是为使人感受事物,使石头显出石头的质感。艺术的目的是要人感觉到事物,而不是仅仅知道事物。艺术的技巧就是使对象陌生化,使形式变得困难,增加感觉的难度和时间长度,因为感觉过程本身就是审美目的,必须设法延长。艺术体验对象是艺术构成的一种方式,而对象本身并不重要。①

事实确实如此,如果文学语言基本无异于一般的科学语言和日常生活语言,那么对读者来说就缺少了一种新奇感,就引不起读者的审美注意,就会把读者的阅读变成一种单纯获取知识信息的阅读,读者的目光迅速滑过文本而不会长久地停留在上面。当文学语言以一种不同于读者习见的陌生化的形式出现时,就会引起读者强烈的惊颤,唤起读者浓厚的审美兴趣,就会把读者引领到文学的形象世界,使他们悠闲地徜徉于其中,慢慢地观赏其美妙的景致,细细地品咂其绝妙的滋味。如杜甫的《秋兴八首》之八里有这样的诗句:"香稻啄余鹦鹉粒,碧梧栖老凤凰枝。"按照通常的语言"习俗"应该写成"鹦鹉啄余香稻粒,凤凰栖老碧梧枝"。按照日常语言的句法结构来写确实自然通畅得多,但也平板庸俗

---

① [俄]什克洛夫斯基:《作为技巧的艺术》,《俄国形式主义批评:四篇论文》,内布拉斯加大学出版社1965年版,第12页。朱立元:《当代西方文学理论》,华东师范大学出版社1997年版,第45页。

得多,缺少了"诗家语"的特性,谁还去咀嚼玩味?又比如鲁迅先生的《野草·秋夜》一文的开头一段这样写道:

> 在我的后园,可以看见墙外有两株树,一株是枣树,还有一株也是枣树。

这也是明显打破了日常语言的规则的,具有一种陌生化的效果。人们平日说话一般不会这样啰唆。谁要是平常这样说话也会被指斥为"怪怪的"、"不会说话"之类。因为这在一般人看来大可不必,一次说"在我的后园有两株枣树"不就完了。但是,从文学语言的角度来说,恰是因为鲁迅先生违反语言常规这样写,才会引起读者的惊奇,进而深思这样写的妙处。读者通过鲁迅先生的语言不是简单地获得"在我的后园有两株枣树"的知识信息,而是体验到了"我的后园的两株枣树"的艺术表述。

文学语言的技巧是文学创作技巧的重要组成部分。这里,我们仅从文学语言与一般语言相区别的方面,即从文学语言的特点简单谈到陌生化技巧。至于实现文学语言陌生化的具体操作性技巧或方法是很多的,这里简述数种,如下:(1)打破日常语法结构规则,如艾略特《荒原》中的诗句"四月是最残酷的一月/从死的大地孕育出丁香/掺揉着回忆与欲望",像"残酷"与"一月"的搭配就是不符合常规语法规则的。(2)语序颠倒,如辛弃疾《西江月·夜行黄沙道中》"七八个星天外,两三点雨山前",正常语序应是"天外七八个星,山前两三点雨"。(3)词性活用,如歌中所唱"悲伤着你的悲伤,幸福着你的幸福",这里的前一个"悲伤"和"幸福"就是形容词用作动词。又如顾城《我和你》中的诗句"垂帘,静静的垂帘/安静着无数无数/黄金的叶片",其中"安静"是形容词用作动词。(4)运用通感,如李贺在《李凭箜篌引》中把琴声写成"昆山玉碎凤凰叫,芙蓉泣露香兰笑","芙蓉泣露香兰笑"是用视觉形象形容听觉感受。(5)省略句法成分,马致远《秋思》中"枯藤老树昏鸦/小桥流水人家",温庭筠《商山早行》中"鸡声茅店月,人迹板桥霜",全是名词排列,没有动词。(6)双声叠韵,如李清照《声声慢》中"寻寻觅觅，冷冷清清，凄凄惨惨戚戚"。(7) 对偶押韵，如李白《静夜思》"床前明月光，疑是地上霜，举头望明月，低头思故乡"。(8) 隐喻，如庞德《在地铁车站》"人群中这些面孔幽灵般显现／湿辘辘的枝条上的许多花瓣"，后句诗的意象是前句中"人群中这些面孔"的隐喻。(9) 象征，如戴望舒《雨巷》"丁香一样地结着愁怨的姑娘"及诗的标题本身都是象征性的。(10) 反讽，如裴多菲的《希望》"希望是什么？……是可恶的娼妓，不管谁，她都同样地拥抱。当你失掉最美丽的财富：青春，那时候，她就把你抛掉，抛掉！"这里把人们赞美的"希望"说成是"可恶的娼妓"，就颇有反讽的意味。另外，还有比兴、夸张、幽默、用典、取消标点等方法。文学语言陌生化的技巧、手法在现代派、后现代派文学——尤其是现代派、后现代派诗歌中可谓发展到了极致，每每能引起人的审美惊颤，这里就不一一介绍了。

二　文学语言与其他艺术语言

说文学是语言艺术，实际是把文学这种艺术样式与其他艺术样式相比较而言的。高尔基说："文学的根本材料，是语言——是给我们的一切印象、感情、思想等以形态的语言，文学是借语言来作雕形描写的艺术。"[①] 文学语言虽然不同于一般语言，但毕竟是语言。文学作品既要通过语言形态来呈现，又要通过语言方式来实现。正因为文学作品不仅呈现为语言形态，而且更重要的是必须通过语言方式来实现，所以俄国形式主义认为如果把文学作品划分为内容和形式的话，关键的、主导的、起决定作用的方面不是粗糙的生活内容，而恰恰相反是语言形式。因为在俄国形式主义看来，生活的材料内容之类东西如果不被赋予文学性的语言形式，它们就和任何原始生活材料一样永远成不了文学的内容，永远与文学无缘。作为内容的生活材料只有获得了文学性的语言形式，被形式化了，被文学语言塑形了，它才改变其自然、粗糙的性质，而伴随语言形式获得文学性。

[①] [苏] 高尔基：《论散文》，载周扬《马克思主义与文艺》，解放军出版社1949年版，第118页。

传统的文学理论只看到文学作品呈现为语言形态的一面,所以强调内容对形式的决定、制约作用;俄国形式主义只看到文学作品通过语言方式来实现的一面,所以反过来强调语言形式对文学内容的决定、制约作用。我们认为既要看到文学作品呈现为语言形态的一面,又要看到文学作品通过语言方式来实现的一面,因而强调文学内容和文学形式是相互制约、相互影响、互为因果的辩证统一关系。

　　当然,正如俄国形式主义所强调的那样,文学作品的文学性主要不在文学的内容上,而在文学的语言形式上。这就像一切艺术作品的艺术性主要不在艺术的内容上,而在艺术的语言形式上一样。而且,这样一来,我们就可以在文学语言和其他艺术语言的比较分析中触及文学性不同于一般艺术性的美学特质。

　　但是,还是让我们先来看看文学语言与其他艺术语言的同一性何在。俄国形式主义的核心人物之一罗曼·奥西波维奇·雅各布森指出,造型艺术显现为具有独立价值的视觉表现材料的形式,音乐艺术显现为具有独立价值的音响材料的形式,舞蹈艺术显现为具有独立价值的动作材料的形式,诗歌则显现为具有独立价值的词的形式。在雅各布森看来,一切艺术都显现为形式,或者说一切艺术就是形式。它的本质、它的价值不在它指称、叙述世界中的事物——尽管它不可能排除对世界中的事物的指称和叙述,而在于形式显现本身。所以他说"诗的功能在于指出符号和指称不能合一"[①],因而一部诗作应该界定为其美学功能为它所主导的一种文字信息。在诗歌中,乃至一切文学作品中,"符号和指称不能合一"的情况是普遍存在的。如中国古典诗歌单纯起兴的诗句,要说意义,仅仅是"先言他物以引起所咏之词也",并无实际意义,或说无实际指称。也就是它的符号和指称是相分离的,而不是结合在一起的,换句话说,它只是"能指"符号,没有"所指"。如汉乐府中的《孔雀东南飞》,其开篇的两句"孔雀东南飞,五里一徘徊"。如果"兴"中含"比"那就要另当别论了。在后现代思潮中出现的纯语言游戏性的作品,如马原的《虚构》、格非的《褐色鸟群》、苏童的《水神诞生》、孙甘露

---

① 赵毅衡:《文学符号学》,中国文联出版公司1990年版,第106页。

的《信使之函》、余华的《往事与刑罚》、王小波的《万寿寺》等。读者希望在这样一些作品的语言叙述中解读出某种确定的意义是相当困难的，因为它们的语言叙述只指涉语言叙述本身，并不指涉意义。读者硬要从中寻找本来就没有的东西那当然只能是徒劳。对于后现代写作中的文学语言，我们只能按照后现代观念来理解，那就是它们作为存在，本身就是意义。在后现代主义文学作品中，文学语言既是臣民又是国王，既不受他人颐指气使又不对他人颐指气使。

雅各布森让我们看到的只是文学语言和其他艺术语言作为文学作品和其他艺术作品的显现形式所共同具有的重要艺术价值，而没有让我们看到因文学语言和其他艺术语言的不同而造成的文学作品和其他艺术作品的形式呈现的差异。

文学语言和其他艺术语言所具有的感受性是大不相同的。形诸文字的文学作品的语言是一种阅读性语言，形诸视觉的视觉艺术的语言是一种观看性语言，形诸听觉的听觉艺术的语言是一种倾听性语言。阅读性的文学语言的魅力在阅读活动中呈现并在阅读活动中被读者所感受；观看性的艺术语言，诸如绘画、雕塑、建筑、舞蹈、戏剧、影视的艺术语言，其魅力在观赏者的观看活动中显现并在观看活动中被观赏者所感受；倾听性的艺术语言，主要就是音乐语言，戏剧、影视艺术中也有部分倾听性的艺术语言，如人物对话、音乐及其他音响，其魅力在倾听活动中显现并在倾听活动中被欣赏者所感受。阅读和观看、倾听的感受方式是相去甚远的。在观看和倾听活动中，被观看者和被倾听者直接诉诸观看者和倾听者的感官，像绘画色彩，雕塑的质料、体积，舞蹈的姿态、动作，戏剧的装扮、程式，影视的画面、音响，音乐的节奏、旋律等，它们或者直接诉诸观看者的视觉器官，或者直接诉诸倾听者的听觉器官。在文学的阅读活动中，如果没有综合作用，字符就转化不成语词、语句、语段、语篇，阅读者就不可能真正地把握到文学作品的语言。也就是说，文学语言不像其他艺术那样具有直接感受性。相对而言，其他艺术语言是偏于感受性的语言，而文学语言则是偏于理解性的语言。

偏于观看的感受性的艺术语言，如线条、色彩、形体动作之类，往往占据一定的空间，便于构成视觉的具象图像，表现客观事物的形象特征。由于这种类型的艺术语言本身就是诉诸视觉的具象形态,具有物质空间性,所以它们与所塑造的艺术图像之间不存在间离感。艺术语言本身就是艺术图像,起码就是艺术图像结构整体的部分或元素,艺术图像就是艺术语言的有机结合体。比如绘画艺术,其艺术物象直接由一些线条、色彩按照一定的构思原则组配而成的,是直接由线条和色彩奏出的"交响曲"。任何一条画线或任何一块色彩的改变,不管是变位还是变形,都直接就是画面图像的改变。其他由观看的感受性的艺术语言塑造图像的艺术样式也是如此。但是,这里还须指出的是,绘画、雕塑等以静态的观看性艺术语言塑造图像,毕竟不可与舞蹈、戏剧、影视等以动态的观看性艺术语言塑造图像同日而语。静态的观看性艺术语言只能塑造静态的观看性艺术图像,其艺术表现领域和艺术表现力就受到了极大的限制。绘画、雕塑的表现对象极为有限就是明证。绘画、雕塑艺术提供给我们的主要是一种比较单纯的视觉性形式美。虽然有"以形传神"之说,但是绘画、雕塑等艺术之"形"所传之"神"也只能是比较抽象、模糊、单纯的,而不可能很具体、明确、复杂。往往是在其"形"中感到有某种"神"在,然而又很难言明。如此,蒙娜丽莎的微笑才被称为"神秘的微笑"。动态的观看性艺术语言则能塑造动态的观看性艺术图像,舞蹈、戏剧、影视等艺术样式就是以动态的观看性艺术语言塑造动态的观看性艺术图像。舞蹈、戏剧、影视等艺术样式较之绘画、雕塑等,凭借动态的观看性艺术语言就能表现深广得多的内容,无论是图像的生动性、丰富性还是意蕴的深刻性、广泛性都远远超过绘画、雕塑等。

而声音这样一种偏于倾听的感受性的艺术语言,则与情感有着天然的联系。就像语言是思想的直接现实一样,声音就是情感、情绪的直接现实。音乐、朗诵等艺术样式既然以音响、声音作为艺术语言,那么就能最直接地传达创作者的内心情感,并直接拨动欣赏者心灵的琴弦。音响、声音塑造的是只可倾听不可观看的情感形象。如果从狭义上理解艺术形象,要求艺术形象具"形"有"象"的话,那么音乐中的艺术形象算不上形象。换言之,音乐艺术中没有形象,音乐的精魂就是情感。最能打动人的只能是情感,所以最富有情感性的音乐最能打动人。我们可能都有这样的体会,一听到悼亡的哀乐心情马上就变得悲哀、伤感起来,而一听到欢快的喜乐心情又会马上变得高兴、快乐起来。汉代刘向在《说苑》中讲的一则故事很能说明音乐的这种强烈情感感染力。孟尝君问琴师雍门子周能否鼓琴而令他生悲,雍门子周说只能使"先贵后贱,先富而后贫者"感到悲哀。雍门子周先对七国争雄的局面作一番剖析,说"不从(纵)则横,从成则楚王,横成则秦帝,楚王、秦帝必报仇于薛矣",到时你孟尝君将落得在薛地废墟之上"蹢躅其足而歌"的悲惨下场。一番话已使孟尝君感到成了贫贱之人,然后雍门子周鼓琴而诉悲情,使孟尝君"立若破国亡邑之人""而涕浪汗增"。① 由于以音响、声音为艺术语言的音乐直接就是情感的艺术,所以黑格尔指出,在音乐中,外在的客观性消失了,音乐作品与欣赏者的分离也一同消失了。

  偏于理解性的文学阅读语言既不像观看的感受性艺术语言那样直接成为观看性艺术图像的构成元素,也不像倾听的感受性艺术语言那样直接抒发情感,而是更利于表现思想。从形象方面说,文学比不上视觉艺术,从情感感染性方面说,文学又比不上听觉艺术,但从思想的深刻性方面说,视觉艺术和听觉艺术又都比不上文学。表现思想是文学语言的长处。为什么文学图像不如视觉艺术的图像具体可感呢?因为文学语言不具有供观看的感受性,文学语言对于文学图像具有一种间离性,不能由文学语言直接构成文学图像,而要经由意识的中介,把文学语言转化为文学图像。视觉艺术可以直接从观看性艺术语言看到文学图像,文学却不能从文学语言看到文学图像,而只能从文学语言意识到或想象出文学图像。由于意识、想象的本性是既具体又抽象、既明确又模糊,所以经由它们所转化的文学图像也必是既具体又抽象、既明确又模糊的,当然就不如视觉艺术的图像那样具体可感。文学为什么又没有音乐那样强烈的情感感染性呢?因为文学语言以文字的形式确定下来后实际上哑语化了,文学阅读基本上是一种无声的阅读。尤其在现代,很少有人像古人那样"吟"诗和"诵"诗了。无声无息的默读成了当今人们阅读的习惯。这样的阅读方式实际上是对文学语言资源的浪费。因为文学语言本来是语音和文字的统一,应该既充分利用文字又充分利用语音。只有当

---

① 李启军:《文学理论参照系》,广西师范大学出版社1996年版,第229页。

文字和语音紧密结合的时候，文学语言才是既利于表意又利于表情的，而当在阅读中失落了语音的时候，其表情性就大大地削弱了。关于这一点，我们只要拿一首诗歌来作一下默读与朗读的对比，就能轻松地得到验证。遗憾的是有声阅读的传统离我们已越来越远，文学语言中最具表现性的因素——语音在人们的阅读中被搁置起来了，以至于人们都快忘记文学语言原来是有语音的事实了。要恢复文学语言原本具有的强大情感感染力就应回到古人有声阅读的传统。当然，把文学语言变成无声阅读的语言也有益处，那就是无声阅读更易使阅读者进入沉思。在沉思中增进对文学意蕴的理解，而理解反过来又增进对文学图像的感受。正如毛泽东同志所指出的，感受到了的东西未必理解它，而只有理解了的东西才能更好地感受它。正因此，在所有艺术样式中，文学往往是最能给人留下深刻印象，最能给人深刻启示，最能给人无穷回味的艺术。

通过文学语言与一般语言、文学语言与其他艺术语言的比较，我们认识到文学语言是极富独特品性的语言，并因此带给文学作品独特的艺术魅力。由此看来，传统的文学理论习惯把文学语言的特征概括为形象性、精练性、创造性、音乐性等就值得我们反思了。

（原载《桂林师范高等专科学校学报》2002年第4期）

文学的意蕴系统

文学意蕴隐藏在文学语言及其构成的文学图像之中。就像黑格尔所说的:"意蕴总是比直接显现的形象更为深远的一种东西","遇到一件艺术作品,我们首先见到的是它直接呈现给我们的东西,然后再追究它的意蕴或内容。前一个因素——即外在的因素——对于我们之所以有价值,并非由于所直接呈现的;我们假定它里面还有一种内在的东西,即一种意蕴,一种灌注生气于外在形状的意蕴。"① 黑格尔在这里明显贬斥作为"外在的因素"的文学语言和文学图像自身的重要价值,仅仅把它们看成文学意蕴的容器,这是我们不能同意的。但是,黑格尔指出外在的因素里面还有一种内在的意蕴,这却是合乎实际的。

一 文学意蕴的含义

什么是文学意蕴?文学意蕴是指文学语言及其文学图像所蕴含的哲理、思想、情感、趣味、精神等内容。正如黑格尔所指出的,"内在的生气,情感,灵魂,风骨和精神,这就是我们所说的艺术作品的意蕴"②。中国古典文论中虽然找不到"意蕴"这个词,但是,在诸如"形神说"、"韵味说"、"妙悟说"、"神韵说"、"意象说"、"兴象说"、"境界说"等文学理论范畴或命题的论述中,都涉及文学意蕴。文学意蕴就是"形"中之"神"、"象"中之"意"、"景"中之"情"、"画"之"所韵"、"形质"之"神采",就是在文学语言及其文学图像中蕴含的、表现的丰富复杂的情意。用唐代皎然的话说,文学意蕴就是"气象氤氲"、"意度

---

① [德]黑格尔:《美学》(第1卷),朱光潜译,商务印书馆1979年第2版,第25页。
② 同上书,第24页。

盘礴"而具"文外之旨",用唐代司空图的话说,文学意蕴就是"象外之象"、"景外之景"、"韵外之致"、"味外之旨"。文学语言、文学图像是近,是实,是有限;文学意蕴则是远,是虚,是无限。古人强调文学作品要有"滋味"、"情味"、"真味"、"神味"、"趣味"、"意味"、"兴味"、"风味"、"气味"等,究其实都是强调文学作品要有文学意蕴。没有丰盈的意蕴,何来这种种"味"?文学语言和文学图像只有包蕴着深广的文学意蕴,才可能使人"味之者无极"(钟嵘语),否则就会索然无味。

文学意蕴独特而复杂。把文学放到艺术的大系统中看,文学意蕴不同于其他艺术的意蕴,因为文学的意蕴是由文学语言和文学图像所包蕴、所表现、所生发的。也就是说,文学意蕴只能是文学语言和文学图像的意蕴,而不是别的艺术语言和艺术图像的意蕴。把具体文学作品放到整个文学系统中看,各类别作品的文学意蕴又是互不相同的。言情作品的意蕴不同于武打作品的意蕴,历史题材作品的意蕴不同于现实题材作品的意蕴,写实作品的意蕴不同于幻想作品的意蕴。从文体上区别,诗歌、散文、小说、剧本的意蕴都是有差别的,所谓诗歌有诗歌的韵味,散文有散文的韵味,小说有小说的韵味,剧本有剧本的韵味。这也说明文学意蕴总是与文学形式(由文学语言、文学图像构成)密切关联的。严格说来,各个具体作品都有自己具体的语言及图像结构形式,因而各个具体作品都有其独特的文学意蕴。丰富复杂的文学作品的意蕴很难"一言以蔽之"地加以概括。有些文学意蕴可以言传,有些却难以言传。它可以是文学图像直接表现的,也可以是文学图像隐喻和象征的;它可以是作家主观性的思想情感的东西,也可以是世界客观性的本质规律的东西。一部文学作品,既有总体的意蕴也有局部的意蕴,既有核心的意蕴也有非核心的意蕴,既有容易共同把握的意蕴也有见仁见智的意蕴。可以说,一部文学作品的意蕴是难以穷尽的。作者面对自己的作品却说不清楚其意蕴是什么,不同读者面对同一部作品却对其意蕴众说纷纭,这都是经常发生的现象。就拿歌德的诗剧《浮士德》来说吧。作者花了近六十年时间完成的这部文学巨著,集中通过书斋、爱情、宫廷、梦幻等场景,描写浮士德在学业、感情、仕途、艺术等方面孜孜不倦的追求。作品问世一百多年来,有关的研究专著上百部,研究论文更是难以计数,然而,浮士德这个人物形象的内在意蕴究竟是什么呢？对此并无统一的答案，而是公说公有理，婆说婆有理。比如，有人说浮士德就是歌德自身灵魂深刻矛盾的镜子，有人说浮士德是不断追求美好理想的资产阶级上升时期先进知识分子的代表，有人说浮士德与魔鬼靡菲斯特的较量是人世间善恶、美丑冲突的隐喻，有人说浮士德的命运就是人类命运的象征，等等。内在意蕴的丰富深厚是一些伟大的文学作品具有永恒艺术魅力的深层原因。

二　文学意蕴的基本类型

文学意蕴尽管十分复杂，难以确切言传，但是毕竟可以从解读经验出发，概括归纳出一些基本方面。文学作品的意蕴作为多重意蕴组合而成的意蕴系统，最为人所关注的是其中的历史、政治、道德、人生、宗教、美感等方面的意蕴。

历史意蕴　文学作品的历史意蕴是指文学作品对某一历史时期的某方面社会生活风貌及其本质、规律性的东西的表现或暗示。文学作品总是与某种特定社会历史背景相联系的，因为作家是身处特定社会历史环境中的具体人。作家的创作冲动总是由其特定的人生经验、体验所引发的，作家必然与他所生活的时代同呼吸、共命运。不管作家主观上持怎样的文学观，他都不可能在创作中完全背离自己具体、感性的生命活动。作家的具体生命活动在他心灵上留下深深的刻痕，这会自觉不自觉地把这刻痕嵌入他的作品中。文学作品中的生活世界，尽管是作家在现实生活世界中反复淘洗、过滤、提炼并虚构、创造出来的，已不同程度地失落了作家所处或所了解、认识的生活世界的原貌，但总是与作家所处或所了解、认识的实际生活世界存在着千丝万缕的联系。因此，文学作品常常包含某种历史意蕴。司汤达的《红与黑》取的副标题就是"一八三〇年记事"，其历史意蕴十分明显，使我们能够清楚地看到1814年到1830年这一时代留给我们的"严肃的、尊重道德的、愁眉苦脸的法国"。曹雪芹《红楼梦》通过贾、史、王、薛四大家族兴衰史揭示出封建社会"忽喇喇似大厦倾，昏惨惨似灯将尽"的悲剧命运，其历史意蕴又是何等厚重。当然文学作品的历史意蕴存在着或明显、直接或隐晦、间接的区别。一般说，偏于写实和再现的文学作品，不管取之于历史题材还是取之于现实题材，其历史感都较强烈，都能从作品中的生活世界窥见作家所处和所写的实际生活世界的概貌，通过这样的文学作品往往能够获得一定的历史知识。比如，中国的老百姓真正通过读《三国志》这样的史书去了解魏、蜀、吴三足鼎立的历史是很少的，大多是通过读《三国演义》这样的文学作品去了解这段历史，所以说《三国演义》是历史的审美诠释。又比如，外国人和我们的后代通过读蒋子龙的《乔厂长上任记》、柯云路的《新星》、水运宪的《祸起萧墙》、张贤亮的《男人的风格》、李国文的《花园街五号》、张洁的《沉重的翅膀》等作品就能触摸到中国改革开放这段历史的脉搏。偏于抒情和幻想的文学作品虽然很少直接包含历史内容，但是联系作家创作的社会历史背景，仍然可能解读出某种历史意蕴来。如明代吴承恩的神魔小说《西游记》不可不说幻想大胆、想象奇特，它所构筑的艺术世界和作家所处的现实生活世界大相径庭；但是读者还是可以明显感觉到，作家的幻想还是以生活的逻辑为依据的，是受到作家所处历史时代的物质生产水平和思想认识水平限制的。孙悟空虽然有火眼金睛，会七十二变，一个筋斗翻过十万八千里，具有许多超人的本能，但他并不懂得使用在今天已为普通人所熟悉的电脑等高科技工具。这就可见，作家的幻想无论怎样大胆，归根结底都不可能超越他所属的历史时代。从《西游记》中描述的天宫世界、龙宫世界、西天佛国世界、花果山群猴世界以及形形色色的妖魔王国，无不可以看到当时封建社会生活的影子。更何况唐僧师徒西天取经的故事就是以唐太宗贞观三年唐玄奘去天竺国取经、历时17年回到长安的历史记载为创作缘起的，是有所本的，从中不难解读出唐朝崇奉佛教的历史意蕴。

政治意蕴　文学与政治的关系密切而复杂。作家在文学作品中涉及政治生活，表述自己或作品中人物的政治思想，或者刻意回避某些政治敏感问题，那就会使作品带上某种政治意蕴。曾获"茅盾文学奖"的张平的长篇小说《抉择》（被改编为电影《生死抉择》）直接涉足当今中国社会中十分敏感的政治问题——领导干部的腐败问题。作品描绘的是以代理市长李高成、市委第一副书记杨诚等为代表的共产党的真正的"脊梁"与省委副书记严阵和中阳纺织厂领导班子为代表的党内腐败分子艰苦斗争的故事。作品的主人公李高成，当了解到他亲手提拔的中纺厂领导班子竟然集体腐败时，当了解到他深爱的妻子吴蔼珍也深陷腐败怪圈之中时，当了解到一手培养他的老领导、老上司严阵是他眼前这张腐败大网的网结时，他陷入了强烈的痛苦和震撼之中；但是，为了维护党的健康生存和发展，他顶住重重压力，不顾个人得失，毅然作出了"生死抉择"。这样的政治性的故事和政治性的人物，必然透露出政治性的意蕴——那就是当今中国的反腐败斗争还是相当艰难的，但是，党有决心将反腐败斗争进行到底，以对国家和人民负责。

像张平的《抉择》以及《红岩》、《红旗谱》、《青春之歌》这一类"政治小说"，其政治意蕴的表现是直接、明显而强烈的，因而不难把握。但是，也有一些作品表面看起来是不与政治沾边的，实际却与政治联系紧密，如黄巢的《菊花》诗："待到秋来九月八，我花开放百花杀。冲天香阵透长安，满城尽带黄金甲。"这诗似乎单纯是歌咏菊花的，实际却是借菊花象征作者自己率众起义，一举攻占长安城的政治雄心。陶渊明的《桃花源记》虽然集中笔墨描写桃花源中自然景色的优美（"忽逢桃花林，夹岸数百步，中无杂树，芳草鲜美，落英缤纷"）和社会生活的祥和（"土地平旷，屋舍俨然，有良田美池桑竹之属；黄发垂髫，并怡然自乐"，"不知有汉，无论魏晋"，"春蚕收长丝，秋熟靡王税"），但读者可以感觉得到作者是以此来表现自己对所处黑暗、动乱社会的不满和对理想社会的追求的。这也就是说《桃花源记》也隐含着一定的政治意蕴。有时候，作家在作品中有意回避政治，不谈政治，环顾左右而言他，就像旧时茶馆打出"莫谈政治"的标语一样，实在是不敢谈论政治而不是不愿谈论政治。这样的作品在不谈政治的背后凸显出来的恰恰是政治的压力，仍然是有政治意蕴的作品。一些历史题材的作品，表面上与现实政治无涉，实际上是以古喻今、借古讽今，其政治意蕴隐而不晦。

道德意蕴　被称为现代表现主义美学之父的克罗齐，明确反对艺术活动是道德活动，认为艺术的"题材或内容不能从实践的或道德的观点加以毁誉"[①]，但是又强调"艺术是无害的"[②]，应该合乎道德。文学不能变成道

[①] ［意］克罗齐：《美学原理·美学纲要》，朱光潜等译，外国文学社1983年版，第61页。
[②] 同上。

德说教，但是又不可否定文学的道德教化作用。文学创作不能不受到社会道德制约和影响，因为作家作为社会的一分子总是生活在特定的道德文化传统和道德舆论环境之中，必须接受一定的道德观念，遵循一定的道德规范。作品中的行为、心灵，人物的恩怨情仇，都会涉及道德问题。作家对作品中的人和事进行评价也必持有相应的道德尺度。因此，文学作品自然会表现出某种道德意蕴，读者阅读文学作品也自然会受到某种道德教育。《毛诗序》中所说的"经夫妇，成孝敬，厚人伦，美教化，移风俗"，就是主要指文学的道德教化作用。杜甫在《茅屋为秋风所破歌》中虽然叙述了自家茅屋被秋风刮破的惨状，但是诗人并不是要唤起他人对他的怜悯和同情，而是推己及人，想到还有许多和自己一样贫困潦倒的读书人，所以只要得到"广厦千万间"，"大庇天下寒士俱欢颜"就足够，至于自己则"吾庐独破受冻死亦足"。这里表现出来的是何等高尚的道德情怀啊！另外，相信有不少人看过车尔尼雪夫斯基的《怎么办》，这部作品写到一个人物叫罗甫霍夫，他爱上一个叫微拉·巴芙诺夫娜的姑娘，但是当他发现微拉爱上好朋友吉尔沙诺夫后，为了成全他人，他主动放弃对微拉的追求。罗甫霍夫在友谊和爱情上表现出如此高尚的道德情操，也是难能可贵的，令人敬仰的。道德既是文学的重要的外部关系，又是文学的不可或缺的内部要素，作家及作品中人物的道德理想、道德情操、道德素质、道德修养、道德品质等都会影响读者的心灵，或使之得到陶冶和净化，或使之受到误导和污染。当然，我们提倡道德文章，以进步、高尚的道德感召人、激励人。"士有百行，以德为首"，所以中国读者看文学作品尤为关注其中的道德意蕴，合乎中华民族传统美德的作品便喜爱有加，不合乎中华民族美德的作品便嗤之以鼻。

哲学意蕴 文学作品中的哲学意蕴早在古希腊就已被亚里士多德所发现和肯定。他说"写诗这种活动比写历史更富于哲学意味"[①]，要在历史和文学之间辨明何者更具哲学意味是极其困难的事，但许多优秀文学作品是富有哲学意蕴的，那绝对是不错的，恐怕也没有人能反对。现象学文艺理

[①] [古希腊]亚里斯多德、[古罗马]贺拉斯：《诗学·诗艺》，罗念生、杨周翰译，人民出版社1962年版，第29页。

论家英伽登指出，优秀的文学作品中的文学图像（他称之为"再现客体"）往往为诸如"崇高、悲剧性、恐怖、震惊、神秘、丑恶、神圣、悲悯"等精神性的氛围所弥漫。他称这些精神性的特质为"形而上质"，并认为这种"形而上质"不能简单等同于文学作品所表现的某种情绪、道德教化、人生经验及思想观点等主观观念性的东西。英伽登的意思无非是想强调"形而上质"的东西是为作家把握到了并在文学图像中实际地呈现着的既是精神性的又是客观性的某种东西，明确地说就是客观真理性的东西。我们认为文学作品中既具客观真理又具审美感染力的东西主要是哲学意蕴。"横看成岭侧成峰，远近高低各不同。不识庐山真面目，只缘身在此山中。"苏轼的这首《题西林壁》说的是庐山，但又不仅仅是庐山，因为诗人在这里借庐山道出了"当局者迷、旁观者清"的普遍真理。李白在《将进酒》中写道："君不见高堂明镜悲白发，朝如青丝暮成雪！"这些诗句也是富有哲学意蕴的，那就是道出了时间不可倒流、青春一去不返、生命十分短暂的人类共同命运。杜甫《春望》中的诗句"烽火连三月，家书抵万金"也是极富哲理的佳句。具有哲学意蕴的作品是不胜枚举的，无论古今还是中外都有大量充满哲学意蕴的优秀作品。

　　人生意蕴　文学是人学，其要旨是表现人，表现人生，以给人们提供一条认识人性、人生的途径。中外文学史上的所谓经典作品无一不是以揭示人性、探索人生为其基点的。文学如果无关人和人生，无益于人的自我认识，那文学就失去了存在的必要了。在现实中，真实的人性和人生都是十分复杂的，比如，有人为善有人作恶，有人高尚有人卑鄙，有人真诚有人虚伪，有人聪明有人愚钝，有人率直有人圆滑，有人激进有人迂腐，有人幸福有人痛苦，如此等等，正所谓人心最难测，人生有百态。人是社会性的动物，人性必然是自然性和社会性的统一。性爱、嫉妒、复仇、利己、怜悯之类欲望和情感是偏于自然性的部分，对未知的探索追求，对集体的依恋和归宿感，对规范和秩序的遵守和维护，克己利人和奉献谦让的精神等则属于社会性部分。既不能用动物性来阉割人性，也不能用社会性来阉割人性。人性和谐发展的人生是完满的人生，人性畸形发展的人生则是残缺的人生。文学作品描写人，表现人，通过人的生活、遭遇、命运、心理、情绪、性格、精神以及人与人之间的各种关系展示具体生动的人生世界，就是要向人们提供可资借鉴的人生知识和经验。做人的道理和人生的道理，人们可以在现实生活经历中积累和学习，也可以通过阅读文学作品来获得。正因为这样，文学被看成人类自我认识的一条通道，被看成人类自我提高的一个起点。失落了对人性和人生的关怀，文学也就失去了最紧要的风骨。文学是关于人性和人生的形象哲学，人类既不可能完全摆脱自然本能的制约，又不可能完全抛开社会理性的约束，人类始终只能在二者的张力中生活。因正如弗洛姆所指出的："人的本质在于人在自然中的存在与同时又超越自然之间的矛盾。"① 而人生的种种趣味与痛苦便由此而生。文学作品不回避人性的矛盾，正视并表现人性的矛盾，就有利于正确认识人性及与之紧密相关的人生，否则就不利于正确认识人性及人生。总之，文学是我们理解人生的中介之一。如果文学不能帮助我们理解人性与人生，那么我们就没有了阅读文学作品的兴趣。夏志清曾说："我们研究古典小说的根本目的之一，也便是究明古典小说中所蕴含的人性意蕴的问题。"② 夏志清是单就古典小说研究而言的，其实理解人及人生是我们阅读一切文学作品的根本目的之一，像曹雪芹的《红楼梦》、托尔斯泰的《复活》、歌德的《浮士德》等世界名著对人性及人生的剖析都是相当独到而深刻的，都包含着极重要的人生意蕴。

美感意蕴 文学作品的历史意蕴、政治意蕴、道德意蕴、哲学意蕴、人生意蕴及宗教意蕴等通过情感和形象都可以转化为美感意蕴。在阅读文学时，独特的文学语言及其所构成的文学图像表达出独特的历史意蕴、政治意蕴、道德意蕴、哲学意蕴、人生意蕴及宗教意蕴等，使读者产生一种如遇知己般的欣喜和愉悦的审美快感，那么这种种意蕴就升华为了美感意蕴。一些作品可能并无什么历史意蕴、政治意蕴、道德意蕴、哲学意蕴、人生意蕴及宗教意蕴等，但却可能单凭文学语言的智巧和文学图像的优美等形式上的特点而获得美感意蕴。也就是说，美感意蕴既可以是与政治意蕴等意蕴结合在一起的复杂的文学意蕴，也可以是不含别的意蕴的一种相当单纯、明净的文学意蕴。一些单纯的写景作品往往就没有复杂的政治的、

---

① ［法］弗洛姆：《人的呼唤》，毛泽应等译，上海三联书店1991年版，第32页。
② 夏志清：《中国古代小说导论》，刘世德：《中国古代小说研究》，上海古籍出版社1983年版，第2页。

道德的等方面的意蕴，而只有美感意蕴。宋代范成大《四时田园杂兴》中的一首诗是纯粹的写景诗，"梅子金黄杏子肥，麦花雪白菜花稀；日长篱落无人过，唯有蜻蜓蛱蝶飞"。这首诗采取"蒙太奇"结构，有金黄和雪白的颜色对比，有静态描写和动态描写的对比，有相对狭近之景和相对阔远之景的对比，四句诗构成的整个图像显得宁静而又不乏生趣，挖不出什么历史意蕴之类，却溢出浓郁的美感意蕴，不失为写景佳作。唐代高骈有一首《山亭夏日》，诗曰："绿树阴浓夏日长，楼台倒影入池塘。水晶帘动微风起，满架蔷薇一院香。"这也是一首纯粹的写景诗，景美情美，其美感意蕴自不待言，但除此也并无其他复杂的意蕴。

三　文学意蕴的核心——文学主题

前面说到的历史意蕴、政治意蕴、道德意蕴、哲学意蕴、人生意蕴、美感意蕴等，当在作品中的意蕴系统中占据核心地位并起主导作用时，就会成为主题。简明地说，文学主题就是整体的文学语言及其构成的文学图像体现出来的核心意蕴。

（一）文学母题与文学主题

我们认为主题实际上有广义和狭义两种理解。广义的主题是指带有相当普遍性的母题。狭义的主题则指具体个别的文学作品的主题，即具体作品的核心意蕴。

我们先来讨论文学母题。讨论文学母题又得从原型批评和主题学说起。原型批评是20世纪中叶流行于西方的一个重要的批评学派，主要是由加拿大著名理论家诺思洛普·弗莱在英国著名人类学家詹姆斯·弗雷泽的人类学和瑞士著名精神分析家卡尔·荣格的精神分析学的基础上创立的。弗雷泽发现了存在于神话传说中的相同的构造模式。荣格则进一步发现这种模式或意象基于一种不同于"个人无意识"的"集体无意识"，或者说它们就是"集体无意识"的模式或意象，可以称之为"原型"。

由于集体无意识是一种"种族的记忆"，为个体的人先天地具有，所以作为集体无意识模式和意象的"原型"就具有普遍性，有共同"原型"的神话传说就必然表现出相似性。弗莱在弗雷泽和荣格的启发下，从神话延伸到文学，发现了文学中的"无意识的结构"——"文学原型"。弗莱指出:"所谓原型,我是指一个把一首诗与另一首诗联系起来因而使我们的文学经验成为一体的象征。"① 这"原型"作为一类作品的同一性结构,可以说对这类作品来说带有母题的意味。虽然文学原型不能和文学母题完全画上等号,但是文学母题与文学原型是紧密关联的。

在原型批评理论中虽然有与母题相关联的文学原型概念,但并无明确的母题概念,主题学则明确提出了母题概念。什么是母题呢?德国的弗伦泽尔指出:"'母题'一语系指一个较小的主题的(Stofflich)单位,它还不包括整个情节或故事脉络,而是在其自身内形成同内容和情景有关的一个元素。在内容相对单纯的文学作品中,它能以压缩形式通过核心母题(Kemmotiv)表现出来;不过一般说来,在文学类型(Literary genres)中,需要有母题构成内容。在没有实际内容,因而也没有这里想要说明的意义上之题材的抒情诗中,一个或几个母题构成了唯一的主题实体。"② 俄国形式主义者托马舍夫斯基说得更简洁明确:"作品不能再分解的部分的主题称作母题。实际上,每个句子都有自己的母题。"③《龟兔赛跑》是我们熟悉的故事,在故事中我们可以剖析出"骄傲"、"意志"、"毅力"等母题,而这些母题在故事中以特定方式组合起来就表现出了"骄傲必然失败,坚持就能胜利"的主题。一方面是一个作品中往往包含多个母题,另一方面是同一个母题又往往在不同的作品中反复出现。一方面是文学母题的数量是有限的,另一方面是文学母题以不同的方式组合起来和以各种不同的方式具体化,可以构成无限多的主题。因此,我们可以这样给文学母题下定义:文学母题就是文学作品中反复出现的人类社会的基本行为、基本心理以及关于世界的基本概念。

文学中经常出现的母题有诱拐、叛逆、谋杀、自杀、战争、仇恨、虚伪、贪婪、吝啬、嫉妒、骄傲、命运、恋母、恋父、爱、爱的选择、爱情与责任的冲突、恋爱心理、性爱、通奸、始乱终弃、阳刚、阴柔、忠诚、善良、智慧、回忆、孤独、忧愁、悲哀、为有情人牵线、英雄美人、钟情、公而忘私、决心、意志、毅力、生、死、生命的短暂、离别、

---

① [加拿大] 诺斯洛普·弗莱:《批评的解剖》,普林斯顿大学出版社1957年版,第99页。
② 乐黛云:《中西比较文学教程》,高等教育社1988年版,第189页。
③ 同上书,第190页。

救助、宗教、哲学、梦境、理想、自由、时间、空间、自然、季节、海洋、山脉、黑夜、动植物，等等。①

文学母题由于带有相当的普遍性，在文学史上反复出现，所以常常被人们称为"永恒的主题"。我们说"爱情是永恒的主题"，意思就是说爱情是为历朝历代的文人所关注、所表现的母题，只要有人类就会有爱情，而只要有爱情就会有表现爱情的文学作品。从这样的意义上说，爱情难道不是文学的永恒主题吗？如果不加分析地反对"永恒主题"论，不能不说是形而上学的机械论。

然而，正如谢天振教授所指出的："在我国的文学研究中，我们通常很少使用母题这个术语。这一方面是因为我们对母题尚缺乏认识，往往以主题一词一言以蔽之；另一方面是因为母题与主题很容易混淆。因此，在我们从事主题学研究时，如何把母题与主题区分开来，便成了一个比较棘手的问题。"② 应该说，不仅是主题学研究面对这个棘手的问题，而且我们的文学理论研究也不可回避这个棘手的问题。

文学母题与文学主题在具体的作品中总是与具体的题材、情境、人物、意象相关联的，它们都是从具体作品的内容中抽象出来的主体部分。"一部作品，假如我们要把它分成两半进行研究的话，母题和主题肯定在同一半边，而情境（连同结构等）则在另一半边。从这个意义上我们可以说，母题和主题是文学作品的潜在部分，而情境（以及结构等）则是作品的外现部分。"③ 从文学母题和文学主题的联系方面来看，这是其一。

其二，不仅文学母题在不同时代、不同民族、不同国度的不同文学作品中反复出现，不断被不同作家所表现；而且一些常见的文学主题，如感叹人生的短暂、歌颂忠贞和自由的爱情等，也可能在不同时代、不同民族、不同国度的文学作品中得到反复的表现。当一个文学主题不仅为某个具体作品所表现，而且为许多作品共同表现时，它就带有文学母题的意味了，尽管它仍然是文学主题而不是文学母题。

其三，在一个具体的文学作品中不仅可能包含多个文学母题，而且

---

① 乐黛云：《中西比较文学教程》，高等教育出版社1988年版，第190页。
② 同上。
③ 同上书，第197页。

也可能包含多个文学主题。比如中国古典名著《西游记》，其母题包含有宗教、道德、叛逆、仇恨、爱情、命运等。其主题也十分复杂，或说是劝学，或说是宣扬佛道，或说是宣扬玩世不恭、游戏人生的人生观，或说是批判黑暗封建统治、歌颂农民起义反抗，或说是劝人不要犯上作乱，全心归依统治者，是反动的政治小说，或说是教人改邪归正、悔过自新，或说是激励人们勇敢战胜人生道路上的艰难险阻，必将取得辉煌的成功，或说是歌颂顽强奋斗的品质、精神和毅力，等等。文学母题毕竟不同于狭义的文学主题，它们的区别在于：

第一，"母题往往呈现出较多的客观性，并不提出问题，如西方文学作品中常见的母题：诱拐、叛逆、谋杀、通奸、仇恨、嫉妒，等等；而主题则多带有较强的主观色彩，而且上升到问题的高度，如中国古代文学作品中常见的主题：因果报应、及时行乐、人生如梦、红颜薄命、有情人终成眷属，等等。"①

第二，"在世界文学，母题的数目相对有限，有人估计母题的总数最多也不过一百多个，但主题的数目就无法计数了。"② 在不同的文学作品中寻找相同的母题是容易的，中国四大古典名著《三国演义》、《水浒传》、《西游记》、《红楼梦》，从总体上看，它们的题材、情节都相去甚远，但是都包含着爱情的母题。不仅中国四大古典名著，而且世界文学中的绝大部分都包含着爱情的母题。而以歌颂忠贞而自由的爱情为主题的文学作品虽然也有不少，如中国的《梁山伯与祝英台》、英国的《罗密欧与朱丽叶》，等等，但是绝对没有理由说世界文学中的绝大多数作品都是以歌颂忠贞而自由的爱情为主题的。虽然许许多多作品写到"爱情"这个母题，但是由这个母题引出的具体的文学主题却是不尽相同的。

第三，"母题出自情境（原文为"景"，疑为笔误——引者注），而主题则多与人物有关，并通过人物具体化。诚然，母题有时也通过人物体现出来，但这两种人物是不同的"③。何为情境？"情境就是人物在每个

---

① 乐黛云：《中西比较文学教程》，高等教育社1988年版，第190页。
② 同上。
③ 同上书，第193页。

特定时刻的相互关系",并由情境衍生出各种各样的情节。譬如"爱的选择"的母题必出于男女多角关系情境中,诸如两个女人和一个男人或两个男人和一个女人的多角关系情境及其情节发展。又如"爱情与责任的冲突"的母题常出于"仇敌的儿女相爱"的情境及其情节发展。母题虽然可以由人物代表和体现,但代表和体现母题的人物形象即母题人物的本质特点往往是确定不变的。母题人物有两类,一是某些神话传说中的人物,如作为自我牺牲母题化身的普罗米修斯,代表恋母母题的俄狄浦斯,象征"公而忘私"母题的大禹,体现"决心和意志"母题的愚公;一是由母题生发出来的人物,如"贪婪"母题的代表阿巴贡,"嫉妒"母题的代表奥赛罗,"智慧"母题的代表诸葛亮。相反,代表一定主题的人物形象即主题人物是随主题表现的变化而变化的。如西方文学中的一个重要的主题人物贞德,她原本是法国历史上的一位民族英雄,但是在莎士比亚笔下她是一个美丽的妖妇,在希尔勒笔下她是战斗英雄,在马克·吐温笔下她是一位政治家、军事家,在法朗士笔下她是一个依靠强烈的宗教激动而行动的人。中国文学作品中的主题人物崔莺莺和张君瑞,在唐代元稹笔下,一个是性格软弱、逆来顺受的女子,一个是"始乱终弃"的负心郎,到了王实甫笔下,一个变成了大胆、热情、勇敢追求自由爱情的叛逆女性,一个变成了真诚、潇洒、重情的聪明书生。这里需要指出的是,有些人物可以同时作为母题人物和主题人物,像俄狄浦斯,当作为恋母母题的代表时他是母题人物,作为人与命运抗争的主题的体现时他是主题人物。

(二) 具体文学作品的主题

应该怎样认识具体文学作品的主题呢?且让我们先来分析一下几种常见的观点。

一种观点是"无主题论"。"无主题论"者认为作家关心的只是表现对象本身,而对表现对象之外的东西是不感兴趣的。所谓主题在作家常是不自觉表现的,在作品是不确定的、模糊的,在读者是难以确切把握的,因而也就没有明确主题可言。当代著名作家高晓声就认为所谓作品的主题思想,对于作家的创作来说是没有多大意义的。创作实践证明作家只能忠实于生活而不能忠实于预定的概念。陆文夫也认为强调文学作品主题要明确是没有意义的。有人据此就打出"无主题"的旗帜。我们认为作家创作是存在很大个性差异的，有些可能偏于直觉和非理性，有些则可能偏于理智和理性。前者也许只是关心表现对象本身，后者也许还关心表现对象之外的东西。而且，即使作家创作时只是专注于对象，也并不能排除其艺术形象可能包蕴某种思想情感因素，因为作家的思想情感因素可以自觉地也可以不自觉地渗入艺术形象中。文学作品的主题因与艺术形象紧密结合在一起而难以概括和表达，但绝不能因此而走向极端，得出"无主题"的结论。文学作品中总是渗入了作家的思想情感的，因而总是有主题的。

一种观点认为主题即作家的主观意图。作家创作的主观意图产生于创作之初，它与作品完成之后最终呈现出来的主题思想的关系是极为复杂的。它们有时重合、一致、相通，有时则不一致，矛盾甚至完全相反。想当然地在主题与作家主观意图之间画上等号，从态度上说是极不负责的，从方法上说是极为机械的。

一种观点认为主题是文学作品蕴含的全部思想意义。一部作品——尤其是鸿篇巨制，所蕴含的思想意义是非常丰富复杂的，可以说作品中所描绘的每一个人物、事件，每个场面、细节，每一种景物、环境，一句话，每一个字词，甚至每一个标点符号，都可能蕴含着一定的意味。如果说从大到小，从整体到局部的每一种思想意义都是作品的主题的话，那就等于无主题了。打一个浅显的比方，如果说一个单位的人全是领导的话，那就等于谁也不是领导。同样的道理，说一个作品的全部思想意义是主题那就等于说没有一种思想意义是主题。显然，这种观点是站不住脚的。

一种观点认为主题是读者的见解。这种观点看到文学作品的主题不是现成的，不像商店里的赠送品等顾客去拿就是，而是要靠读者去破译、去发现。没有读者的积极参与，作品的主题不可能自动显现。但这种观点单方面强调读者的主观能动性，忽视文学作品本身作为读者破译主题的客观依据，这就容易导致主观主义和相对主义。

对具体文学作品主题的正确认识应该是：

第一，文学主题属于文学意蕴的范畴，是文学意蕴中最基本的和最核心的部分。它不是文学作品的某个局部所呈现的思想意义,而是文学作品在整体上所呈现的思想意义。它贯穿于作品的全部生活现象或说整个形象体系之中,起码能够统率作品的大部分内容。譬如《水浒传》120回,前71回写各路英雄好汉被逼上梁山,72—82回写梁山好汉勇战官军,82—120回写宋江率部接受招安并奉命征辽、征田虎、王庆、方腊以至覆灭。从总体上看,82—120回的内容与前面71回的内容是相矛盾的。前71回的主题可以简单概括为"官逼民反",后39回的主题可以简单概括为"投降招安"。相对而言,哪个更适合作为整部作品的主题呢?当然是前者而非后者。所以人们认为《水浒传》表现的是"官逼民反"的主题。

第二,文学主题是主客观的统一,一方面是具体文学作品所描写的客观生活现象本身蕴含的本质、规律之类的东西,一方面是作家对所描写的生活现象的主观认识、理解和评价以及借以表现的情感、理想等。

第三,应该充分重视文学主题的复杂性。文学主题是客观社会生活世界和作家主观心灵相交流的产物,而且,它始终不能脱离具体的文学形象,体现在作品的具体形象体系之中,因而文学主题在作品中的呈现带有复杂性。具体说来,其复杂性表现在:

1. 一些作品的主题是单纯的,一些作品的主题则是多元的。一般篇幅短小、结构简单、语言通俗明白、内容集中浅近的作品,其主题就单一。一些短篇叙事作品和写景抒情作品,像鲁迅的《孔乙己》、《一件小事》等篇幅短小、情节简单的短篇或微型小说,又像李白的《越女词》、《望庐山瀑布》等较单纯的写景抒情诗歌,再像朱自清的《春》、《梅雨潭的绿》等较单纯的写景抒情散文,等等,它们的主题是单一的。相反,一些反映广阔生活内容的鸿篇巨制以及一些采用象征、隐喻等表现手法的作品的主题往往就是多元的。有学者指出《红楼梦》的主题主要的就有"封建社会的葬歌、奴隶的哀歌、爱情的悲歌、传统美德的赞歌、'色''空''梦''幻'和人生况味的幻歌等五个大的方面"[①]。曹禺先生的《雷雨》也是多主题的,人们从中可以看到关于命运、婚姻、伦理道德、反封建、阶级

---

① 都本忱:《〈红楼梦〉多主题论》,《松辽学刊》(社会科学版)1992年第1期。

对抗等方面的主题。许多大型的文学作品表现出多元主题。一些采用象征、隐喻等手法的文学作品尽管篇幅短小，也可能具有多元主题，如李商隐的《锦瑟》诗："锦瑟无端五十弦，一弦一柱思华年，庄生晓梦迷蝴蝶，望帝春心托杜鹃。沧海月明珠有泪，蓝田日暖玉生烟。此情可待成追忆？只是当时已惘然！"有人说这首诗是吟咏爱情的，有人说是追怀亡妻的，有人说是描绘音乐的咏物诗，有人说是诗人追叙生平，自伤身世。又比如白居易的《赋得古原草送别》："离离原上草，一岁一枯荣。野火烧不尽，春风吹又生。远芳侵古道，晴翠接荒城。又送王孙去，萋萋满别情。"其主题可以说是借原上草以喻别情，但也明显表现出对原上草顽强生命力的赞美之情，因此这也可以说是其主题之一。

2. 一些作品的主题直白明确，一些作品的主题却含蓄朦胧。拿诗歌来说，贺敬之的《桂林山水歌》、徐志摩的《再别康桥》等诗作的主题是容易理解和把握的，而一些现代派诗歌的主题却很难琢磨清楚。如南星的《茑萝》："可喜的阳光，／抚摩着褪色的蝉背。／幻想带着它的泪痕，／像一个苍白的病者在死床上／对一切告别了／用耳朵所不能领受的言语。"读这首诗我们虽然能感受到一种颓废、感伤的情调，却不能像读《桂林山水歌》那样确切说出它的主题。

第四，文学主题虽然以文学语言及其所构成的文学图像为客观根据，但是毕竟要读者去破译和发现。因此，同一个作品的相对确定的主题在不同的读者那里往往可能作出不同的概括。出现这样的情况是很自然的。正如鲁迅先生所指出的，《红楼梦》"单是命意，就因读者的眼光而有种种：经学家看见《易》，道学家看见淫，才子看见缠绵，革命家看见排满，流言家看见宫闱秘事"[1]。鲁迅先生在这里虽然不是对《红楼梦》主题作科学探讨，但却指出了概括作品主题与读者眼光的关系。这也说明，作品的多元主题是由作品意蕴的丰富复杂性、深奥难解性与读者主观见解的差异性共同造成的。

（原载《桂林师范高等专科学校学报》2002年第1期）

---

[1] 鲁迅：《〈绛洞花主〉小引》，《鲁迅全集》（第7卷），人民出版社1957年版，第419页。

人民文艺怎样为人民

《文艺理论与批评》杂志从 2001 年第 6 期开始设置"人民美学"栏目，这一并不起眼的举动却可视为人民美学在当今的重新出发。而人民美学的重新出发又可能带动人民文艺的重新出发，因为人民美学与人民文艺是如此紧密地联系在一起而难以分离的。当年毛泽东《在延安文艺座谈会上的讲话》（以下简称为《讲话》）中提出的"革命文艺"就曾被周扬很精当地概括为"新的人民的文艺"，而人民文艺的内核就是人民美学。所以，《讲话》既是阐述人民美学的经典文献，又是阐述人民文艺的经典文献。

《讲话》是在特定历史时期发表的，是为了解决特定历史时期革命"文艺工作和一般革命工作的关系，求得革命文艺的正确发展，求得革命文艺对其他革命工作的更好的协助，借以打倒我们民族的敌人，完成民族解放的任务"[1] 而发表的，是带有特定历史时期的革命、政治、思想意识色彩的。它里面的一些提法与今天的文艺所面对的现实以及文艺本身的现实存在一定距离。因此，在今天如果完全照搬《讲话》的本本，不是发展地、辩证地看问题，那是无益于我们今天的人民文艺建设和繁荣的。但是，如果以各种借口企图全盘否定《讲话》的基本精神，那也一定是别有用心的。实事求是地说，《讲话》的问世，从根本上改变了中国现代文坛的面貌，为中国的人民文艺运动开创了一个新纪元。半个世纪的人民文艺史证明，《讲话》"提出的一些根本的原理是非常正确的"[2]，值得我们的文艺工作者从中"温故而知新"。

---

[1] 毛泽东:《在延安文艺座谈会上的讲话》,《毛泽东论文艺》(增订本)，人民文学出版社 1992 年版，第 34—68 页，为求简省，以下凡引自此文此书的文字，只打引号而不再注明出处。

[2] 中共中央宣传部文艺局编:《邓小平论文艺》，人民文学出版社 1989 年版，第 112 页。

《讲话》说:"什么是我们的问题的中心呢?我认为,我们的问题基本上是一个为群众的问题和一个如何为群众的问题,不解决这两个问题,或这两个问题解决得不适当,就会使得我们的文艺工作者和自己的环境、任务不协调,就使得我们的文艺工作者从外部从内部碰到一连串的问题。"这段话在今天看来,也是正确的。我认为,他这里提出了"人民文艺"的两个根本规定性。

"为群众"即为人民,是人民文艺的根本方向,它从外部宏观指导人民文艺运动的发展。作家艺术家应该牢固树立为人民群众的思想,否则,没有对象,盲目地从事创作,就难免发生"脱离群众",丧失崇高人民性的偏向。"如何为群众"则内在于具体创作活动之中,它从内部导引文艺走向人民。如果作家艺术家不在实际创作中解决好"如何为群众"的问题,那么"为群众"就可能成为一句空话。所以,在明确了文艺为人民群众的方向后,关键就是"如何为"的问题了。而解决如何为的先决条件又在于弄清人民群众在我们的文艺活动中究竟担任怎样的角色。《讲话》指出人民群众既是文艺的"描写对象",又是"作品接受者"。这样,"如何为群众"的命题实际就分解成了如下两个命题:一是作家艺术家如何表现人民群众,二是作家艺术家如何满足人民群众的艺术消费需要。这也就构成了"文艺如何为人民"的两个维度、两条底线。一个真正的人民的文学艺术家就应该在自己的文艺活动中坚持这两个维度、守住这两条底线。如果你觉得这是捆绑文艺家手脚的两条绳索,那你就不应该自封为或希望别人封你为人民的文艺家。任何问题的讨论都是存在起码的边界的,我们就将在这样的边界里判断一个文艺家是不是真正的人民文艺家以及其作品是不是真正的人民文艺作品。

一 表现主体:把颠倒了的历史再颠倒过来

在一切剥削阶级的文艺中是没有劳动人民的位置的,即使有也是作为配角甚至奴隶、愚人、小丑之类消极形象。因为劳动人民政治上受压迫、经济上受剥削的社会地位决定了他们在文艺作品中被扭曲、受愚弄的命运。如鲁迅先生所说:"现在的文学家都是读书人,如果工人农民不解放,工人农民的思想,仍然是读书人的思想;必待工人农民得到真正的解放，然后才有真正的平民文学。"① 人民文艺就是要让人民群众在政治经济上得解放的同时，"在作品中如在社会中一样取得""真正主人公的地位"②，即把颠倒了的历史重新颠倒过来，用崭新的人民群众的生动艺术形象取代才子佳人、帝王将相、老爷太太、公子小姐们在文艺中的统治地位。

早在国际无产阶级开始作为独立的政治力量登上历史舞台的时候，恩格斯就及时提出了"歌颂倔强的、叱咤风云的和革命的无产者"③，工人阶级及其斗争"应当在现实主义领域内占有自己的地位"④ 的要求。1905年，列宁发表《党的组织和党的出版物》，进一步指出无产阶级文艺是"无产阶级总的事业的一部分"，"为千千万万劳动人民，为这些国家的精华、国家的力量、国家的未来服务"。毛泽东《讲话》从中国革命实际出发，继承并具体发展了马克思主义的革命的人民文艺思想，不仅明确提出"人民大众"方向，而且解决了如何在创作实践中坚持、贯彻这一方向，即"在实际上，在行动上"而不是"在理论上，或者说在口头上"为人民大众的问题。

文艺为人民群众服务，关键就要确立劳动者（在《讲话》发表的特定历史时期就是工农兵）为主体的人民群众在文艺作品中的表现主体地位：就是要站在无产阶级和人民群众的立场上，赞扬、歌颂人民群众和一切人民群众的革命斗争，对于人民的缺点和落后面，则用保护人民、教育人民的满腔热情帮助他们克服，一句话，就是要"联系群众，表现群众"。

但是，文艺创作是特殊的个体性精神劳动，明确了表现对象并有正确的立场和进步的世界观还是不够的，必须对表现对象进行深入的了解、熟悉、体验，"我们的文艺工作者的思想感情"才能"和工农兵大众的思

---

① 鲁迅：《而已集·革命时代的文学》，《鲁迅全集》第3卷，人民文学出版社1981年版，第422页。
② 周扬：《新的人民的文艺》，《周扬文集》第1卷，人民文学出版社1985年版，第514页。
③ 恩格斯：《诗歌和散文中的德国社会主义》，《马克思恩格斯全集》第4卷，人民出版社1956年出版1965年印刷本，第224页。
④ 恩格斯：《致玛·哈克奈斯》，《马克思 恩格斯 列宁 斯大林论文艺》，人民文学出版社1980年版，第135页。

想感情打成一片"，进而产生强烈的爱，然后才能进入创作的实质阶段，所谓情动而辞发。否则你文艺家的思想感情还是"读书人"的，与劳动人民之间还存在距离。身为诗人的毛泽东是深谙此道的，所以他在《讲话》中特别要求作家艺术家了解、熟悉人民群众。他说，"了解人熟悉人的工作却是第一位的工作"，"不熟悉，不懂"，就无从去"表现工农兵群众"。因为"缺乏接近，缺乏了解，缺乏研究，缺乏知心朋友"，当然就"不爱他们的感情，不爱他们的姿态"，结果肯定是"不善于描写他们；倘若描写，也是衣服是劳动人民的，面孔却是小资产阶级知识分子"。因此，他这样寄语我们的作家艺术家：

> 中国的革命的文学家艺术，有出息的文学家艺术，必须到群众中去，必须长期地无条件地全心全意地到工农兵群众中去，到火热的斗争中去，到唯一的最广大最丰富的源泉中去，观察、体验、研究、分析一切人，一切阶级，一切群众，一切生动的生活形式和斗争形式，一切文学和艺术的原始材料，然后才有可能进入创作过程。

> 深入观察、体验、研究、分析表现对象——人民群众，是人民的作家艺术家的创作成果达到艺术真实性与人民倾向性统一的完美艺术境界的根本途径。

有人曾对"深入生活"提出质疑，认为作家艺术家本来就有自己熟悉的生活，为什么要"深入"到不熟悉的人民群众的生活中去呢？就今天的历史环境而言，确实不必要求每一个作家艺术家舍近就远去熟悉和表现人民群众的生活，知识分子的生活或者作家艺术家所熟悉的别的生活都具有表现的价值，表现得好、挖掘得深，照样是大贡献。但是，一个热爱人民、关心人民、对人民具有深情厚谊的人民文艺家，则责无旁贷地担负着为边缘化了的、很少懂得自我表达的人民群众"代言"的使命。一个作家艺术家虽然有着"为人民"的满腔热忱，就是不了解人民群众、不熟悉人民群众，那也未必能创作出真正意义上的人民文艺作品。

我们知道，倾向性以真实性为基础，寓于真实性之中。没有真实性的倾向性，说穿了就是文艺的瞒和骗。剥削阶级的御用文艺大多就是这样一种瞒和骗的文艺。我们的人民文艺，要求的是倾向性与真实性的统一，也即是从最严格的意义上要求文艺的审美性。美的根本特性是含真蕴善，失去两个生成基因，美就消失得无影无踪。为什么皮笑肉不笑的"笑"不美？因为是假笑，缺真。为什么王熙凤的"热情"不美？因为她"明是一盆火，暗是一把刀"，不善。我们无产阶级文艺，既追求以进步的倾向性实现团结人民、教育人民，打击敌人、消灭敌人的阶级功利［即善］，又追求以传神的描绘达到艺术真实［即真］，从而成为真正美的文艺。怎样才能实现艺术真实性与革命倾向性的统一？只能积极接近、熟悉我们文艺的表现对象——人民群众。脱离群众，就难以发现他们身上的真、善、美，要把他们的真、善、美艺术地、真实地表现出来就更无从谈起。

要求文艺反映人民的生活斗争，表现人民的内心追求，并不意味着作家艺术家主体性的失落。马克思主义者是真正重视人的主体性的，但是人的主体性并不是什么绝对的精神主体。某些人企图把人的精神主体从实践主体中分离出来，并把它绝对化、神秘化，目的是为了宣扬极端的个人主义。实际上，精神主体与实践主体是统一不可分的，因为人的实践活动永远是实践——精神的，要把它们分离开来如同要把意识从人脑中分离出来一样荒唐。人的主体性只有在与对象的实践关系中才能得到现实的体现。换言之，离开了实践活动，人的主体性就没有了依附，而成了空洞的抽象物。在实践中，无论是物质实践还是精神实践中，主体的巨大精神力和生命力充分地释放出来，灌注到实践活动以及成果之中，才成其为现实的可信的主体性。我们的作家艺术家观察、体验、研究、分析人民群众的生活斗争、思想感情、习惯爱好、性格气质、愿望理想，然后以生动活泼的文艺形式创造性地、独特地反映出来，正是主体性的完美体现。

当然，人民的文艺并不是绝对地只能表现人民群众，文艺创作的题材领域是十分广阔的，一切有利于人民群众认识世界、开阔眼界、创造生活、受到启发、得到美感、娱乐身心的东西都可以进入文艺作品。正如《讲话》指出的，我们的文艺除了要充分从正面塑造人民群众的新人形象，展现他们的博大襟怀和崇高志趣外，还应站在无产阶级和广大人民的立场上,"观察、体验、研究、分析一切人,一切阶级","一切生动的生活形式,一切文学和艺术的原始材料","创造出各种各样的人物来,帮助群众推动历史的前进"。

这里要特别指出的是,用马克思主义的发展观点和历史观点来看,无论是何种阶级、何种群众、何种生活形式和斗争形式,都是特定时空条件下的产物,都必然是历史地发展变化的。文艺创作活动也是在特定时空条件下进行的,与上述一切原始材料构成动态的反映与被反映关系。在我国现阶段,无论是"人民"概念的外延和内涵,还是人民的生活,以及社会的阶级关系和阶级斗争,都已经发生了深刻的历史变化,已与《讲话》发表的时代大不一样。因此,今天的人民文艺无论是在真实地表现人民群众方面,还是在多方面地反映时代面貌方面,都应该表现出全新的时代特点和艺术风范,而不应该停留在过去的模式和形态上,否则,就谈不上艺术的进化。

二 接受主体:尊重人民的选择和判断

毛泽东同志十分重视接受者问题。他认为射箭要看靶子,做演说、写文章不能不看听众和读者。《讲话》指出:"文艺工作者同自己的描写对象和作品不熟,或者简直生疏得很",就会"英雄无用武之地"。这就是说,作家艺术家创作文艺作品受到双重制约,除了直接受表现对象的制约外,还要受到接受者的间接制约。对表现对象不熟,文艺创造就丧失了现实根据,就没有艺术真实性可言,也就更谈不上进步的倾向性了;而对文艺的接受者不熟,不了解接受者的艺术消费需要,就难以适应接受者的要求,创作出的作品就不能顺利进入真正的接受过程,作品的价值就不能实现,这样的作品不过是没有生命的空壳。这里,我们感到毛泽东认为人民群众的文艺接受不是消极被动的,而是积极主动的。这个认识与接受美学有异曲同工之妙。毛泽东意识到人民群众对文艺作品有自己的选择和好恶,所以《讲话》又说:不了解群众的实际,"在群众面前把你的资格摆得越老,越像个'英雄',越要出卖这一套,群众就越不买你的账",不接受就是不接受,"你就怎样骂也是空的"。

《讲话》从文艺如何起社会价值效应的角度把接受者问题提到了应有

的高度，这是相当了不起的。文艺总是潜含着一定正向或负向社会价值的。虽然我们不能过分夸大它，但是也不能完全无视它。文艺发挥其社会效应的基本规律，就如毛泽东同志所看到的，必须经过接受者的理解、消化，使接受者产生共鸣，升华为意志力，作用于社会实践，最终才使文艺的潜能转化成为物质力量即现实的社会价值。正因如此，我们说文艺的社会价值是由文艺家和接受者共同创造的。一个文艺作品虽然有很高的创造性，蕴藏有多方面的启迪意义，但是人民群众不喜欢、不接受，将之弃于一边，让它躺在书架上吸纳灰尘，那作品的价值和意义就还只能是潜在的，不会变成现实。

人民文艺应该发出其本来具有的对社会的巨大辐射能量，所以必须拥有最广大的接受群——人民群众，这就要求作家艺术家们首先能自觉地适应人民群众的艺术消费需要。《讲话》指出，人民新文艺的接受者是人民群众，在当时的解放区和根据地主要就是"工农兵以及革命干部"。我们今天的人民文艺的接受者仍然是人民群众，即广大的工人、农民、士兵、知识分子、干部和一切拥护社会主义、热爱祖国的人们。别林斯基曾说过："公众和作家是发生着密切关系的：作家是生产者，公众是消费者；作家是演员，公众是对演员报以同情和欢呼的观众。……对于文学来说，公众是最高的审判，最高的法庭。"[①] 我们的人民文艺的最高法庭和最高裁判就是广大的人民群众。我们的作家艺术家应该准确把握人民群众的审美心理结构即期待视野，透识人民群众的审美习惯、审美趣味和审美理想等，发扬当时延安作家艺术家的精神，创作出大量为人民群众喜闻乐见的优秀作品来。

那么，人民群众究竟喜闻乐见什么样的文艺作品呢？应该说，人民群众对文艺的欣赏需要是丰富多样、千差万别的，因为在人民群众这个总接受群下的各个相容相交而又层次不一的接受群对文艺的喜好，从内容到形式，从思想到艺术，从体裁样式到风格流派，都是同中有异的。我们要求作家艺术家为人民群众创作，努力满足人民群众的需要，这是

---

① ［俄］别林斯基：《一九四〇年的俄国文学》，《别林斯基选集》第 2 卷，上海译文出版社 1979 年新 1 版，第 409 页。

总体的要求,并不是苛求作家艺术家的作品能为所有的人接受、喜爱,若是这样是不切实际的。但是,无论作家艺术家明确地为哪一个层次的接受群而创作,都不能忘记人民群众对文艺的总要求是积极健康的题材内容与优秀精美的艺术形式的有机统一,是人民的立场、态度与真实的描写、客观的褒贬的有机统一,首先必须满足这一总的需要,然后才能满足某个层次的接受群的具体和特殊的需要。

作家艺术家尤其应认识到人民群众的主体是辛勤的劳动者,劳动者是人民文艺的基本接受群。虽然与过去时代相比,现代的劳动者已成为国家的主人,已逐渐向知识文化型转变,但是他们肩负着创造丰富的物质财富、建设美好的家园的重任,相对于知识分子和干部,他们没有很多时间和精力学习文化知识。因此,他们不可能一开始就能迅速接受很高级的文艺作品,然而他们又渴望艺术。我们的作家艺术家绝不能忽视他们对艺术的正常需要,应该在努力创造较高层次作品的同时,自觉地为他们多创造一些普及层面的而非粗糙的文艺作品,应该多创造一些为他们所熟悉和热爱的文艺样式的作品。譬如,在视觉文化飞速发展的今天,不需要很高文化知识水平也能较好地理解和接受的电影电视艺术、网络文艺尤其是最容易接近他们的DV电影、相声、小品之类样式的作品,是应该大力扶持、调动作家艺术家积极性来创作的。在自己熟悉的某种艺术样式的作品面前,人民群众就会表现出不凡的选择力和判断力,对于什么方面好什么方面不好之类他们都会作出自己的评价。我们一些作家艺术家以为人民群众就是什么都不懂什么都要人教的大老粗,那其实只是这些作家艺术家自己的无端想象。朱青生说得好,"一个没有自己的思想和感情的人,他需要别人给他的是一个完整的东西;相反,一个有个性的人,不需要别人给他什么,因为任何给予都是一种暴力"[①]。人民群众并不是没有思想和感情的人,他们不接受不尊重他们的灌输。

当然,只讲普及不求提高是不行的。普及与提高是辩证统一的关系。正如《讲话》说的:"我们的提高,是在普及基础上的提高;我们的普

---

① 凤凰卫视之《DV新世代》栏目组编:《DV新世代1》,中国青年出版社2003年版,第164页。

及,是在提高指引下的普及。""人民要求普及,跟着也就要求提高。"普及工作若是永远停滞在一个初级水平上,那么工农兵群众的艺术鉴赏力就永远不会提高,而且恐怕连作家艺术家的艺术才华也会跟着萎缩掉。反之,没有普及的基础,主观主义地只讲提高,这样的"提高"也是不可能结出任何果实来的。同时,又要注意防止把普及变成无条件地迎合、迁就人民群众中的某些落后、低级、庸俗的情趣,或发泄自我的兽性,用暴力和性腐蚀人民的灵魂,把公众引向堕落。也不应该把提高变成存心不让任何人看懂,甚至发出诸如"看不懂就不要看"、"就是不要你看懂"、"越看不懂作品层次越高"等非读者意识的言论。在 20 世纪 80 年代末期,作家艺术家中的这种倾向是比较突出的,当时就有不少作家艺术家以人民群众看不懂为荣,结果当然是要么改弦易辙,要么就结束自己的艺术生命。现在有意识地讲究"小资"情调、小资品位的人又开始多起来了,他们不屑于把关注的目光投向底层的人民群众,而陶醉于自我舒适的生活里,大谈吃喝玩乐的"奇遇",忘记了起码的人文关怀!这当然算不得人民文艺家的。硬说是人民文艺家,那也是毛泽东所说的已经"开小差"的那一类。

人民文艺家对人民的正确态度是一边普及一边提高,即循序渐进地提供给他们不断向高级层次递升的文艺作品。既照顾到他们的期待视野,又适当超出他们的期待视野,不断引导、提升他们的欣赏趣味和艺术修养,不断拓展、重建他们的期待视野,最终创造出懂得生动而高尚的人民文艺并能欣赏其美的大众。

(原载《社会科学家》1992 年第 3 期,题为《作家心里要装着人民》,这里略有修改)

生态式教学与生态式教材

——以文学理论教材编写为例

　　大学教学亟待改革,这已是不争的事实,但是,应该怎样改革和进行哪些改革,大家都在摸索中,远远没有达成共识。在长期的大学教学实践中,笔者逐渐形成了一个认识,大学教学改革必须从教材编写的改革抓起,教材编写的改革又必须与教学理念的转换相结合。教学理念与教材编写理念是紧密关联、相辅相成的。本文试以文学理论教材编写为例来探讨一下生态式教学对生态式教材编写的要求和期盼。

一　生态式教学正在浮出水面

　　在现代学校教育的课程教学中,大体走过了从灌输式教学到诱导式教学再到生态式教学的发展历程。灌输式教学现在受到较多抨击,也实在比较笨拙;诱导式教学现在受到较多吹捧,也实在比较聪明;而生态式教学才刚刚萌芽,远没有形成气候,但它代表着教学改革的方向和未来。

　　灌输式教学又叫填鸭式教学,这种教学模式操作起来最简单,就是老师讲学生听,老师念学生记。老师不管学生懂不懂,只是按照课前准备好的内容甚至声音和节奏按部就班地讲授。当然,这中间老师也会根据自己对学生知识状况的推测或自己的兴趣点,对某些知识进行一些解释,但是老师的解释不是因为学生表示有某种困惑和不解,也不是因为学生提出了某个问题。最极端的例子就是照本宣科,那经典难忘的形象就是一个老学究似的老师坐在讲台上一边悠闲而均匀地挥着蒲扇,一边慢条斯理地念着发黄的讲稿。学生则不管老师讲的是什么,也不管自己听明白了没有,只管一个劲地记笔记,试图把老师讲的每一个字甚至口头禅都记下来,而一点儿不经过自己的脑袋。似乎"教师往容器里装的东西越是完全彻底,就越是好教师;学生越是温顺地让自己被灌输,就越是好学生"①。

诱导式教学,在社会上普遍被称为启发式教学。启发式教学的推行或流行,往往是灌输式教学遭到来自学生和社会的巨大阻力后的一种改良。启发式教学模式,基本上还是把老师看作绝对真理的占有者,把学生看作被动接受的容器,但是注意到了学生是有情感倾向的人,或者说是一种具有某种抵抗力的特殊的容器,而不是单纯的机械的容器,认识到学生对教师的讲授可以选择听也可以选择不听,可以喜欢也可以不喜欢。于是,教师对自己的知识传授方式作出策略性的调整和改变,就有了所谓启发式教学。启发式教学的根本是把学生引导到或说诱导到老师认为正确的答案上去,学生仍然是被老师牵着鼻子走的。在启发式教学中,主动启发的是老师,被启发的是学生,实际就是老师启发学生接受某个早已被认作真理的知识。老师善于启发就叫循循善诱,所以我说启发式教学的实质就是诱导式教学。

生态式教学不像诱导式教学那样只是灌输式教学的改良,而是革命性的转变,是从教学观念、原则、方法到教学形式的变革。生态式教学不是老师把现成的知识教给学生,而是老师教学生学,老师教会学生学习的方法和路径,让学生自己去探求知识、发现知识;老师给予学生的不是现成的黄金,而是点金术。在生态化的课程教学中,老师不是以绝对真理的占有者身份在学生面前指手画脚,而是以学生学习的帮助者身份在学生旁边引路,与学生平等、友好切磋、探讨。生态式课程教学,应该彻底打破传统课堂教学的程式,采取多元化的教学形式,诸如按照一定的比例设计老师主讲课、学生自学课、师生探讨课、学生实践课等多种形式,尤其要保障在师生探讨课之前的学生自学课和之后的学生实践课的时间,并且消除学生的依赖心理,否则,师生探讨课就会流于形

---

① [巴西]保罗·弗莱雷:《被压迫者教育学》,顾建新等译,华东师范大学出版社 2001 年版,第 24 页。

式,让学生学会学习、自主学习、开启学生心智的教学目标就难以实现。生态式"教学的本质是交流,是师生之间的沟通与对话,是思想的激活、碰撞与交锋"①。这才是生态式教学超越通常说的启发式教学的境界。启发式教学往往是先预设了答案,老师一步一步将学生引向这个答案,生态式教学是引导学生寻找不同的答案,一个问题不是一个答案,而是多个答案。如此一来,学生在教学活动中的主体地位和自主自觉性才是得到了真正的重视和提升。

二 生态式教学呼唤生态式教材

现在通行的大学教材与大学教学的现状很相似,基本是一言堂式教材,即使在形式上变成立体化了,内质上仍是一言堂。与生态式教学"小荷才露尖尖角"一样,生态式教材也呼之而未出。

回顾一下新中国文学理论教材建设的历史,可以发现文学理论教材基本上可以归为两类,一类是对应于灌输式教学的教材,一类是对应于诱导式教学的教材。20世纪80年代及以前出版的教材基本上都属于适合于灌输式教学的一类,像以群主编的《文学的基本原理》(1964)、蔡仪主编的《文学概论》(1979)、十四院校《文学理论基础》(1981)、刘叔成《文学概论四十讲》(1983),最典型的是蔡仪主编的《文学概论》。而作为20世纪90年代中期教育部"高等教育面向21世纪教学内容和课程体系改革计划"与"高等师范教育面向21世纪教学内容和课程体系改革计划"项目成果,由高等教育出版社出版的配备有导学光盘和学习卡的"面向21世纪课程教材",就基本属于对应于诱导式教学的一类,如童庆炳主编的《文学理论教程》。

为什么说蔡仪主编《文学概论》为代表的一类教材对应于灌输式教学呢?因为其写法是绝对的一言堂式或独白式,在这类教材中只有一种声音,而且这种声音还是被当时的政治意识形态扭曲了的带有某种虚假性的声音。如蔡仪主编《文学概论》的文学观是建立在反映论基础上的,简单地说就是反映论文学观,其他各种各样的文学观是被贬斥的、蔑视

---

① 陈桂生:《教育实话——也谈"教学常规"》,华东师范大学出版社2003版,第8页。

的、遮蔽的，给人的感觉不仅仅是只有反映论文学观是正确的，甚至就只有反映论一种文学观，它通过特殊的论述方式、引用特点、独尊语气将读者的文学观念牢牢钉死在反映论文学观上，其不开列思考练习题的做法更是强化了只顾自说话、不管学生需要的独白式文体特点。

童庆炳教授主编的《文学理论教程》表现出面向 21 世纪进行教学内容改革的鲜明立场，教材涉及的审美反映论、存在主义、新批评、叙事学、精神分析学、接受美学等 20 世纪西方出现的新鲜文论思想和观点，的确有让人耳目一新的感觉，不愧是新时代编写出版的新教材。尤其是教材附有导学光盘和学习卡，通过纸版、光盘和课程网站（由学习卡导引进入）三种媒介来实现立体化教学，有意识地丰富教学形式，增添教学活动的生动性和趣味性，优化教学效益，明显是考虑到并重视学生的现实需要了。通过导学光盘和课程网站，能够获得电子课件、各章节知识点、练习、总结、问题、扩展资源等，这样的教材可以称为立体化的教材。

《文学理论教程》之类的立体化教材对应的应该是通常叫启发式教学的诱导式教学，是在诱导式教学理念指导下编写出来的教材，它们对学生学习课程知识的引领和诱导作用明显高于非立体化的单纯纸质教材。但是，换一个角度看，其理论体系的创新性又不是很令人满意的。蔡仪主编的《文学概论》一共十章，可以归纳为五个板块即本质论、发展论、作品论、创作论、接受论，童庆炳主编的《文学理论教程》与曹廷华主编的《文学概论》、许自强主编的《文艺理论基础》等其他教材一样，在理论框架上还是秉承了蔡仪的衣钵，一任其旧还是这五大论，而且在内容编排和论述方式上也没有体现出更多的读者意识或者说学生意识。所以，严格说起来，童庆炳主编的《文学理论教程》基本还是一言堂式的写法，缺乏对话的品格和多声部交融的色彩。尽管童庆炳主编的《文学理论教程》已经有了较强烈的时代感和创新意识，但毕竟因为编写出版年代的局限，还没有编写生态式教材的自觉。

生态式教学理念呼唤生态式教材的编写，但是，实事求是地说，现在通行的大学文学理论教材还没有哪一部适合于生态式教学、算得上生态式教材！

三　生态式文学理论教材编写思路

2009年11月和2010年8月分别在中央民族大学和大连民族学院开了两次研讨会，研讨民族院校与民族地区高校中文专业教材建设问题。第一次会议笔者作了自由的发言，第二次会议笔者作了主题发言，两次所讲的核心意思差不多，都是围绕四个方面来谈文学理论教材编写的。一个是知识体系的创新问题，强调要改一改现行文学理论教材的知识体系结构（框架）；第二个是文学知识和理论的中国化与"去西方化"的问题，主要是强调在概念使用上应该考虑"去西方化"的问题，有必要多用我们中国古代文论提出的概念，就是用西方的概念也要注意尽量做到"中国本土化"，而不是从头到尾穿洋服戴洋帽；第三个是文学知识的多元民族性问题，就是在拿作家作品来说明理论问题时，恐怕要照顾到中华文学的民族多元性，除了汉文学，还有各少数民族文学，都应该有所涉及；第四个是教材文本个性问题，强调文本本身的多声部"对话"色彩，启迪学习者心智，防止"一言堂"或"独白"式的专制。对这几个方面作一个概括的表述，就是希望编写一本文学理论教材，应努力吸收文学理论研究最新成果，重视我国文学理论传统，具有多民族文学融合大视野，注重开启学生智慧，培养学生创新能力，适合老师教也适合学生学，尤其是还能让少数民族老师和学生感到亲切，具有突出的对话品格。笔者现在的立场和观点还是这样，只是当时还没有理清楚自己为什么要这样设想的理论根据，现在理清楚了，那就是生态观，更明确地说，就是生态式教学与生态式教材的对应性。也就是说，笔者现在的认识是，没有生态式教材作支撑，是很难真正推广生态式教学的。而笔者当时给教材编写所作的定位，现在看来就是一种生态式教材的定位，因为：

第一，文学理论教材知识体系的创新，是文学理论研究生态本身的要求。今天的文学理论研究生态已经不同于过去的文学理论研究生态。如果我们的教材还是停留在过去的体系结构中，只是在一些细小处做一些修修补补的工作，那是很难反映出今天的文学理论研究生态的，这样的文学理论教材也是谈不上具有当下足够的时代性的，肯定也是远离了本土当下文学生态的现实的。我们很难期望特定历史时期、特定文化环境下出现的文学理论放之四海而皆准，能够应对古今中外所有的文学阐释难题，但是本土当下的文学理论应该是新颖的、鲜活的，能够解释本土当下的文学现象的，否则，这种文学理论就真是苍白和灰色的了。

第二，文学知识和理论的中国化与"去西方化"，则是中国文学理论特殊生态的要求。我们的一些学者大谈中国文论的"失语"，却忘了中国文论家为自家文论"失语"应负的责任。中国文论的失语，既有西方文论话语很强势的原因，那是被迫，但是也有中国文论家崇洋媚外、数典忘祖的原因，这是自动的失语。中国文论中有很多遗产值得我们好好发掘和继承、发扬的，比如"感物"说。感物，既要人去"感"，又不离开物，有人有物，见人见物，物我交感，颇能让人体察到我与物既区别又依存的生态关系，似乎可以用来作为建构生态文艺学的理论基础。感物不仅是文艺创作的基础，也规定着文艺的生态或说自然品格。

第三，对少数民族文学的适当关注，是中华文学生态的要求。中华文化是多民族文化，中华文学也是多民族文学，而非单纯汉民族文学。缺少了少数民族文学的优秀成果，中华文学也就不再是真正的中华文学了，而只是残缺的中华文学了。当年的十四院校《文学理论基础》今天看来尽管存在种种不足，但是它对少数民族文学成就的积极关注，是值得今天的教材编写者好好思考的。比如，那本教材在讨论文学作品的体裁时，专门辟了"说唱文学"一节，这一节就介绍到了蒙古族"好来宝"、维吾尔族"拉帕尔"、哈萨克族"冬不拉"、柯尔克孜族"库木子"、侗族"琵琶歌"、瑶族"乐春鼓"、苗族"果哈"、朝鲜族"延边唱谈"等说唱形式的文学。另外，它还有"文学的民族特点"的专章，也是超越了当时其他同类教材谈文学的民族性的高度的。这对我们应该是一种启示。一部成功的文学理论教材就应该能够反映或指引当时语境下的文学生态。

第四，教材文本的多声部"对话"色彩，不仅是现实的多声部"对话"的文学理论生态本身的要求，而且更是生态式教学理念对教材的直接"指令"。生态式教学的本质就是对话性，学生与教师的对话，学生与学生的对话，学生与教材文本的对话。只有在对话关系中，学生才谈得上与教师的平等，才谈得上师生共生、教学相长，才谈得上学生独立、自主的主体性，才谈得上对学生心智的启迪。教材文本的对话性一方面要体现教师与学生两个主体的对话关系，即既要意识到有教师这个潜在读者，也要意识到有学生这个潜在读者，而且主要是学生读者群；另一方面要体现在文学理论研究中各种不同观念、不同立场、不同观点之间的对话关系，这种对话关系的彰显必然对塑造学生的独立、自由的心灵产生直接的激励力量。一部真正不仅为教师而且更是为学生编写的教材，就应该从章节的学习提示、习题设计、讨论话题与材料到章节内容的选择与详略增删、观点铺排、编排技巧、链接方式、语言风格等，都从学生实际需要出发加以考量，不仅要像立体化教材那样具有纸质、光盘、网站三种媒介，而且要从教学生态出发合理分配、组合、结构三种媒介上静态的文字、图像与动态的声音、影像内容，要设法在有限的教学时数内让三者充分发挥效用，而不是形同虚设。

总之，在我看来，教学上的灌输式与教材编写上的一言堂式、诱导式与教材形式的立体化（本质上仍是一言堂式）是相对应的，它们都是树权威、立中心、究本质、求同一、信绝对、要唯一等现代性观念的一种反映，特别是要维护真理的绝对性和唯一性的心态的一种反映。相反，生态式教学与生态式教材是在反权威、去中心、非本质、求差异、信平等、要多元的后现代思想意识中生长、发展起来的教学改革和教材建设理念。正如一位学者所指出的："长期以来，我国文学理论教材具有类似黑格尔式的体系冲动，习惯于从某一定义出发推演出一套理论体系，这种从定义而不从问题出发的本质主义思维脱离文学实际，阻碍了文学理论知识的生长与传承。如何把世界眼光与本土意识相结合，放弃本质主义，平等地交代各种文学观点和文学研究方法，构建古今文论、中西文论、教师和学生对话的平台，建基于文学现象与文学批评，当是我国文学理论教材建设和教学改革需要解决的问题。"[①] 而这只能寄希望于生态式教材的出现了。

（原载中央民族大学出版社版《知行录》2011年第2辑）

---

① 汪正龙：《2007年文艺学热点分析》，《南京师范大学文学院学报》2007年第3期。

系统整体创新的生态美学

自我国学者从 1994 年首先提出生态美学以来，生态美学研究遂成我国当代美学最重要的学术生长点。

十余年来，关于生态美学能否成为一门独立学科的问题，一直争论不休。或认为生态美学根本是不成立的；或认为生态美学已经成为独立学科；或取一种"积极而低调的态度"，"认为，生态美学是不是一个严格意义上的学科是一个客观存在的事实，不是通过争论可以解决的问题，目前更加需要的不是在是否成为学科问题上的争论而是生态美学学科本身的建设"[①]。

笔者也以为，目前我们需要的不是争论生态美学能否成为一个学科，而是运用自己的智慧积极建设新兴的生态美学。不可否认，就有一些学者一直在努力建构着生态美学的理论体系。徐恒醇教授率先出版的《生态美学》（2000），以人的生态活动的审美化为研究对象，探讨了生态审美观的形成、生态美的意义和作用，以人的生活方式和生存环境的生态审美创造为目标，以生态美范畴为核心，探索性地建构起了一个生态美学的理论框架。曾永成教授的《文艺的绿色之思——文艺生态学引论》（2000）、鲁枢元教授的《生态文艺学》（2000）则各自建构了一个"文艺生态学"或说"生态文艺学"的理论体系。曾永成从人类生命的生态性质上揭示审美活动的原生特性，即节律感应，主体在节律感应中达到与对象的契合，从而体验到和谐与自由的美。从"节律感应"这个核心概念出发，他深入探讨了文艺的生态审美本质，提出了文艺的生态气象

---

① 曾繁仁：《生态美学研究的难点和当下的探索》，《深圳大学学报》（人文社会科学版）2005 年第 1 期。

美、生态秩序美、生态功能美等范畴。鲁枢元着重从生态角度探讨了文艺与自然生态、文艺的精神生态价值、文艺史的生态演替等问题，尤其凸显了"自然的法则、人的法则、艺术的法则三位一体"的生态文艺学原理。

这几年，文学博士袁鼎生教授成了最活跃的生态美学研究家。从2002年开始，袁博士已陆续出版了《审美生态学》、《生态审美学》（主编）、《民族生态审美学》（主编）、《生态视域中的比较美学》等生态美学研究著作。这些著作分别在理论、历史、应用层面拓展了生态美学的研究。《审美生态学》、《生态审美学》属于理论生态美学方面的重要成果，最近出版的《生态视域中的生态美学》（人民出版社2005年版）属于历史生态美学方面的重要成果，《民族生态审美学》则属于应用生态美学方面的重要成果。综观这些研究成果，袁博士的生态美学研究独辟蹊径、别具一格，表现出鲜明的学术个性和理论风格。这里，且让我们细加分析一下其理论学说的系统创新性。

一　方法：生态辩证法

生态美学对传统美学的超越，从方法论上说，就是生态学方法对美学的介入。

生态学（ecology）是如何上升为普遍的思维方法的？生态学是德国生物学家恩斯特·海克尔（E. Haeckel）于1866年提出来的。在海克尔那里，生态学是生物学意义上的，是关于生物与其生存环境之间的关系的科学，主要是研究动物与其他生物之间的利害关系。生态学确立的基本观念就是：任何生物的生存都不是孤立的，同种生物之间既互相依存又互相竞争，处于不同进化序列上的生物之间也存在相生相克关系。一句话，生物学意义上的生态学注重考察"生物与环境的关系"。到20世纪中后期，生态学超出了生物学范畴，从研究生物个体、种群和生物群落的生态扩大到包括人类社会在内的多种类型生态系统的地球生态大系统，而其中对"人类与其生存环境的关系"的研究跃居生态学研究的中心。为了与生物学意义上的生态学相区别，现代生态学又被称为"人类生态学"。正是人类生态学的发展促使挪威哲学家阿伦·奈斯于1973年提出了"深层生态学"理论，它包括"生态自我"、"生态平等"与"生态共生"等重要观念。"深层生态学"的出现,标志着生态学成为了普遍的思维方法,即"生态自我"、"生态平等"与"生态共生"等成了人类认识和处理人与世界万物关系的方法。

生态学方法中最根本也即最高层次的方法是按照生态系统整体联系的原则思考问题,"生态系统整体性,是生态系统最重要的客观性质。反映这种性质的生态系统整体性观点是生态学的基本观点,也是生态哲学的基本点。运用生态系统整体性观点观察和理解现实世界,是把生态学作为一种方法即生态学方法"[①]。生态系统整体联系,更明确地说是指一个具体生态系统内部各部分之间以及局部与整体之间存在着回环往复的既相克又相生的生态关系,而构成大系统的各个小系统之间以及小系统与大系统之间也同样是这样的生态关系,在生态系统的历史运转中旧系统转化为新系统,也是曾有的旧系统整生的结果。生态系统的这种关系用袁博士的话说就是"整生"关系,也就是"生态辩证法"。

许多学者研究生态美学却不能将生态系统整生关系作为思维方法贯彻到底,往往只是或者机械地强调人类与其他物种的"平等",或者片面地突出人类对大自然的依生,结果从极端的"人类中心主义"走向了反人类、反社会的另一个极端。世界上各物种间是一种生态关系,人类社会中大小群体间是一种生态关系,群体中上下左右各个体间也是一种生态关系,个体人的生理、心理结构还是一种生态关系。正因此,一个人长成人,就不仅仅依靠与父母的血缘关系,而且依靠种族的遗传、文化的化育、整个人类心理原型的积淀以及所处自然环境的熏陶,简单地说,任何一个人都是生态整生的。生态整生的生态辩证法告诉我们,任何生态系统,其整体都是个体共生的整体,其个体都是具有整体潜能的整体性和整体化个体。当今最尖端的生物技术——克隆就是生态辩证法的确证及应用。袁博士的生态美学的一个特点就是在方法论上贯彻了生态系统整生的生态辩证法。无论是阐述中西不同审美场与生态审美场的生成、运转还是阐述人类整体审美场与生态审美场的生成、运转,无论是阐述中西审美范式的生成、运转还是阐述人类审美范式的生成、运转,无论是阐述一般审美场向生态审美

---

① 余谋昌:《生态哲学》,陕西人民教育出版社 2000 年版,第 1 页。

场的生成还是阐述一般审美范式向生态审美范式的生成，袁博士始终坚持了生态系统整生的方法，溢出了浓浓的生态辩证法的味道。在他那里，"生态整生"的思维方法不仅仅是考察、处理人类与大自然关系的方法，而且是建构生态美学理论体系的方法。生态美学是以往各种历史性的美学理论生态的整生，是美学理论与生态理论的整生。

二　对象：生态审美场

生态美学的研究对象是什么呢？

我们认为，既然生态美学与其他生态理论如生态环境学、生态批评、生态哲学、生态伦理学等一样，是在因人类生态危机而呼唤生态文明的历史前提下发展起来的一门新兴学科，那么"有关人与自然和谐共生的审美规律"① 就自然而然成了生态美学研究家们首先考虑的问题。不仅如此，"人类的生态结构是一个复杂的多层次系统，它不仅直接表现在人与自然的关系中，而且表现在人与社会（人）的关系以及人与自身精神世界的关系中，由此呈现出自然生态、社会生态、文化生态以及精神生态四种不同层次"②，因此，生态美学必然深入"人与自然、社会以及人自身动态平衡等多个层面"的研究。③

袁博士的超前之处在于，他还更进一步，要实现审美活动与生态活动完全重合、一体发展的理想。正是基于这样的美学理想，他提出了"生态审美场"的总概念。他认为美学研究的总体对象不是美而是审美场，生态美学研究的总体对象也不是生态美而是生态审美场。为什么？因为在他看来，任何美都不是现成的摆在那里的，而是系统生成的。审美场是生成美的系统机制，生态审美场则是生成生态美的系统机制。他希望人类能够一步一步实现生态场与审美场的完全彻底的重合或说整合，形成属于全人类的全世界范围的统观的生态审美场，当然，这是一个漫长的历史过程，不可能一蹴而就。但是又不能否认已经出现了生态审美场，当人们的生态活

---

① 本刊记者：《关于生态美学的几点思考——〈生态美学〉作者徐恒醇访谈录》，《理论与现代化》2003年第1期。
② 同上。
③ 曾繁仁：《试论生态美学》，《文艺研究》2002年第5期。

动与审美活动在一定程度和范围里重合时就会形成局部的一定意义上的生态审美场。比如，西方的大众文化、中国的审美文化，他认为就在一定程度上实现了文化生态的审美化，是一种局部的生态审美场。就审美场来说，在古代最典型的是天态审美场，在近代最典型的是人态审美场，当代以及未来最典型的是生态审美场。生态审美场绝不仅仅限于在通常所说的生态景观、生态农业、生态工业、生态城市、生态居室等的欣赏、研究和建设中生成，未来将在人类所有的内外生态活动中生成。全球统观生态审美场出现的那一天，也就是生态完全审美化、审美完全生态化的那一天。袁博士的这个理想要变成现实虽然还很遥远，但是，人类的生态意识和审美意识一天天在强化，人类的生态审美意识在一天天强化，人类的生态审美场在一天天扩大和提升，因此我们有理由期待这一天的到来。

三　范式：整生之美

袁博士受范式理论的启发，十分重视审美范式。他认为审美场有一个质态结构，即在审美氛围的基础上依次形成的审美风尚、审美理想、审美范式、审美理式构成审美场的质态结构。自下而上是审美风尚生发审美理想，审美理想生发审美范式，审美范式生发审美理式；自上而下是审美理式范生审美范式，审美范式范生审美理想，审美理想范生审美风尚。但是，在他的著作中，无论是对生态美学原理的建构（《审美生态学》）还是对中西美学理论沿着历史的发展路线进行比较（《生态视域中的比较美学》），对审美范式和审美理想的分析、阐述以及对审美范式和审美理想的历史发展的逻辑概括、对审美范式和审美理想的中西比较等，都是属于浓墨重彩的地方，于此可见作者的刻意经营。尤其是《生态视域中的比较美学》，全书总体结构就是按照古代依生之美、近代竞生之美、当代整生之美三大范式的历史发展来建构的，可以说就是对在这三大范式基础上形成的中西方美学各自同中有异、异中有同的审美范式以及审美范式范生的审美理想的比较研究。可以说，"审美范式"是袁博士生态美学研究中仅次于"生态审美场"的核心范畴。古代祖先形成了人依生于天（以及神）的理念，从此理念出发形成了依生之美的审美范式，进而形成人和于天的审美理想，在西方更突出的是人依生于神（客体化了的神），在中国更突出的是人依生于天（自然之天），因而西方古代审美理想偏于人和于神的和谐，中国古代审美理想偏于人和于天的和谐。到了近代（历史逻辑中的近代），人类形成了竞生之美的审美范式，从而以主体在自然面前赢得自由为审美理想。到了当代，袁博士认为生态平衡理念促使人类形成了整生之美的审美范式，并形成了主客体一体化的审美生存与审美发展的审美理想。他认为整生之美的审美范式是当代生态审美观的标识。只有生态意识和审美意识共同发展并融合为一体，才可能提出整生之美的审美范式，而只有从整生之美的审美范式出发才能提出主客体整体审美生存、审美发展的审美理想。只有坚持整生之美的审美范式，才能彻底走向生态审美，即真正实现生态审美化和审美生态化的统一。

  以上三方面是袁博士生态美学研究的方法、对象、范式。值得注意的是，在袁博士这里，研究方法决定研究对象，研究对象决定研究范式，实现了方法、对象、范式的三位一体。由于生态辩证法的支撑和生态精神的贯彻，他发现了整生的生态审美场——生态美学活态的整体对象。生态审美场的逻辑展开构成生态美学原理，它的历史展开构成生态美学发展史，它所分化的具体的生态审美场的展开构成各种相应的应用生态美学。而审美范式的发展变化又是受生态审美场的发展变化决定的。人类的整体审美场从古到今经过了从天态审美场到人态审美场再到生态审美场的转换，相应地，审美范式也经过了从依生之美到竞生之美再到整生之美的转换。审美范式又往往升华为审美研究范式。审美范式是依生之美时，当时的研究者也往往按照依生之美范式研究审美和审美创造活动；审美范式是竞生之美时，研究者就会转换视角从竞生之美范式来审视审美和审美创造活动；当发现审美范式是整生之美时又会转换为整生之美范式来研究审美和审美创造活动。当代的生态美学研究家中，应该说袁博士是明确提出整生之美的审美范式并贯彻整生之美研究范式的第一人。由于其生态美学研究在方法、对象与范式上都具有创新性，且实现了方法、对象与范式的三位一体，因此，其创新就超越了一般的水平，而达到了系统整体创新的高度。

（原载《南方文坛》2005 年第 6 期）

试论山水美的生成及其层次

——以桂林山水审美为例

一 山水美的审美生成

笔者以为,审美只能是全身心地感受和领悟的生命境界,而绝不是在客观对象身上找到某个与己无关的冷漠的"美"来。任何美都不是先验地、绝对地存在于客观对象身上的,任何美都不是客观对象固有的确定不移的某种属性,而是主体向对象投射、对象向主体生成的一个主客相互交流、靠拢、融合而达到的一种主客无分、亲密无间从而令主体感到身心舒畅、超脱、愉悦的状态或境界。

这"美"的状态或境界,抑或形象或氛围,既不在对象身上也不在主体身上,既不可缺少主体也不可缺少对象,而是两者之间审美关系的产儿。打个浅近的比方,美与主客体的关系就像儿子与父母的关系。儿子身上既有父亲的基因又有母亲的基因,但是儿子既不是父亲又不是母亲,而且也不是父母基因的简单相加,而是父母基因相结合而生成的新生命体。这个新生命体既是对父母生命基因的传承又是变异,既是对父母生命基因的肯定又是超越。任何美的生成都是如此。艺术家和现实自然的审美关系的产儿是艺术美。接受者和艺术本身的审美关系的产儿是新的艺术美,审美者和自然山水的审美关系的产儿是自然山水美,审美者和桂林山水的审美关系的产儿是桂林山水美。既然美是审美关系的产儿,那么就不可能是先有美后有审美,而应该是先有审美后有美。就桂林山水美而言也是如此,不是先有桂林山水美而后才有对桂林山水美的审美欣赏，而是先有对桂林山水的审美欣赏，之后才有桂林山水美。桂林山水是作为客观物质实体存在的审美对象，桂林山水美则是审美主体对桂林山水进行审美而生成的美的形态。"桂林山水"与"桂林山水美"是性质完全不同的两个概念，这是我们必须分辨清楚的。

为什么人们总是以为先有美而后才有审美呢？就笔者的粗浅思考来看，主要有两个方面的原因。其一，是对"审美"一词的误解或说"审美"一词对人的误导。"审美"容易使人理解为"观审美"或"对美进行观审"，这就是误导。实际上，"审美"是具有能动创造意味的特殊精神活动或意识活动的一个固定表达。"审美"作为一个动词，本身内含一个动宾结构，所以是一个既及物又不及物的动词，及物的一面就是审美总是有特殊对象的，不及物的一面则是这种特殊精神活动的超物质性、超功利性、超现实性。超物质性，是相对于审美对象而言，审美既不能没有审美对象又要超越审美对象。超功利性，相对于功利实践活动而言，审美是非功利的。超现实性，是相对于现实存在而言，审美是带有理想化的倾向的。就桂林山水审美而言，审美者要面对桂林山水进行感受、领悟、想象、思索，但经过感受、领悟、想象、思索之后在大脑里呈现出来的桂林山水美的形象却已不是作为物质实体存在的桂林山水了。这就是其超物质性。审美者欣赏桂林山水发出"美"的赞叹，绝不是因为桂林山水能够带给审美者某种实惠，满足其功利心，而恰恰是因为能使审美者从某种功利心中超脱出来，使其精神得到提升。审美者观审桂林山水不能抱太现实的态度，如果见山是山，见水是水，又不能展开想象的翅膀，那恐怕只能得到"不过如此"的感受了。其二，之所以误认为先有美后有审美，是受机械反映论蒙蔽太深。不少人打着马克思主义的反映论的旗号反对能动反映论。马克思主义的反映论是能动的反映论，因而是科学的。它一方面强调存在决定意识，物质决定精神，认为没有被反映者就没有反映者，但另一方面又强调反映者不是机械被动的而是积极能动的，认为反映者不是被反映者的刻板复制，而是被反映者的"改写"。但是，机械反映论者只看到对象的决定作用而看不到主体的能动创造力量。用这种机械反映论来指导审美，当然就会得出审美是对现成的美的认识的错误结论。如果进而用这种机械的审美观来套桂林山水审美活动，那就会闹出许多笑话来。比如漓江边上有两处妙景：一处是"美女梳妆"。一处是"僧尼相会"。这样的命名本身就是审美想象的结果，是情趣化了的，但如果以为当真有位美女在江边梳妆，有一僧一尼在江岸幽会，岂不要笑煞人吗？

上面我们通过对"审美"一词的分析和对机械反映论的批驳，阐明了审美不是对现成的美的观审或认识，因而不是先有美后有审美而是先有审美后有美，由审美生成美的道理。我们还可以从现代解释美学的角度对审美生成美的原理作出进一步的阐述。

现代解释学把"理解"或"解释"视为全部世界的本体论存在。伽达默尔指出："艺术品仅仅当我们理解了它，当它对于我们是'清楚'的。这时它对于我们才作为一种艺术创造物而存在"[①]。他认为审美经验和艺术经验一样，是解释学经验的一部分，具有解释学经验的基本特征。对于审美对象的经验，由于经验者的个体条件不同——诸如文化修养、兴趣爱好、个人经历、性格气质等不同，而具有不同的内涵，也就是说不同的人对于同一审美对象的经验是不同的，而且同一个人每一次对同一个审美对象的经验也是不同的。因此，在历史性的、无限的、开放性的审美经验中呈现出来的美也是历史性的、无限的、开放性的。对桂林山水的审美欣赏也是如此。首先，没有审美者解释性的审美欣赏就没有桂林山水美的诞生；其次，彼一审美者通过审美欣赏所获得的桂林山水美的形象和此一审美者所获得的美的形象是不尽相同的，因而是不可相互替代的；再次，桂林山水是不变的，但审美者每次欣赏之所获得的桂林山水美形象或境界却是变化的。

审美欣赏或审美经验或审美理解之所以具有历史性、无限性、开放性，从主体方面来看，也就是因为每一个审美主体或同一个审美主体在不同时候的具体心理期待是不同的。我们只能从对象中得到我们想得到的美。我们想从对象上得到什么层次的美则与我们作为审美主体所具有的条件紧密相关。

换言之，审美主体条件达到了什么样的层次，就会在什么样的层次

[①] ［德］伽达默尔：《真理与方法》（上卷），洪汉鼎译，上海译文出版社1999年版，第82页。

上与审美对象结成审美关系,相应地就会生成什么层次的美。正是从这样的角度考察,我们认为桂林山水美是有层次之分的。

二 山水美的两个层次

对桂林山水的审美过程表现为桂林山水景物的心灵化和审美主体的心灵桂林山水化。客观存在的桂林山水若不经过主体心灵的"清洗",主体心灵若不在客观的桂林山水上得到"表现",那么就不可期望桂林山水之"物"与审美者之"心"消除对立、走向融合,达到"美"的彼岸。经过主客交流而在审美者心目中生成的桂林山水美可大致地划分为高低深浅不同的两个层次:一个是浅表层次的象形美,一个是高深层次的意蕴美。

(一)象形美:"但凭摹拟每每同"

说起桂林山水美的特点,人们往往就会以唐代大诗人韩愈的两句诗来概括:"江作青罗带,山如碧玉簪。"可是如果从美学的角度来看的话,韩愈的诗句恐怕算不得是好诗句,因为其诗句只不过概括地勾画了桂林山水总体上的山形水态。因为是韩愈的概括,所以是韩愈心目中的桂林山水美形象。但这个桂林山水美的形象是浅表层次的,也就是大多数旅游者所理解的桂林山水美的层次——象形美。而且就象形美而言,在桂林山水美中是十分丰富多样的,在审美者心目中是非常鲜活生动而有趣的,而韩公的概括却未免简单化了一些。这正如一个作家所感受到的:"我素来不是太喜欢韩愈描绘桂林山水的那两句著名的诗句:'江作青罗带,山如碧玉簪。'尽管它们也已被用作对桂林景致最便当的介绍。理由就在于这一描绘接近于一种无生趣的简单,一种窒息想象力的凝固。桂林山水美有趣,岂能够一把碧玉簪以蔽之。说到底这位唐宋八大家首席因为不曾亲历其境之故,遂犯了简单化的毛病。"① 的确,要是韩公曾游历过桂林山水的话,大概是不会作此粗略的概括的。而且,相信他还会把笔触深入意蕴美的层次。这里且先谈一下桂林山水象形美的生成与审美观赏者的主体条件的关系。

---

① 聂震宁:《心醉神迷游桂林》"序",漓江出版社1992年版。

桂林山水象形美之丰富真如陈毅元帅说的，"千仪万态看不足，但凭摹拟每每同"。丰富多样的桂林山水象形美的生成，一方面靠天工造化，一方面则靠审美观赏者的合理联想。通过联想把作为审美对象的各个具体的山水景物的天然征象与审美者平日所积聚起来的生活经验融合起来。于是一个个独特而鲜活的象形美的形象在头脑中浮现出来了，什么大象饮水，什么南天一柱，什么北斗七星……

自然山水景物毕竟是由凡石拙土所构成，既非人力所为也无神仙相助，其象形似物的天然素质总会存在美中不足，绝不可能像艺术家精心制作的艺术作品那般形神毕肖、天衣无缝，而往往是不符合形式规范的，不是这里少一点就是那里多一点，不是形残就是神亏。因此，审美观赏者切不可认真过度，求全责备，而应抓住一点不计其余，即所谓求精求粹而不求全。如此，才不会束缚住联想的手脚。就说漓江边上的九马画山吧，其实不过是有着青绿黄白各种颜色间杂错落而显出或浓或淡、或深或浅、或亮或暗的斑驳陆离的一面巨大石壁而已。其间的"马形"既不完整也不明显，只是略有些迹象而已，一面石壁通过审美者寓有主观能动性的审美联想和想象在头脑中变幻成一幅"九马图"，这种审美发现和创造需要超越石壁本然粗陋的图案的巨大障碍。普通的游览者由于艺术感受力差，审美联想力差，太容易受山水景观的实体所牵制，只能看出三四匹马来也就很自然了。

桂林山水象形美的独特生成与审美观赏主体的独特感受和独特生活经验密切相关。审美观赏者有什么样的生活经验就会有什么样的审美联想，从而生成什么样的象形美。正因此，同样的山水景观在不同的审美观赏者那里往往会生成不同的象形美。这样的情形在桂林山水象形美中十分普遍。比如，七星公园里的骆驼山。有些人看到的是骆驼，有长须，有高头，有耳朵，有眼睛，有鼻子，有嘴巴，还有驼峰、驼身、驼尾，但有些人看到的却是老式酒壶，有壶嘴、壶柄、壶身，壶身上还有壶盖。象鼻山上的普贤塔，有人说是"剑柄"，有人说是"宝瓶"。独秀峰，有人说是拴马桩，有人说是顶天柱。更有趣的是那"美女照镜"的景观，在一些观赏者看来是"美女照镜"，但在另一些观赏者看来，与其说是"美女照镜"还不如说是"丑妇效颦"。面对同样的自然山水景观，却人见人殊,生成不同的象形美。这也足可说明,没有纯客观的美,只有特定审美关系创造的主客观统一的具体的美。这同时也启示我们:审美是个体化的,每个人都可以充分发挥自己的主观能动性,与审美对象结成独特的审美关系,从而"发现"或"创造"出独特的美,而大可不必人云亦云。桂林山水象形美创造的客观物质资源相当丰富,每个人应该尽可能做到有自己的新发现和创造。

(二)意蕴美:"远胜荆关画里游"

如果说桂林山水的象形美是"桂林山水甲天下"的直接表征的话,那么,桂林山水的意蕴美才是"桂林山水甲天下"的深层内涵。

在具有审美感悟力、审美发现力、审美创造力的人的心目中,桂林山水不仅是原态的山水景观,而且是艺术化了的、人格化了的,不仅具有山水的自然形态,而且具有艺术的境界和人格的蕴含及其魅力。诗人把他们欣赏桂林山水后生成的意蕴美写成优美的诗句,画家把他们心目中的意蕴美画成精美的画,美学家则用理论著作来进行独特的表达。

写出了桂林山水意蕴美的诗与画可随手举出很多,只是它们也是特定诗人在特定情境中欣赏桂林山水中的某处景色而生成的,对于我们发现或创造桂林山水意蕴美只具有启示作用,而不能代替我们的发现或创造。比如宋代蓟北处士《和水月洞韵》诗"水底有明月,水上明月浮。水流月不去,月去水还流"。诗人由水月洞之"月"想到天上之"月"并与流水相组合,巧妙地表达了诗人由自然山水景观引发出的对人生的某种哲思性理解。唐代张固《独秀山》诗"孤峰不与众山俦,直入青云势未休。会得乾坤融结意,擎天一柱在南州"。很明显,独秀山在张固的审美欣赏中变成了一位不愿同流合污、刚强正直、满怀孤傲之气的志士。

能把桂林山水看成诗看成画,就已经超出了一般审美欣赏者只满足于桂林山水象形美的高度了。清代的张宝登上叠彩山后触景生情,不禁赞道:"人在荆关画里游。"他眼中的桂林山水就是美丽如画的,但是,我更欣赏清代诗人阮元的审美眼光,他在《观漓江奇峰图卷》一诗中写道:"荆关董巨多名笔,如此奇峰彼未曾。"显然,他眼中的桂林山水纵是画山水的名家荆浩、关仝、董源、巨然也是画不出的。在阮元的启发下,笔者把张宝的诗化成了一句新诗:"远胜荆关画里游。"笔者以为桂林山水美与其说有如画美，确实不如说比画更美。笔者猜想有不少审美欣赏者和笔者一样不满足于欣赏画桂林山水的名画而宁愿更多地到桂山漓水间去采集美的珠贝，因为只要你用心去发现，桂林山水的意蕴美是相当丰富多彩的。正如当代一位美学家所概括的那样，桂林山水的内在意蕴包括和谐、韵律、虚空、风骨、雅秀、俊秀等诸多方面。① 在审美家的眼中，桂林山水相亲相和相环相拥而生和谐，山水布陈错落有致而生韵律，山水虚实相依更凭烟霞雨雾而生虚空，山姿一派"瘦骨清象"又兼清水洗濯而生风骨。如果说"潭心绿水缓悠悠，长湾短湾凝不流"（明·解缙《桂水歌》）的漓江偏于雅秀的话，那么"清水出芙蓉"而挺拔峻峭的桂山则偏于俊秀。

正因为桂林山水内在的意蕴美相当丰富。所以，欣赏桂林山水就不能满足于在导游小姐"这像什么那像什么"之类解说的导引下获得一些浅表的象形美，而应该充分调动欣赏者自己丰富的生活经验，张开联想的翅膀，伸出感受、体验、意会等感性和理性器官的触角，把自己的整个身心融入桂林山水中去，无分彼此和你我，泯灭主体与客体的界限，消除生命体和无生命体的隔膜。如此，才能在欣赏者心中生成桂林山水那最能震撼人心的意蕴美。

（原载《桂林旅游专科学校学报》1999 年第 5 期）

---

① 袁鼎生：《簪山带水美相依》，广西师范大学出版社 1989 年版。

从风雨桥看侗民族的和谐审美意识

在侗乡的村头寨口，几乎都能见到风雨桥横溪卧波的身姿。它是侗族勤劳、智慧、团结的审美创造，它古朴、雅致、精巧、玲珑、整一的身躯里包蕴着无比丰厚和浓烈的审美意味，它象征着侗族的情感、性格和精神，它物化着侗族的审美趣味、审美标准、审美理想等审美内容。下文就试从风雨桥之"和"美入手，对侗族的"和"美意识作一番"入乎其内"、"沿波讨源"的考察。

一 风雨桥"和"美系统的三个层次

风雨桥是侗族中最能体现"和"美的民族典范建筑之一，其质高量巨的和美信息很难"一言以蔽之"，可以从三个不同的层面上去理解。

1. 风雨桥自身之"和"

风雨桥的和谐美，首先是指风雨桥作为独立的审美对象具有从形式到内容、从局部到整体的和谐统一，合规律又合目的之特点。

风雨桥的造型结构形式表现为多样统一之"和"。从外观形式看，风雨桥雄跨沟谷，高架溪河之上，连接、延伸着侗乡村寨间曲折往复的山径，是桥；但是又非同一般的桥梁，它有支柱、栏杆、飞阁、瓦檐，远看它长长条条状似游廊，层层叠叠形如宝塔。它集桥、廊、亭、栏于一身，四者之间既矛盾又统一，既变化多样又协调一致。正是这四种不同建筑体式的有机融合形成了其独具民族风格的整体外观形式。从内部构造方式看，风雨桥以木板铺面，木柱支架，木枋为梁，凿榫眼相接，上下抵撑，纵横牵连，钩心斗角，不用一钉一铁，木板、木枋、木柱直空横套，左串右联，组合成微妙的力学方程式，创造出极具节奏感和韵律美的空间序列，展示出设计师和工匠们的高超建筑技艺，这就达到精巧、复杂的各种结构方法之"和"。内部构造和外观形式又紧密不可分割，没有这样复杂精密的内部结构，就没有外观形式的灵动优美、富丽秀雅，而没有外观形式的独特别致，也不足以见出内部结构的奇巧不凡。这是一种表里相应，互相依存的和谐关系。

风雨桥的功能作用也表现为协调统一之"和"。风雨桥既体现出"真"，又体现出"善"，还体现出"美"，三者完美地统一在一起，而其真、善、美内涵又各是杂多因素的统一。风雨桥的"真"就是其设计、建造的合乎规律性、具有科学性。整座风雨桥不用一钉一铁却坚如磐石、稳若泰山，历经百年乃至数百年风袭雨蚀而岿然不动、傲然挺立，其非凡建筑技艺是很值得现代建筑家们认真总结和借鉴的。1966年郭沫若到三江侗族自治县参观了飞架于林溪河上的程阳桥后，欣然为桥挥笔题名，并赋诗咏赞，其中"桥长廿丈四层高"、"金瓴联阁怡神巧"、"竹木一身坚胜铁"等句就道出了其科学价值，即其"真"的价值。具体说，风雨桥的"真"包含许多因素，如桥墩为六面柱体利于减轻洪水的冲击力，这是对力学原理的科学运用，桥体结构为楹梁斗拱铆眼凿榫相接，纵横交错牵制，形成严密的结构体系，浑然一体，天衣无缝，胜似复杂的力学方程式，而在桥、廊、亭、栏的自然而严谨的结合中更是体现了侗族民间建筑家们对桥、廊、亭、栏的建筑特点的准确把握和组合天才。诸如这种种"真"的因素就构成了风雨桥的整体科学价值，无疑对现代建筑设计具有多方面的科学启迪作用。

风雨桥的"善"值大于任何传统的石拱桥、石板桥和木桥等。它可以把行人从溪河的这头送到那头，使行人可以在侗乡山寨间畅行无阻，发挥出重要的迎来送往的作用；它可以使远近过往的行人免受陡起的山风山雨的无情袭击，可谓行人的避风港；它可以使顶着烈日在田地里劳作的村民们到这里得到片刻的休息、乘凉、解除疲乏；它可以使长途跋涉的行路客在这里歇脚、蓄劲后继续前行；它可以表达村民们祈求风调雨顺、五谷丰登的善良愿望；它可以为寨中青年男女谈情说爱、游戏欢歌提供难得的清静优雅之所。这各种各样的"善"集于风雨桥之一身，互为补充，合成巨大的善值量，为其他的功能单一的桥梁所不可比拟。

风雨桥的"美"品格也是很高的。首先，前述的真、善内涵通过宜人的形式表现为真善美，即合规律性与合目的性的统一形式的美。其次，风雨桥的高超建筑技艺与侗族建筑家的伟大创造精神和力量相对应，成为侗族才智美的感性显现。再次，其独特的建筑风格代表着所有侗族建筑，是整个侗族建筑体系的缩影，所以又集中地、概括地体现着侗族建筑文化的基本审美特征。最后，风雨桥的形式符合美的规律，给人丰富的形式美感。风雨桥上的几座楼亭由长廊相隔相承，一起一伏，流动变化，而其内部的梁、柱成重复的结构跨度和空间模式，这样，线与形的有规律复现与和谐变换，就形成了风雨桥空间特殊的节奏感和韵律美。另外，风雨桥的飘檐的飞动之势和立柱、梁枋、栏杆上色彩鲜艳明丽、形象栩栩如生的花草鸟兽等彩绘图，都具有极强的装饰效果，使桥的整体美感大为增加。

风雨桥的真、善、美价值又是紧密交织在一起、和谐共生的，它们互相联缀而构成风雨桥的价值系统。比如，风雨桥的桥墩或为六面柱体或为粗壮石柱，这就一方面可以尽量减少洪水的冲击，合乎规律，一方面可以保证桥体在任何情况下都安然无恙，给行人和在桥上休息、娱乐的人安全感，合乎善，一方面六面体桥墩与桥身结合成匀称的整体，石柱的相对瘦小和桥身的相对庞大形成对比，分别给人浑整美感和轻灵美感；又比如，风雨桥的栏杆、座凳连接柱廊，就巧妙地将使用功能和结构功能结合起来了，而栏杆外斜挑的雨檐既保栏杆和托梁柱不受风雨侵蚀，又给人灵动的美感。总之，风雨桥的科学性、使用性和观赏性不是互相分立的，更不是彼此对立和排斥的，而是有机结合、和谐统一的。也就是，它的真善美是同物共象、同形共态的，其整体和各组成部分都含有这三种质、值、量，没有一部分只有真而乏善，或只有美而缺真善。再有，就是它的真、善、美三种质、值、量均高，均衡而合乎比例，进一步实现了内部关系的协调。正由于真善美都统一于同一个整体，并统一于同一整体的各个局部，侗族风雨桥就达到了自身的高精度、高质度、高量度的和谐，这是一种科学境界的和谐。

2. 风雨桥与环境之"和"

风雨桥与周围环境也极为和谐，它与侗乡的山水田园和古色古香的村落构成一幅幅自然纯真、古朴空灵的水墨画。风雨桥或建造在村寨之口，或建造在远离村寨的田垌或山坳里，融在周围质朴秀丽的自然景观之中，成为山水田园风光不可分割的一部分。这样，风雨桥在自然环境的协调中达到了和谐的境界。首先，风雨桥头多有苍劲的风水树，古树和古桥相互对比映衬，构成一幅幅古朴、典雅的图画，而树与桥的古颜朴躯"和"在清澄晶莹的山涧溪流里，更是具有侗乡清纯朴实的情歌奇韵。其次，风雨桥翘角飞檐、重领联阁，被河岸山体稳稳地托举而起，如龙似凤，似欲上下翻飞，极具超拔、轻灵、飞动之态，而风雨桥反过来又把托载它的山体反衬得更加沉稳、厚重、踏实，二者取相反相成之和。再次，风雨桥的色彩、线条也与周围的自然环境存在亲和的关系。青灰色的盖瓦因包含与蓝、绿等色相邻的青色调而能与山林田园之绿和蓝天白云相互呼应、相互辉映，又因其中的亮灰色是最大化的色调，可与任何色彩搭配而达到宜人的效果，所以使风雨桥在任何季节条件下都可以和周围环境的不断变化的色彩相容相和。风雨桥的木原色则又与侗乡肥沃的黑土地有着相似的"性格"，十分投合。当田野变得一片金黄时，风雨的深金色调则帮助渲染丰收的喜悦和满足。风雨桥长长的栏廊和层层迭起的阁檐展示出优美的线条，构成层次的变化，虽在具体形成上与层层梯田和重重山峦迥然不同，但在层层递升的抽象的"线形运动"（浮龙李语）形成上却极为相近、十分契合。风雨桥也与周围自然景色相融相生达到和谐境界，概括言之，就是侗乡的山水、草木、田园以至风雨因有风雨桥的相伴，而显得别有情调；风雨桥又因青山秀水、奇草异木、壮观梯田乃至山风山雨的依恋，而变得更加美妙动人。

　　风雨桥与民居、鼓楼等其他建筑的和谐布陈，共同构成侗乡村寨的独特建筑景观，即所谓与村寨建筑环境之"和"。风雨桥的结构造型就是侗族村寨的概括和衍化，桥栏、桥廊从民居的结构演变而来，桥亭、重阁则是凉亭、鼓楼的化身，正所谓集侗族建筑艺术之大成。凭此，风雨桥同侗族村寨"同形同构"而和。风雨桥与村寨建筑环境之"和"，主要还是指风雨桥作为侗寨副中心，是村寨整体的不可或缺的组成部分，和壮、瑶族自由分散式布局村寨相反，侗族的村寨布局呈内聚向心式，自由分散布局结构的壮村瑶寨不受任何格局限制，既无纵横结构中轴线也无明确的村寨边缘，因地制宜，随自然地势而自由发展，显得浪漫不羁。

侗族村寨的民居则有层次、有秩序、有节奏地环围地处中心的鼓楼而建，高低错落，形成巨大的内聚向心力。而处于村寨外围的风雨桥则一方面廓定村寨边缘，确定村寨的范围；一方面既自外产生一种力量使民居内聚向心，接受鼓楼的"控制"和"统率"，达到全体的凝聚，又自内向外产生一种外扩力，形成整体的开放。这样，在风雨桥的协调下，整个村寨达到了内外的平衡，既避免了一味内聚的板结、沉寂、僵硬，又消除了一味外扩的松弛与解体，即达到了动态平衡与动态和谐，形成一个具有无限生机活力的规范整体，构成典型的侗族村寨独特的建筑文化。

3. 风雨桥是"人和"的特殊载体

"人和"是风雨桥和美意蕴的最高层次和最深内核，是风雨桥和美的象外之象，或曰虚的部分，无限的部分，是人们的美感重心。

首先，从风雨桥可以看到侗族村寨内部的集体力量和团结精神。建造一座风雨桥需要投入全寨的人力和财力，而侗民们都把建桥当成自家的事，竞相出谋划策，争相出钱献力，只要领头人在前面摇旗，没有不云拥响应的。《三江县志》记载：凡兴建风雨桥之类公共建筑，"供财不分贫富，服工不计日月，男妇老少，唯力是尽，绝不推诿而终止。其热心公益之精神，良堪钦佩"。可以说没有大家热爱集体、团结一致、无私奉献的精神、风格，就不可能有辉煌、气派、雄伟、壮丽，能抗洪暴、敢笑风雨的风雨桥。

其次，从风雨桥可以看到侗族中各宗族村寨间的团结互助、和睦共处的生活传统。修建一座风雨桥有时倾尽全寨资财、劳动全寨人力也还如同杯水车薪，无济于事。因此，巨大规模的风雨桥往往是好几个相邻村寨的侗民们捐木、捐钱、捐粮、捐工建起来的，甚至有时还要到远隔百里之遥的侗族村寨募捐，而且要经过几年、十几年的共同努力。三江侗族自治县的程阳风雨桥就是程阳、马安等八个村寨共同建造的。千家万户在五十位建桥领头老人的带领、发动下，齐心协力，有钱出钱，有力出力，有粮出粮。十分感人的是其中的两位领头人在桥未建成前就累倒去世了，他们的儿子便担当起父任，完成老人未竟的事业。八个村寨的集资捐献还是不够，于是一直募捐到湖南省的通道侗族自治县的很多侗族村寨。程阳风雨桥就是这样靠每一个侗民的热心，靠侗族人民的团结互助精神,四年凿石、备料、砌墩,三年拉木、架梁,五年竖亭、盖瓦、装饰,前后历时十二个春秋方告最后竣工。

侗族人民能团结互助就能和睦共处。在侗乡,村寨与村寨之间是很少发生争斗的,互相都能互谦互让,以诚相待,即使结下了怨仇、产生了矛盾也会共同商议,迅速化解,重归于好。各宗族、村寨之间关系处得融洽,就经常友好往来,于是形成了友寨之间集体作客的"月也"风俗。每到闲暇年节,一个村寨的侗民就会集体前往友好村寨去"月也",主人们便倾寨出动,来到村前的风雨桥上敲锣打鼓、吹笙燃炮,热烈欢迎来访的同胞兄弟姐妹,然后接入寨中鼓楼坪上共进百家盛宴(东道主村寨各家各户凑上分子办成大酒席);而当客人圆满结束访问将要离去之时,主人们又要热热闹闹地把客人送到风雨桥上唱起缠绵缱绻的"拦路歌"真诚挽留,挽留不住则千叮咛万嘱咐来年相会,客人也感激不尽地唱起答谢歌,并邀请主人去"月也",在这依依惜别的场面中,风雨桥沸腾了,主人客人的情感沸腾了,客人走了主人散了之后,情未断意未消,仍有这风雨桥牵连着,并将迎来别后的重逢,关系更加融洽,情谊步步加深。这时候,风雨桥各部分的复杂而紧密的联系,就更加显现了主客间的深厚情愫,整体的自然组合,不用铁钉,就愈发衬托了同胞情谊的真切质朴。

再次,从风雨桥可以看出侗族人民与兄弟民族人民之间的友好关系。一个村寨的侗民们以风雨维系着寨内的团结,村寨与村寨之间也以风雨桥维系民族内的团结,侗族人民与他民族人民之间仍以风雨桥维系团结与和平,山外民族的人来到侗乡,走进风雨桥,都会得到侗家人的无私援助。只要你来到风雨桥,侗民们就认你作客人,热情地邀你入家,以油茶酒招待。侗家妇女还会把巧手精编的双双草鞋挂于风雨桥头,让行路人随意换穿,不索半文草鞋钱,侗家壮汉则捡来柴禾在风雨桥烧着不灭的火塘,在风如刀雪似剑的严冬里,让步履维艰的行路人感到春天般的温暖。侗族人民就这样纯朴、善良、与人为善、助人为乐,他们的心明净如镜,温柔如水,热情如火。侗族人民视友谊如生命,而这友谊是远远超出了狭隘的民族情感的。

不论是内容还是形式,风雨桥都是凝聚而又外扩的,质朴而又灵动的,既有古老的纯真韵味,又有当代的开放气息。风雨桥是侗族团结精神、豁达胸襟、奉献情怀的物态化,是侗族的人际和谐美、民族和谐美、社会和谐美的肯定和形象显现。风雨桥的每一个部分都是一个和谐的音符,唱出了一支气势磅礴而又婉转深沉的和谐的颂歌,青山相应,大地相和。

二 "和"是侗民族的审美理想

上面对风雨桥的"和"美系统的分析,说明"和"是侗族人民的审美理想。侗族以"和"为美,以"和"来规范个体行为,不仅创造出了诸如风雨桥、鼓楼等和谐的具体审美对象,而且创造了和谐的生活。与风雨桥"和"美的三个层次相对称,我们也从三个不同侧面来探讨侗族人民的和谐观。

1. 以"和"为美的理想

我们从和谐的高度去要求风雨桥,觉得它很美,就因为风雨桥符合我们的审美理想——和谐;风雨桥之所以能达到和谐的高度,则是因为是侗族民间建筑师在和谐的审美理想指导下创造的积极成果。尽管当初的建造者并不知道"审美理想"这个美学范畴,但他们在实际动工建造风雨桥时必然已经在头脑中产生了关于未来风雨桥的美好蓝图,这蓝图就是实实在在的审美理想,最后完成的风雨桥就是头脑中的美丽蓝图的客观外化。

其实,不仅风雨桥体现了侗族人民的和谐美理想,而且侗家民居、鼓楼、戏台、凉亭等建筑艺术以及绘画、雕塑、刺绣、织锦、音乐、诗歌、舞蹈等不同种类的艺术,都以不同的形式表现出各种各样的和谐美形态,从各个侧面印证和谐是侗民族的审美理想。这里,限于篇幅,只简单地谈谈鼓楼结构造型的和谐美和琵琶歌意境的和谐美。鼓楼,也是侗族特有的民族建筑,和风雨桥一样,有很高的艺术性,也体现了和谐美。单就其结构造型来看,其和谐美主要表现在:第一,有机融合古越人干栏式建筑的特点和汉族宫廷建筑、佛都宝塔建筑的特点,化合而成特殊的民族建筑形式;第二,翘角飞檐、精巧雕饰、鲜艳彩绘与庞大粗犷的楼身对立统一,形成轻重、拙巧共存,崇高与优美同在的外观;第三，内部结构自然严谨，符合均衡、对称、尺度、比例、韵律等法则。这些就是鼓楼结构造型和谐的具体内涵。琵琶歌，在侗乡经常可以听到，或盲艺人独弹独唱，或青年人合弹合唱，琴声和唱法都很独特，虽然变化不多，但是唱弹天衣无缝，意境幽怨、深邃、和谐、独特，在月朗星稀之夜到鼓楼听琵琶歌尤为引人遐思，能把人直接带到侗族人民和谐的情感世界之中。

2. 重视人为规范之和，又适当融合道家自然之和

是重视人为规范之和，还是倡导自然之和，此儒道二家之所由分。就是说，儒家学说强调诸人为的法度、规范以达到和谐，道家学派则强调返璞归真，顺应自然，以天合天。侗族的和谐观较接近儒家观点。就说风雨桥，它不仅自身结构很讲究秩序、对称、主次关系，其结构的严谨程度似乎堪与孔庙建筑相比，而且严格选择建造地点和位置，绝不随便在任何不相称的处所建造，尤其是在整个村寨建筑系统中有着既定的特殊的地位和作用。风雨桥和鼓楼、戏台、凉台等主要对内的建筑不同，主要向外，不是作为村寨的核心而存在，而是作为村寨的窗口而出现。由风雨桥到民居到鼓楼，既层层内收，又层层向外。井然有序地组成动态平衡的完整村寨系统，恰如有机的社会关系系统。

事实上，风雨桥和民居、鼓楼等组成的建筑序列与侗寨的合款组织关系恰好是相对应的。在侗族历史上长期存在一种带有宗法性质的合款组织，它是村寨自治的社会组织，类似原始社会末期的部落联盟。款帮有款首头人，由群众推举办事合理、有才能和威望的长者（一般是族长）担任。头人不领薪俸，没有特权，义务为大家服务。头人负责颁行各类款规，款规的涉及面极广，包括山林法、水土法、庄稼法、住宅法、治安法、军事法、买卖法以及具体的道德行为规范。人人依"法"行事，就可望实现村寨的长治久安、协调一致即和谐。所以，款规具有至高无上的权威性，公众头人在款规面前一律平等，一旦违犯根据情节轻重给予不同程度的处罚。由此可见，侗族内部的合款组织和风雨桥的结构一样，具有重秩序、重法度的特点，也即重视人为规范之和确是侗族人民和谐观的重要内容和主要特点。

需要辨明的是侗族人民的和谐观不像儒家学派那样走向过分强调礼

法规范的极端，以至于发展到破坏人与自然的统一，尤其是个体的内在和谐。人为的规范固不可一概否定，无论是求得个体内在情志之和，还是达到社会系统之和，都需要一定的规范制导。就个体而言，"人生有欲，欲而不得，则不能无求，求而无度量分界，则不能不争。争则乱，乱则穷"。（荀子《礼论》）就是说，情欲的存在在一定度量分界内就和，而一旦超过度量范围，人与人之间就会发生争斗，社会秩序就会大乱，个体的情欲也会在战乱中丧失和谐甚至遭到破灭。就社会系统而言，有序则和，无序则乱，实现社会的和谐有序，不仅要以个体和谐为前提条件，而且尤其要有适当的法度规范人与人之间的关系。但是，如果过分强调人为规范，以至于用封建的礼法制度来严酷地限制个体自由，使有贵贱之等，男女之别，长幼之差，君臣之序，智愚之分，达到上下尊卑等级森严的所谓理想社会，那就不但有碍个体和谐的实现，而且也绝不可能实现真正的社会和谐，实则只能强制达到民众与统治者之间"同"，不是"和"，且不可取。

晏子曾经对"和"、"同"作过辨析，他认为："和如羹焉。水火醯醢盐梅以烹鱼肉，火单以之薪。宰夫和之，齐之以味，济其不及，以泄其过。"又好比君王善于听取臣民意见，"君所谓可而有否焉，臣献其否以成其可。君所谓否而有可焉，臣献其可以去其否。是以政平而不干，民无争心"。这是和。同则是"以水济水"，"琴瑟之专一"之类，也好像是君王不善听取臣民的不同意见，所谓"君所谓可，据办曰可。君所谓否，据亦曰否"。（见《左传·昭公十二年》）晏子深刻辨析了"和"与"同"的区别，并明确反对"以同裨同"。"实则生物，同则不继"（《国语·郑语》），这又是《国语》中表述的看法，就是说同而不和就不会有变化发展，就会导致僵化，走向自我灭亡。我们认为封建的社会秩序之所以被葬送，究其实也就是自取灭亡。

侗族的合款组织，虽然也带有宗法性质，但毕竟不同于封建的宗法制度，它的目的不是序等级，而是要导致群体生活的和谐，所以它的款规不同于封建纲常，实际是一种习惯法，是约定俗成的行为规范，从头人到公众共同遵守，所以它既可以实现村寨的和谐，又不损害个体和谐，既可维护社会的安定团结，又不陷进等级森严的穷途末路。恩格斯曾经赞叹说原始社会中单纯质朴的氏族制度是一种"多么美妙的制度",靠着"历来的习俗就把一切调整好了"。① 侗族的合款组织在很大程度就还保留着这种"美妙的制度"的基本特征,其目的是通过适当的规范制导实现社会生活的真正和谐。

侗族和谐观既强调人为规范,又并不过度,实际体现出把儒道之"和"加以融合的精神。它既着眼于村寨之和,又不妨碍人性的发展,既能求得村寨的安定团结、有序发展,又能知性养性,可谓恰到好处地把理与情、群体与个体结合起来、统一起来了。应该说,这与《吕氏春秋》中提出的"和出于适"观点十分相合。当然,侗民族把儒道之和相融合,绝不是简单地把儒家的人为规范之和与道家的天地自然之和加合起来,而是以儒家人为规范之和为主,以此去统合道家的自然之和,即在法度规范中追求自然质朴。我们可以看到,从侗民们的内在情志到侗族的绘画、雕塑、歌舞、建筑等艺术,都在和谐之中内蕴自然质朴的因素。

正是既重人为规范之和,又吸收自然之和,使得侗民族的和谐既规范合理,又成为一种内在要求,一种天性,从而达到了严肃与活泼的统一,物化为民族特有的建筑系统,就形成了既凝聚又开放,既严谨又灵动的高级和谐形态。

3. 追求"人和"的生活理想

一般认为儒家的和谐观以"人和"为核心,实在是误解,如前所说,儒家是以达到维护、巩固封建等级秩序之和为终极目的的,这就必然造成人与人之实际的"同而不和"。道家的和谐观过于强调自然天放,极力倡奉天地之和的自然无为特性,要求个体遗弃自我与感性欲求,"以和天倪",达于"大和",归于天道。所以,道家的和谐观实际只关心个体的和谐,以个体达到全寿适性、自足自乐、无为而为为指归,即道家的各和谐观也并不真正追求"人和"的境界。侗族的和谐十分强调"人和"。风雨桥——侗族人民生活的窗口就直观地显示了侗族村寨生活之和、整个侗民族生活之和、侗民族与兄弟民族生活之和,而这三个不同层次的"人和"内容无疑说明侗民族十分向往、追求"人和"的生活理想。"人

---

① 《马克思恩格斯选集》第 4 卷,人民出版社 1972 年版,第 92—93 页。

和"是侗民族的和谐观中的核心内容和终极目的。

侗民族的"人和"理想虽然首先从风雨桥上集中地反映出来，但是何止风雨桥是侗民族"人和"理想的象征？只要我们多接触一些侗族文化，就会深切感受到"人和"观念几乎化成了每个侗民的思想、情感和心理需要。那如金字塔一样挺拔的鼓楼无疑最突出地显示着侗寨"人和"的巨大合力；那像阁楼一样方正的戏台则装载着侗寨"人和"的无限欢乐；那曲曲弯弯、无限延长的青石板路则预示着侗寨"人和"的代代相传；那山道边长年溢满清甜山泉的瓢井则要把山外民族与侗民族"和"在一起。

那么，侗民族何以如此强调"人和"、追求"人和"的生活境界呢？我们认为从发生学角度思考，主要有三个根源。

一是侗族祖先在生产水平极为低下的情况下要对付险恶的自然环境，必须结成和谐的集体。由于种种原因，我国各少数民族几乎都居住在边陲山区。侗族人民自古就聚居在云贵高原东部边缘山高谷深、溪河纵横、森林密布的山地。这样的自然环境条件，在当代的人们看来确实风景优美，是游览避暑的胜地，但是在侗族祖先看来却实在是险山恶水，神秘而可怖。这是由当时的生产力水平决定的。由于当时生产力水平极为低下，森林天火、山洪暴发、毒蛇猛兽等自然力对他们的繁衍构成巨大的威胁，个人根本没有能力单独从事开荒种地、狩猎捕捞等生产劳动。怎么办呢？侗族祖先意识到只有结成集体，依靠集体的合力，才能战胜神秘强大的各种自然力，对付险恶的生活环境，求得自身的繁衍、发展。这样，自然而然地形成了和谐一致的氏族部落，而氏族部落的出现反过来又更加强化了原始的和谐集体意识，此后便不断地积淀成为民族文化心理，传承延续了下来。

二是侗族祖先或为躲避自然灾害或为逃避瘟疫或为朝廷、强人所迫而不断迁徙到新的地方，必须对内要团结，对外要友好。从《侗族远祖歌》（亦称《嘎茫莽道时嘉》）这部侗族史诗中可以看到侗族祖先不断迁徙的历史。《远祖歌》的英雄史诗部分实际就是侗族祖先的一部迁徙史、流亡史。里面写道："灾难好比催命的老鸦，日日夜夜张开翅膀，众人被赶进涌往阴间的暗道，看不到一线幸福的亮光！"这主要是指自然灾害和病疫。有时侗族先祖因为朝廷、强人侵扰而被迫迁徙,正如《远祖歌》中所唱的"天下帝王没有一个不贪心,就像虎豹没有一只不吃羊的。羊群寻找没有虎豹的草坡,我们迁到没有帝王的地方"。在迁徙途中,难免碰到重重艰难险阻,需要同族的成员团结奋斗,斩将过关,最后实现共同愿望——找到理想的生存环境,重建幸福安乐的家园。同时,在迁徙过程中,也需要外族的接济和支持,所以人又必与外族处好关系,否则重建家园谋求长久安宁兴旺发达的愿望难以实现。

三是侗族祖先崇拜萨天巴,认为天地万物包括人类都是女神萨天巴生育或化育的,无论本族人民还是各族人民都同根同源同缘,都是平等的兄弟姐妹,应该友好、和谐相处。《远祖歌》中是这样叙唱的:姜良姜妹成婚后产下一个肉团经萨天巴化育而成三百六十种姓氏的人,"三百六十种姓氏立下了,又有件事难住了姜良姜妹——成千上万个婴儿一次降生,成千上万婴儿哭爹叫娘,成千上万个婴儿要吃要穿,成千上万婴儿如何哺养?姜良姜妹心发愁,忙请凤凰来商量,凤凰又唤来百鸟,叫它们分别把幼儿哺养。百鸟讲着百种语言,幼儿学了鸟语把话讲,百鸟最爱唱歌跳舞,幼儿跟着学舞把歌唱。这样就分出各种不同的民族,不同的民族语言歌舞不一样。各个民族有男有女,婚配嫁娶各自有主张,各处民族都有自己的规矩,分别聚居在各自喜爱的寨上"。这段叙唱说明侗族祖先认为各族人民是同源同根同缘共生的,地位平等,无分尊卑,所以不应相互敌视、争斗,而应友好团结,互敬互助。

三 侗儒和谐观的比较

上面我们以风雨桥为例分析了侗族人民的和谐审美意识,但是,我们知道孔儒哲学也一贯讲和谐,那么侗儒和谐观有何不同呢?

这里且让我们以恭城孔庙为例,看看作为凝固的儒家哲学和美学的孔庙中着意凸显的又是怎样的和谐观,进而对侗儒和谐观作一点比较。

恭城孔庙也叫文庙,坐落在恭城县城西山之麓,背枕西山,坐北朝南。孔庙始建于明成化十三年(1477),后曾多次重建、重修。现存孔庙是清道光二十年到十四年(1842—1844)间仿山东曲阜孔庙而建,新中国成立后经过全面维修,是广西迄今保存最完整、最宏大的古建筑,也是全国现存三大孔庙之一。

孔庙依山坡逐级筑台而建，愈进愈高，成梯形排列。正大门是"状元门"，东西两侧分别设"礼门"和"义路"，礼门外立一石碑，上刻"文武官员至此下马"，以示对孔圣人的恭敬。状元门本是要等恭城出了状元之后才能开放让新状元进入的，但随着时代发展，为了方便群众，新中国成立后就已将门打开。

从状元门进去是"棂星门"，青石结构，门顶正中为阴刻"棂星门"三字，侧翼为"双凤朝阳"、"二龙戏珠"浮雕与"封侯拜相"、"百鸟朝凤"图案，支撑门坊的六根石柱各于顶端托一尊石狮，神形毕肖。

棂星门再进是泮池，因形如月牙，又名月池。池周绎立石栏，池上架设石桥，名状元桥。桥面饰以云纹浮雕，寓"青云直上"。泮池两侧有托碑亭，东碑刻孔子赞并序，西碑书颜子、曾子、子思子、孟子四配之赞。碑亭之后是厢房，东厢房是"忠孝祠"和"一更衣所"，西厢房是"省牲斋"和"宿所"。

过泮池登石阶上一平台，便到了大成门。大成门状似屏风，前面四条石柱，后面四根砖柱，两侧砌有砖墙。门并开五间，由二十二扇门页组成，"大成门"竖匾高悬门头，两边悬挂有清代八位皇帝御笔题词匾额。大成门东侧依次有乡贤祠、东庑房和昭文楼，西侧依次有名宦祠、西庑房和尊径阁。

在成门后是杏坛，从杏坛拾级而上大成殿。大成殿是孔庙的主体建筑。殿堂横开五间，进深三间，正面是雕绘满眼的十四扇门页。殿内供奉巨型孔子塑像一尊，设神龛一个，龛内刻大龙九条，小龙九十九条，殿顶绘饰藻井，五彩缤纷，耀眼夺目，殿脊上有"二龙戏珠"、"鲤鱼戏水"等彩塑。整座大成殿金碧辉煌、溢彩流光。

过了大成殿还有后殿，是供奉孔子五代祖先的地方，名启圣祠。

建筑总面积达一千三百多平方米，占地三千六百多平方米的恭城孔庙各建筑体间主次分明、层次清晰、结构严谨、节奏鲜明、比例和谐，有机地构成一体，不仅恰到好处地表达了从孔、尊孔、敬孔、颂孔的建筑主题，而且极其巧妙地昭示了孔子的中庸、中和思想。冰冷的石头、厚重的砖瓦和朴素的木头的组合，却是翻开在我们面前的孔儒思想的形象的教科书。

　　首先，恭城孔庙建于县城西山南坡之上，可谓适得其所，建筑景观与自然景观融为一体，十分和谐。西山东西走向，南北成坡，自然唯南坡适合建筑孔庙。从山象上看，西山的东西两条山脊逼窄、险峻，北面山坡也过于陡急，都非建筑之所，只有南坡地势平缓，胸怀开阔，而且坡体微凹缩，形成"丹田"，整座山的重心落在南坡之腰，山的灵气也集于此处。从八卦象位来看，北为乾而尊，南为坤而卑，因此古代宫廷建筑莫不坐北朝南，孔庙也当如此。所以恭城孔庙顺势建于西山南坡，坐北朝南，是最佳选择。西山山体的大小高矮与孔庙的建筑规模搭配合适，一方面孔庙借山势更显雄伟壮观，一方面山因孔庙而更具灵性，山体对建筑不形成压迫感，建筑立于山坡也不生突兀感，两者相依相靠，各自恰到好处。西山顶峰居中不偏，其南北中轴线恰是孔庙建筑群的中轴线。这样孔庙建筑层层上升，几至顶峰，然后化入云天，使顶峰成了孔庙建筑气韵的自然延伸，给人山和庙无他你我、完全融合的感觉。西山古木森森，境界幽秘，气氛严肃穆，恰与孔庙的庄严神圣相一致，且极为有利于强化祭拜者对孔圣人的敬仰情绪。

　　其次，恭城孔庙各建筑间的安排、搭配也是很得"中和"之妙的。孔庙的核心建筑大成殿位于西山南北中轴线的整套中点，其他建筑主次分明地层层相托、环拱，使这个中心十分突出、显著，形成统领从建筑之威势。处于中轴线上的状元门、棂星门、状元桥、大成门、杏坛犹如剧中的开端、发展，连续而紧凑地把剧情推向高潮，也把观赏者的欣赏情绪推向高峰，接着是高潮——大成殿迅速到来，使人惊喜若狂，最后是短促的结局——启圣殿，令人感慨和思索。中轴线上的这些建筑相对于大成殿而言是陪衬，相对于东西两边的建筑而言却又是中心，如礼门和义路就是以状元门为中心，左右护卫。中轴线两旁次一级的建筑相对更次一级的建筑来说又成了中心，如状元桥下的泮池有石栏相围，泮池两边的碑亭又有厢房相衬。就这样，整个孔庙建筑以大成殿为中心的中心，可以划分出许多个层次来，上一层次与下一层次相引相连，相衬相接，步步上升，环环推进，因而既相互独立和区别，又相互关联和统一。四周的围墙，既把孔庙与关帝庙等建筑隔离开来，又使孔庙各建筑更加凝聚，从而进一步增强了孔庙建筑群体的完整统一性。恭城孔庙的"中和"特点不仅体现在各建筑体之间的结构组织上，也体现在建筑颜色的协调上，孔庙的主要用色有黄、红、青，黄的是瓦，红的是墙，青的是门窗，这三种主色的错杂配置有如重彩画一样，恰到好处地渲染出了一种庄严、宏丽的王家气派，极具象征的意味，凸显出了儒家宗师的地位。

在对恭城孔庙的凝神观照中，我们不仅能够发现儒家的"中和"精义，也能感到儒家等级观念的浓重。等级秩序就是儒家所谓"礼"的具体含义。孔儒提倡"中和"其要义正在于"以礼节之"，"礼"是人的处事准则、立场、原则和方法。也就是说，孔儒"中和"思想的主要意义不在审美学上，而在政治伦理学上。

孔庙的建筑形制、规模、装饰、色彩是不可随意而为的，必须与孔子的"级别"相符合。孔子生前虽然不被重用，但死后被赐谥"文宣王"，因此在后世统治者眼中，他是相当于王侯一级的。孔庙的建筑必须以此为参照。且看恭城孔庙，其形制是宫殿式，其色彩可谓富丽，其规模可谓宏大，其装饰可谓繁复，这是为一般的寺庙所不及的。但是和真正的帝王宫殿相比，它就虽有宫殿之形而无宫殿之神了：形制比宫殿简单，规模比宫殿小，装饰比宫殿粗陋，色彩比宫殿少。因此，一方面它能使人产生庄严感、崇高感、神圣感，另一方面却又不能让人感到至高无上、雄视一切的气势。而这恰恰是孔儒所强调的最高的中和，所谓"以五礼防万民之伪，而教之中"（《周礼·地官·大司徒》）。总之，儒家的和谐观偏于礼、执于中，是封建统治阶级的和谐观。这种和谐观在恭城孔庙建筑中体现出来就是严格的等级秩序，突出的对称结构，鲜明的王家气派。

侗族人民的和谐观虽也强调人为规范，但并不过度。侗族内部实行合款制度，不同于封建礼制。其目的不是序等级、列尊卑、别贵贱、分智愚，而是为了既求得个体内在情志的和谐，又实现社会群体生活的和谐，既维护社会的安定团结，又使自由的人性得到发展，一句话，为了达到真正的完全意义上的"人和"。经共同商议制定的款规是一种约定俗成的习惯法、自治法，大家互相监督、共同遵守，在款规面前人人平等。由公众推举产生出来的款首不领薪俸，没有特权，义务为大家服务，和大家一样要接受款规的约束。如款首办事欠公道，将依款规给予处罚。

现存的马胖鼓楼碑刻就有"头人偏袒不公，罚三千六百文"的记载。

侗族人民的和谐观既重人为的规范、社会的有序，又重个体情态的和谐、个性的自由，这就体现出把儒、道之"和"加以融合的精神。儒家过分重视社会理性，强调等级秩序，实际违背了他们所倡导的中庸之道，走向了扼杀人性的极端，道家倡奉的自足自乐、无为而为，标举自然天放、纯任天性，则又走向了蔑视社会理性的极端。侗族人民着眼于村寨之和，又不妨碍人性的发展，既使得村寨的安定团结、有序发展，又适性养性、心和气顺，这样就把理性与情感、群体与个人协调起来、统一起来了。侗族人民的这种独特的和谐在风雨桥中体现出来就是，既讲究秩序、对称等法度规范，又显出自然质朴、灵动活泼，民间作风尤为突出。

虽然同样是和谐，孔庙建筑的和谐布陈体现出的是儒家学派的和谐观，而风雨桥和谐结构体现的是侗族人民特有的和谐观。儒家文化讲究的"和"，是在中庸哲学指导下的"中和"，"中"就是不偏不倚，就人伦而言就是合乎"礼"，说到底是以"礼"求"和"。侗族文化中也溢出浓浓的"和"韵，但与儒家和谐意识不同，其核心是平等协同，是一种"协和"。前者施于人伦关系上，虽能求得群体的按部就班的和谐，却往往要以牺牲个性的自由为代价。后者施于人伦关系上，既能求得群体的多样统一的和谐，又能保证个性的自由舒展。

侗族和谐审美观与儒家和谐审美观之间之所以会存在这样的分野，原因可能是多方面的，但是，其中一个原因恐怕是儒家思想的正统地位和侗族思想的民间根底。笔者认为，儒家思想在还没有成为统治阶级统治人民的工具的时候，在还没有被官方意识形态化的时候，它同样会葆有侗族和谐观一样的开放姿态和灵动气质。而侗族和谐思想一旦上升为官方话语，被系统化、理论化以后，虽然会像儒家和谐观那样变得深广宏富起来，但同时也会像儒家和谐观那样变得板滞和不近情理起来。也许每一种思想成熟化尤其被官方化的命运都是如此。一样富有生命灵性的思想只有被作为官方意识形态传扬的时候才能成为大多数人的思想，而一旦成为官方意识形态又会被官方意识形态同化而失去自身的本真。这就是每一种有价值的思想的悖论性命运吧！

总之，独特的文化培养了侗族凝聚而又开放的意识，他们的和谐理想也就容纳了中华的或东方的有关和谐的审美文化。正因此，风雨桥所凝冻的和谐的审美意韵和审美形式，才既具有侗族的鲜明个性，又有着中华民族的特殊性以及东方民族的类型性和世界各民族的普遍性，不同的游者观赏它，都会形成不同程度的美感。

（原载于广西人民出版社 1995 年版《民族美学研究》、《社会科学家》1998 年第 4 期）

参考文献

一 著作类

钱中文:《文学理论:求索与反思》,中国社会科学出版社2013年版。

[美]约翰·杜威:《艺术即经验》,高建平译,商务印书馆2010年版。

蒋勋:《孤独六讲》,广西师范大学出版社2009年版。

[德]M.霍克海默、[德]T.阿多诺:《启蒙辩证法》,渠敬东、曹卫东译,上海人民出版社2006年版。

李启军:《中国影视明星的符号学研究》,四川大学2005届博士论文,中国优秀博硕士学位论文全文数据库(CN11 – 92461G ISSN 1671 – 6779)。

汪民安主编:《身体的文化政治学》,河南大学出版社2004年版。

童庆炳主编:《文学理论教程》,高等教育出版社2004年版。

[德]沃尔夫冈·韦尔施:《重构美学》,陆扬、张岩冰译,上海译文出版社2002年版。

[美]理查德·舒斯特曼《实用主义美学》,彭锋译,商务印书馆2002年版。

[法]让·波德里亚:《消费社会》,刘成富、全志钢译,南京大学出版社2001年版。

[法]尚·布西亚(即让·波德里亚):《物体系》,林志明译,上海人民出版社2001年版。

袁鼎生、李启军、吕嘉健:《文学理论基础》,广西师范大学出版社2001年版。

中国社会科学杂志社编:《人类学的趋势》,社会科学文献出版社2000年版。

刘士林:《阐释与批判:当代文化消费中心异化与危机》,山东文艺出版社 1999 年版。

孟华：《符号表达原理》，青岛海洋大学出版社 1999 年版。

［德］伽达默尔：《真理与方法》，洪汉鼎译，上海译文出版社 1999 难版版。

［美］弗里斯：《表演仪式：流行音乐价值论》，剑桥哈佛大学出版社 1998 年版。

［美］马克·第亚尼编：《非物质社会——后工业世界的设计、文化与技术》，滕守尧译，四川人民出版社 1998 年版。

郭振华等编：《中外装帧艺术论集》，时代文艺出版社 1998 年版。

赵经寰：《形式美学入门》，辽宁美术出版社 1998 年版。

周宪：《中国当代审美文化研究》，北京大学出版社 1997 年版。

朱立元主编：《当代西方文艺理论》，华东师范大学出版社 1997 年版。

［美］路易斯·贾内梯：《认识电影》，胡尧之等译，中国电影出版社 1997 年版。

［日］今道友信：《关于爱和美的哲学思考》，王永丽等译，生活·读书·新知三联书店 1997 年版。

李启军主编：《文学理论参照系》，广西师范大学出版社 1996 年版。

袁鼎生：《审美场论》，广西教育出版社 1995 年版。

倪震主编：《改革与中国电影》，中国电影出版社 1994 年版。

［美］D. 甘森：《需要名声：当代美国的明星》，伯克利加利福尼亚大学出版社 1994 年版。

林兴宅：《象征论文艺学导论》，人民文学出版社 1993 年版。

［美］U. 汉纳兹：《文化的复杂性：社会组织的意义研究》，纽约哥伦比亚大学出版社 1992 年版。

毛泽东：《毛泽东论文艺》（增订本），人民文学出版社 1992 年版。

［美］R. 德科尔多瓦：《美国明星制的兴起》，［英］C. 格莱德希尔编：《明星：欲望工业》，伦敦劳特里奇 1991 年版。

［法］弗洛姆：《人的呼唤》，毛泽应等译，上海三联书店 1991 年版。

［英］A. 吉登斯：《现代性与自我身份认同》，剑桥政治出版社 1991 年版。

［英］A. 吉登斯：《现代性的后果》，剑桥政治出版社 1990 年版。

［美］R. 德科尔多瓦：《电影名人：美国明星制的出现》，伊利诺斯大学

出版社 1990 年版。

［美］戴维·哈维：《后现代性状况》，牛津布莱克韦尔出版公司 1989 年版。

［美］S. 尤恩：《所有强烈的象征：当代文化中的政治风格》，纽约．基础读物 1989 年版。

袁鼎生：《簪山带水美相依》，广西师范大学出版社 1989 年版。

［法］J. 鲍德里亚：《让·鲍德里亚著作选》，波斯特选编，剑桥政治出版社 1988 年版。

乐黛云：《中西比较文学教程》，高等教育社 1988 年版。

王向峰主编：《文艺学新编——现代文艺科学原理》，辽宁大学出版社 1987 年版。

［苏］Г. Н. 波斯彼洛夫主编：《文艺学引论》，邱榆若、陈宝维、王先进译，湖南文艺出版社 1987 年版。

何新：《艺术现象的符号——文化学阐释》，人民文学出版社 1987 年版。

余秋雨：《艺术创造工程》，上海文艺出版社 1987 年版。

［英］布劳迪：《声誉的狂热：声誉及其历史》，纽约牛津大学出版社 1986 年版。

［英］R. 戴尔：《神秘的肉体：电影明星和社会》，纽约圣·马丁出版社 1986 年版。

［英］唐纳德：《群星》，P. 库克编《电影手册》，伦敦英国电影学院 1985 年版。

［奥］弗洛伊德：《精神分析引论》，商务印书馆 1984 年版。

［德］鲁道夫·阿恩海姆：《艺术与视知觉》，腾守尧、朱疆源译，中国社会科学出版社 1984 年版。

［意］克罗齐：《美学原理 美学纲要》，朱光潜等译，外国文学出版社 1983 年版。

汪子嵩：《亚里士多德关于本体的学说》，人民出版社 1983 年版。

刘世德编：《中国古代小说研究》，上海古籍出版社 1983 年版。

［英］埃利斯：《视觉创造：电影、电视和录像》，伦敦劳特里奇和克甘·保罗出版社 1982 年版。

《鲁迅全集》第 3 卷，人民文学出版社 1981 年版。

《马克思　恩格斯　列宁　斯大林论文艺》,人民文学出版社 1980 年版。

[德] 黑格尔:《小逻辑》,贺麟译,商务印书馆 1980 年第 2 版。

[德] 马克思:《1844 年经济学—哲学手稿》,《马克思恩格斯全集》第 42 卷,人民出版社 1979 年版。

[德] 黑格尔:《美学》第二卷,朱光潜译,商务印书馆 1979 年版。

[英] R. 戴尔:《群星》,伦教英国电影学院 1979 年版。

《马克思恩格斯选集》第 3 卷,人民出版社 1972 年版。

[古希腊] 亚里斯士多德、[古罗马] 贺拉斯:《诗学·诗艺》,罗念生、杨周翰译,人民文学出版社 1962 年版。

郭绍虞编:《中国历代文论选》(上),中华书局出版社 1962 年版。

[古希腊] 亚里士多德:《亚里士多德的修辞学》,纽约,Appliton Century—Crofts, Inc 1962 年版。

[美] 布尔斯廷:《形象:美国社会的虚假事件指南》,纽约哈伯与劳出版社 1961 年版。

[苏] 依·萨·毕达可夫:《文艺学引论》,北京大学中文系文艺理论教研室译,高等教育出版社 1958 年版。

[加拿大] 诺斯洛普·弗莱:《批评的解剖》,普林斯顿大学出版社 1957 年版。

[苏] 季莫菲耶夫:《文学原理》,查良铮译,上海平明出版社 1953 年版。

二　论文类

吴炫:《当前文艺学论争中的若干理论问题》,《文学评论》2008 年第 4 期。

李健:《中国古典文艺学研究的学理沉思》,《文艺报》2008 年 7 月 10 日第 7 版。

何群:《电影是集体的艺术》,《大众电影》2008 年第 2 期。

曾繁仁:《生态美学研究的难点和当下的探索》,《深圳大学学报》(人文社会科学版) 2005 年第 1 期。

童庆炳:《文艺学边界三题》,《文学评论》2004 年第 6 期。

郝建:《美学的暴力与暴力美学——杂耍蒙太奇新论》,《当代电影》2002 年第 5 期。

陶东风:《日常生活的审美化与文化研究的兴起——兼论文艺学的学科反思》,《浙江社会科学》2002年第1期。

陶东风:《大学文艺学的学科反思》,《文学评论》2001年第5期。

[美] 希利斯·米勒:《全球化时代的文学研究还会存在吗?》,《文学评论》2001年第1期。

李思屈:《广告符号与消费的二元结构》,《西南民族学院学报》(哲学社会科学版)2000年第5期。

林胜利:《论后现代主义书籍装帧艺术的特征》,《北京大学学报》(哲学社会科学版)1994年第1期。

曹方:《图书设计——现代书籍艺术的发展与趋向》,《艺苑:美术版》1992年第2期。

元泰:《书的艺术》,《读书》1981年第11期。